Ouijahooo!

Zerdrücktes braunes Laub klebte an Billys Hufen und hinterließ eine verräterische Spur auf der schneebedeckten Wiese. Katie hielt die Zügel lässig mit einer Hand und gestikulierte mit der anderen wild in der Luft, als sie den Kopf nach hinten drehte.

»Stell dich richtig in die Bügel, dann schaukelt es nicht so!«

Jola kämpfte mit dem Gleichgewicht, aber ihre Füße rutschten immer wieder nach vorne weg, und dann plumpste sie unsanft auf Bonnies Wirbelsäule. Die Wuschelmähne vor ihr wackelte unwillig. Ohne am Zügel zu reißen, versuchte sie, ihren Hintern wieder aus dem Sattel zu bekommen, aber schon beim nächsten Galoppsprung hing sie erneut auf Bonnies Hals.

»Okay, stopp mal.« Katie ließ Billy einmal im Kreis tanzen und kam neben Bonnie zum Stehen. Billy schlug mit dem Hinterhuf aus und bockte. Bestimmt war er tierisch genervt von dem Trödeltempo, das Katie heute von ihm verlangte.

Bonnie machte es nichts aus, stehen zu bleiben. Sie senkte den Kopf und seufzte ergeben.

»Tut mir leid«, sagte Jola zu ihr und klopfte den eierschalfarbenen Hals. Ganz flauschig war der geworden, wie Teddyfell. »Ich versau euch den Ritt. Das mit den Steigbügeln klappt einfach nicht! Vielleicht kann ich nur auf stehenden Pferden reiten.«

»Stehende Pferde sind sterbenslangweilig.« Katie kräuselte die Stirn. »Pass auf, wir tauschen jetzt. Du nimmst Billy.«

»Was?« Jola schnappte nach Luft. »Aber … ich und Billy, das klappt doch nie!« Und das traue ich mich auch nicht, dachte sie, sagte es aber nicht. Angst hatte auf einem Pferd nichts verloren, so viel hatte sie inzwischen gelernt.

»Wenn wir oben am Waldrand ankommen und du dann immer noch stehende Pferde reiten willst, fress ich einen Pferdeapfel!«

Jola musste lachen. »Okay, du verrücktes Huhn. Aber roh. Und fallfrisch.«

»Mit der Mistgabel. Und jetzt hopp, Pferdetausch!«

Jola rutschte von Bonnies Rücken und schloss für einen Moment die Augen. Ihre Knie zitterten ein wenig – das würde Billy sofort merken. Sie atmete tief ein und wieder aus.

Ein frostiger Wind pfiff durch ihre Wolljacke und ließ die weiß gepuderten Bäume flüstern und rascheln. Gespenstisch schön sah die Winterlandschaft aus. Der Boden unter ihren Füßen fühlte sich weich und fluffig an, fast wie ein Trampolin, auf dem man glaubte zu fliegen.

Bonnie stupste sie ganz leicht mit der Nase an und sie machte die Augen wieder auf.

»Sei nett zu Katie«, sagte sie leise und trat vorn um ihren Kopf herum.

Katie grinste. »Du brauchst nichts zu tun. Oben am Waldrand stoppen wir immer, das wird er also auch heute machen. Vorher hält er nicht freiwillig an, also versuch es gar nicht. Und jetzt guck nicht so. Das macht Spaß!«

Schöner Spaß, dachte Jola. Billy drehte ihr den Kopf zu und versuchte, an ihrer Wolljacke zu ziehen. Energisch drückte sie seine Nase weg und hievte sich mit Schwung auf seinen Rücken.

Okay, immerhin das hatte sie inzwischen gelernt – mit dem richtigen Fuß im Steigbügel aufzusteigen und nicht gleich wieder auf der anderen Seite herunterzufallen.

»Zügel aufnehmen«, kommandierte Katie und schwang sich ohne Steigbügel auf Bonnies Rücken. Sofort zuckten die Ohren der kleinen Stute und sie tippelte nervös auf der Stelle. »Und, Jola … keine Angst, okay? Genieß es einfach!«

Ich hab keine …, wollte Jola noch sagen, aber da stampfte Bonnie schon wie eine kleine Dampflok an ihr vorbei. Katie stieß ein Indianergeheul aus, und dann dachte Jola nichts mehr, weil alles viel zu schnell ging. Billys Körper explodierte unter ihr, es fühlte sich an, als würde er mit allen Füßen gleichzeitig in die Luft springen.

Und dann rannte er. So schnell, dass Jola Tränen in den Augen hatte, vom Wind und dem Gefühl und überhaupt allem, sie kam gar nicht mehr dazu, Angst zu verspüren oder ihre Füße zu sortieren, sie hing wie von selbst über Billys Hals, gehalten vom Wind, getragen von Billys Energie. Nicht eine Sekunde lang wollte sie aufhören oder abspringen oder etwas anderes tun als auf diesem dahinfliegenden Pferd sitzen. Sie hörte wieder einen Schrei – aber diesmal war es ihrer. Er trieb Billy weiter an, noch schneller, noch größere Sprünge, bis der Wald vor ihr aufragte und beide Ponys langsamer wurden und schließlich vor den Brombeersträuchern zum Stehen kamen.

»Und?« Katie drehte sich zu Jola um. Bonnie, die zockelige, unscheinbare, altersmüde Bonnie, hatte Billy auf der buckeligen Schneewiese abgehängt, als hätte Katie sie verhext, indem sie auf ihren Rücken stieg. »Krieg ich heute Pferdeapfelmus zum Abendessen?«

»Nein.« Jola lachte. Sie fiel nach vorn und schlang die Arme um Billys Hals. »Das war der Wahnsinn, vielen, vielen Dank!«

Katies Wangen glänzten und sie nickte zufrieden. »Jetzt bist du infiziert. Du wirst noch eine echte Buschreiterin, wirst schon sehen.«

Jola hatte das Gefühl, über den Waldboden zu schweben. Natürlich waren das Billys Füße, die weich und federnd dahintrabten und nicht zockelten und stockten wie die von Bonnie. Trotzdem hatte der Galopp etwas in ihr gelöst, etwas ausgelöst – eine neue Sehnsucht. Es ging nicht mehr nur darum, mit Katie mitreiten zu können. Sie wollte wie Katie reiten, so sicher und so wild und ohne Angst oder Zweifel zu haben.

Sie trabten ein Stück durch den Wald und bogen dann auf einen Feldweg ab, der durch die leeren Hopfenfelder führte. Als sie an der höchsten Stelle ankamen, lag der Ginsterhof wie ein Spielzeugstall unter ihnen. Verstreut über die weiße Waldkoppel grasten winzige Miniaturpferde und -ponys.

Jola kniff die Augen zusammen. Wo war er? Sein Fell leuchtete wie der Schnee, und manchmal stand er so reglos, dass er mit der Umgebung zu verschwimmen schien. Ah, dort. Ganz unten, neben den Ginsterbüschen. Genauso fern und winzig wie die anderen, aber dreimal, nein, zehnmal so schön.

»Du glaubst also immer noch, er ist so was wie ein Geisterpferd?« Katie trieb Bonnie an Billys Seite und starrte ebenfalls zu den Ginsterbüschen hinunter. »Nur weil der Geist aus unserem Stall plötzlich verschwunden ist?«

»Nicht nur deshalb. Schau ihn dir doch an! Er ist … anders. Anders als die anderen.« Jola legte den Kopf schief. »Und wie erklärst du dir sonst, dass er praktisch aus dem Nichts bei euch aufgetaucht ist? Über Nacht? Wie ist er in den Stall gekommen, der ja abgeschlossen war, und warum vermisst niemand so ein Rassepferd? Er ist jetzt seit über zwei Monaten bei euch, das ist doch oberseltsam. Ich würde ihn vermissen, wenn er mein Pferd wäre. Ich würde ihn überall suchen und nicht aufhören, bis ich ihn gefunden hätte.«

»Deshalb glaubt meine Mama ja immer noch, dass was mit ihm nicht stimmt. Irgendwem muss er schließlich gehören!«

»Und wenn derjenige längst tot ist? Wenn der Hengst früher auf dem Ginsterhof gelebt hat und seitdem hier herumspukt? Du hast es selbst gesagt, Katie, ihr hattet einen Geist im Stall.«

Katie brummelte etwas vor sich hin. »Ich find's trotzdem total verrückt.«

»Dann beweisen wir es eben.« Jola schob entschlossen den Unterkiefer vor. »In den Ferien stellen wir den Ginsterhof auf den Kopf und forschen nach Pferden in seiner Vergangenheit. Vielleicht finden wir ihn ja. Vielleicht ist es ganz leicht, sein Rätsel zu lösen.«

»Und was dann? Meinst du, er verschwindet danach einfach wieder? Über Nacht, so, wie er aufgetaucht ist?«

Jola hob die Schultern. »Weiß ich doch nicht. Aber alles andere hat bisher auch nichts gebracht, oder?«

»Wenn du schon ein Geist bist, könntest du wenigstens bei ein paar Lehrern herumspuken«, rief Katie laut zu dem weißen Hengst hinunter. »Mann, ich fass es nicht, dass wir ihn echt Ghost getauft haben!«

Die anderen hatten gelacht, als sie mit dem neuen Namen angekommen waren. Helen fand ihn süß, Stefan zum Fürchten und Anna klanglos, nur Niko hatte den Kopf geschüttelt und behauptet, niemand würde je einem edlen Trakehner Pferd so einen kindischen Namen geben.

»Ghost ist ja nicht sein richtiger Name«, sagte Jola fest. Billy zerrte an den Zügeln, er wollte schneller gehen, als sie es ihm erlaubte. »Aber hinter dieses Geheimnis kommen wir auch noch.«

»Und wie sollen wir das anstellen?« Katie trieb Bonnie in einen zockeligen Trab. »Wir können ihn ja schlecht fragen. Pferde können nicht reden. Nicht mal … Geisterpferde.« Das letzte Wort flüsterte sie, als habe sie Angst davor.

»Ich weiß«, sagte Jola und richtete sich auf. »Das habe ich mir auch schon überlegt. Was wir brauchen, ist so was wie ein Übersetzer.«

»Du meinst, jemanden, der geistisch spricht und uns übersetzt, was Ghost sagen will?«

Jola musste grinsen. »So ähnlich. Nur meine ich nicht jemanden. Sondern etwas.«

»Und was soll das sein?«

»Ein Ouijahooo!«

Billy machte einen Satz und zog Jola die Zügel aus der Hand, aber Katie war schneller. Sie versperrte ihm mit Bonnie den Weg und guckte ihn streng an.

»Ein bitte was?«

»Ouija. Das ist ein Brett mit Buchstaben und Zahlen und einer Plakette, auf die man seine Finger legen muss und die sich dann bewegt. Es gibt Leute, die so mit Geistern kommunizieren. Ehrlich! Ob das auch bei Pferden funktioniert, weiß ich nicht. Ich weiß ja nicht mal, ob es überhaupt funktioniert. Man kann so was einfach im Internet bestellen.«

»Ouija«, wiederholte Katie und schüttelte die Lockenmähne,

die unter ihrem Reithelm rausguckte. »Das klingt alles total verrückt. Darauf brauche ich dringend noch mal einen ordentlichen Galopp, um den Kopf wieder durchzulüften. Was meinst du?«

Jola kam gar nicht zu einer Antwort, weil Bonnie und Billy im selben Moment die Köpfe hochrissen und wie auf ein geheimes Kommando hin losschossen.

Schlotterpost

Eine Decke aus Schnee hüllte die Krone des Kastanienbaums ein, als Jola und Katie drei Tage später aus der Schule kamen. Katie sah hoch in den Wolkenhimmel, aus dem unaufhörlich dicke weiße Flocken wirbelten.

»So viel Schnee hatten wir ja seit Jahren nicht vor Weihnachten! Weißt du, was? Dann können wir mit dem Schlitten zur Waldweihnacht fahren.«

»Was ist eine Waldweihnacht?«, wollte Jola wissen und grub ihre klammen Hände tief in die Taschen ihrer Wolljacke.

Katie hüpfte voran zum Wohnhaus. »Unser Förster schmückt jedes Jahr im Advent den schönsten Baum im Wald und an Heiligabend kommen alle aus der Umgebung dort zusammen und singen gemeinsam. Das ist so schön, ehrlich! Wir reiten normalerweise mit den Ponys hin. Einmal war sogar …«

Aber Jola hörte nicht mehr, was einmal war. Sie hatte nur Augen für den Mann in der gelben Jacke, der eben aus dem Haus trat und Helen zuwinkte. Er stieg in einen gelben Kleinwagen und fuhr durch das Tor davon. Helen blieb in der Tür stehen und wartete, und Jola konnte sehen, dass etwas hinter ihr im Flur lag. Etwas, was in braunes Packpapier gewickelt war.

»Na, die Damen … ihr seht ja aus wie Schneemännchen.« Sie zog Katie die Mütze vom Kopf und wuschelte ihr durch die Locken.

Katie stöhnte auf und duckte sich weg. »Mann, Mama – geht's noch?«

»Wir müssen die Reitstunde für heute wohl absagen«, seufzte Helen. »Die Pferde veranstalten da draußen den reinsten Affentanz. Ich will nicht, dass jemandem was passiert.«

»Oh, super, dann kann ich ja …«

»… bei dem Schneesturm in den Wald reiten? Kommt gar nicht infrage.« Helen winkte sie in den warmen Flur und bückte sich nach dem Paket. »Hier, Jola, bevor ich es vergesse – das ist für deinen Vater angekommen. Nimmst du es nachher mit? Jetzt kommt aber schnell rein, es gibt Fleischpflanzerl mit Kartoffelsalat.«

Jola drückte das Paket an ihre Brust und überlegte, ob es unhöflich war, gleich damit zu verschwinden. Katie sah sie abwartend an, also stellte sie es widerstrebend vor der Verbindungstür ab und folgte ihr in die warme Wohnküche des Ginsterhofs. Anna saß bereits am Tisch und mischte Essig und Öl in den Kartoffelsalat.

»Was machst du denn schon hier?« Katie ließ sich neben ihre Schwester auf einen Stuhl plumpsen und klaute eine Kartoffelscheibe aus der Schüssel.

»Stunde ausgefallen.« Anna probierte ebenfalls, verzog das Gesicht und kippte noch eine Ladung Essig hinterher. »Ach, übrigens, der Du-weißt-schon-was ist da.«

»Boah, na endlich.« Katie rutschte näher zu Anna. »Dann können wir heute endlich anfangen, die Bilder einzukleben?«

»Pssst!« Anna linste zu Helen, die eben mit einer riesigen Packung Apfelsaft in die Küche trat, und rührte wieder heftig in dem Salat. »Machen wir gleich heute Abend«, flüsterte sie.

Jola versuchte, aus Katies Gegrinse schlau zu werden, aber die legte nur einen Finger an die Lippen und schüttelte ganz leicht den Kopf. Aha. Ein Geheimnis also. Zumindest vor Helen.

Sie musste wieder an das Paket denken. Am liebsten wäre sie sofort aufgesprungen und hätte es ausgepackt, aber das wollte sie nicht vor den Webers machen, schließlich war das Paket an ihren Vater adressiert. Sie hatte ein megamieses Gewissen, wenn sie daran dachte, was sie getan hatte. Aber jetzt war es zu spät. Jetzt war das Paket schon da.

Sie trugen die Salatschüssel ins Esszimmer und deckten den Tisch. Das Feuer im Ofen knisterte friedlich vor sich hin, während hinter den großen Fenstern der Flockensturm tobte. Die Holzdielen knarrten, als sich Minnie, die riesige, schrumpelige Shar-Pei-Hündin, unter den Tisch faltete.

»Holt der Postbote eigentlich auch Pakete ab?«, fragte Jola beiläufig, als Helen ihr zwei knusprige Fleischpflanzerl auf den Teller legte.

»Ja, manchmal macht er das. Aber vor Weihnachten hat er sein Auto immer ziemlich voll.« Helen zwinkerte ihr zu. »Hast du vergessen, dass dein Vater im Postamt arbeitet, Liebes? Er kann deine Pakete doch mitnehmen.«

Jola biss sich auf die Lippen. Das war natürlich keine Option, aber ihr würde schon was einfallen. Sie musste das Paket nur bald wieder zurückschicken, dann würde ihr Vater gar nichts davon merken.

Stefan, Katies Vater, und ihr Großvater stapften ins Esszimmer, lachend und mit öligen Hemden. Helen runzelte die Stirn, sagte aber nichts. Der Geruch nach gebratenem Fleisch füllte inzwischen das ganze Untergeschoss und jedem schien das Wasser im Mund zusammenzulaufen.

»Na, Mädels, alles klar in der Schule?« Stefan streckte seine langen Beine unter dem Tisch aus. »Die letzten Tage vor Weihnachten ist da sowieso nichts mehr los, oder?«

»Das war vielleicht zu deiner Zeit so«, knurrte Katie. »Der Ernst hat uns heute noch eine Englisch-Ex reingedrückt, die echt heftig war. Von wegen staade Zeit.«

»Lass mich raten – du hattest mal wieder keine Zeit zum Lernen, weil du den ganzen Nachmittag auf einem Pferd gesessen bist?«

»Ich konnte ja nicht ahnen, dass er jetzt noch mit seiner blöden Ex ankommt!«

Anna langte über den Tisch zum Krug und goss Wasser in ihr Glas, aber sie hatte zu viel Schwung, und die Hälfte davon schwappte auf den Tisch. »Shit.«

»Anna!«

»Sorry.« Anna rutschte von der Bank und holte ein Geschirrtuch aus der Küche. Als sie wiederkam, stieß sie sich den Zeh am Tischbein und fluchte gleich noch mal.

»Was ist denn los mit dir?«, fragte Helen. »So eine Laune kurz vor Weihnachten.«

»Ach, wir haben heute erfahren, dass Chris wegzieht – unser Bassist. Gerade jetzt, wo wir unsere neuen Songs aufnehmen wollten.«

Helen verdrehte die Augen und stöhnte laut. »Also echt. Gibt es für euch noch was anderes im Leben außer Pferde und Rockmusik?«

Anna und Katie tauschten einen kurzen Blick und schüttelten synchron die Köpfe. Der Großvater lachte, sogar Stefan verzog den Mund zu einem Grinsen. Und Jola fühlte sich seltsam ausgeschlossen, weil alle hier ein Ziel hatten, etwas, was einen Sinn ergab, nur sie nicht. Unwillkürlich musste sie wieder an das Paket denken, das im Flur stand und auf sie wartete, und sofort rutschte sie wieder unruhig auf ihrem Platz herum.

»Jetzt lasst uns beten.« Helen setzte sich auf einen Stuhl und sah Jola an. »Sonst kippt unser Familienzuwachs vor Hunger von der Bank!«

Es gab zwei Wohnungen im Anbau: Die eine bewohnte Katies Großvater, die andere diente normalerweise als geräumiges Gästeapartment. Eine Verbindungstür führte direkt ins Haupthaus, aber es existierte noch eine zweite Tür, ein alter Nebeneingang, den Stefan wieder freigelegt hatte, weil Jola und ihr Vater jetzt offiziell als Mieter bei den Webers wohnten. So konnte Jola auch direkt auf den Hof hinausgelangen, ohne durch das Haupthaus gehen zu müssen, was praktisch war – vor allem dann, wenn man nicht gesehen werden wollte.

Es war bereits spät am Nachmittag, aber der Schnee fing das restliche Licht ein und warf es vielfach in die Dämmerung zurück, sodass sie ihre Fußspuren auf dem frischen Winterteppich sehen konnte. Trotz der dicken Steppweste über ihrer Wolljacke und der alten Bommelmütze fror sie entsetzlich und der kalte Wind fuhr ihr in den Nacken wie Hunderte eisige Nadelstiche.

Die Stalltür quietschte, als Jola sie einen Spalt aufschob und sich ins Dunkel quetschte. Der Eiswind erstarb und der Geruch nach Heu hüllte sie ein wie eine wärmende Decke. Sie presste das Paket, das sie unter dem Arm trug, fest an sich und schloss von innen die Tür. Hufe stampften, Keira wieherte laut und irgendwo trat ein Pferd polternd gegen die Wand seiner Box. Die Unruhe unter den Tieren war so greifbar, dass Jola nervös um sich schaute, aber es war niemand hier, niemand außer ihr und ihnen.

Vor der ersten Box blieb sie stehen. Ein Schimmer lag über dem weißen Fell, als wäre es mit Schnee bedeckt. Ghost hatte kein stumpfes, wuscheliges Winterfell bekommen wie die Ponys. Katie hatte mal gesagt, das sei normal und bei Großpferden wäre eben die Unterwolle dichter, aber Jola war sicher, dass es noch eine andere Erklärung dafür gab. Ghost brauchte kein Winterfell, weil er nicht fror. Jedenfalls nicht so, wie normale Pferde es taten.

»Hey«, sagte sie leise zu ihm und streckte die Hand durch das Gitter. Ghost wandte ihr den Kopf zu und berührte sie sacht mit den Nüstern. »Ich habe was für dich. Keine Sorge, wir müssen es nicht gleich ausprobieren. Aber ich wollte es nicht allein auspacken, weißt du.« Außerdem geht es dich auch was an, dachte sie, sagte es aber nicht laut.

Ghost streifte mit seinen Lippen über ihre Hand, als suche er nach Leckerlis. Dann schnaubte er leise, und ihr ganzer Arm begann zu kribbeln, als würden hundert Schneeflocken gleichzeitig auf ihm landen.

Jola schob die Tür einen Spalt weit auf und schlüpfte hinein. Wieder erzitterte das Holz der Boxenwände unter einem Schlag und sie hörte es im Stroh rascheln und schaben. Es war nicht die Ideallösung, Ghost mit den anderen Pferden im Stall unterzubringen, aber eine andere Möglichkeit hatte es nicht gegeben, und seit die Temperaturen unter den Gefrierpunkt gerutscht waren, wollte Helen weder ihn noch die anderen Pferde in der Nacht draußen wissen. Immerhin lebten sie jetzt schon seit Wochen Zaun an Zaun, deswegen hatte keiner damit gerechnet, dass die anderen derart nervös auf ihn reagieren würden. Außer Keira natürlich.

Katies rotbraune Stute flippte regelmäßig aus, wenn er ihr zu nahe kam. Und daran hatte sich auch nichts geändert.

Jola setzte sich im Schneidersitz ins Strohbett und versuchte, das Geraschel und Gestampfe um sie herum auszublenden. Das Paket wog schwer auf ihrem Schoß, und eine Weile drehte sie es in den Händen und wagte nicht, es zu öffnen. Ghost trat einen Schritt näher zu ihr heran und senkte den Kopf, bis seine Nüstern ebenfalls an dem braunen Packkarton klebten. War es wirklich *das* Paket? Oder hatte ihr Vater was anderes bestellt, etwas, was zufällig ziemlich dieselbe Größe besaß, und sie kruschte jetzt an seiner Post herum?

Es gab nur einen Weg, das herauszufinden.

Sie atmete tief ein und wieder aus. Das Paket war sorgfältig verschlossen, aber mit dem Fingernagel ließ sich der Klebestreifen abziehen, sodass die beiden Kartonflügel auseinanderklafften. Vor Aufregung bekam sie schweißnasse Hände. Vorsichtig schob sie ihre Finger in das Paket und spürte einen glatten, kantigen Gegenstand. Die Größe stimmte. Und auch die Rillen und Erhebungen fühlten sich richtig an. Sie hielt den Atem an und zog den Gegenstand aus seiner Kartonummantelung. Er fühlte sich schwerer an als das Paket, als ob plötzlich etwas anderes darin wäre als noch vor wenigen Sekunden. Zischend floss ihr Atem aus ihr heraus und formte sich zu einer dunstigen geisterbleichen Wolke.

»Jetzt schau dir das an«, murmelte Jola und drehte sich so, dass Ghost alles mit ansehen konnte.

Seltsame verschnörkelte Zeichen. Dreiecke und Kreise, die sich hinter fünf Buchstaben verbargen. Erhaben, sodass sie sie mit dem Finger ertasten konnte. Selbst im Dämmerlicht schienen die

Zeichen zu leuchten, als ob derjenige, der sie draufgemalt hatte, genau wusste, dass man sie oft bei Dunkelheit betrachten würde.

OUIJA.

Jola stellte den seltsamen Kasten behutsam ins Stroh und versuchte, ruhig zu atmen. Ihr Herz schlug wie verrückt. Das Schnauben und Rascheln der Ponys verschwamm zu einem Hintergrundrauschen, und sie musste blinzeln, um die kleinen Buchstaben unten auf dem Kasten richtig zu entziffern.

Rufe die Geister. Tritt mit ihnen in Kontakt.

Achtung – dies ist kein Spiel. Alles, was du hiermit tust, geschieht auf eigene Verantwortung.

Geheimnispferde

Herr Ernst schritt gewohnt forsch durch die Schülerreihen und verteilte mit grimmiger Miene die Arbeitsproben aus der letzten Woche. Erst als er vor Jola stehen blieb, huschte ein Lächeln über sein Gesicht. »Sehr schön, Jola. Deine Sätze klingen wunderbar natürlich. Hast du schon mal daran gedacht, Nachhilfe zu geben?«

Sein Blick wanderte von ihrem Gesicht weiter zu ihrem Nebensitzer. Jonas stieß sich von der Bank ab und sein Stuhl schlitterte einen halben Meter rückwärts.

»Was, für mich? Keine Chance, Herr Ernst. Ich bin in den Ferien echt voll ausgebucht. Sorry.« Er grinste Jola an. Die Jungs neben ihm feixten amüsiert.

»Schaden würde es dir auch nicht, aber ich habe eigentlich an jemand anders gedacht«, knurrte Herr Ernst und wandte sich zur dritten Reihe um. Ohne ein Wort legte er Katie ihre Arbeit umgedreht auf den Tisch und runzelte die Stirn.

Katie hob vorsichtig den Blattzipfel an, beugte sich dicht über den Tisch und ließ das Papier so schnell wieder los, als habe es sie gebissen. Sie wartete, bis Herr Ernst weiterstapfte, und schaute zu Jola, zuckte mit den Schultern. Natürlich. Eine schlechte Note in Englisch konnte ihr nicht die Laune verderben, nicht zwei Tage vor Weihnachten, nicht bei dem schönen Pulverschnee, der im Sonnenlicht funkelte, und eigentlich auch sonst nicht. Jola nahm sich trotzdem vor, in den Ferien mit ihr zu üben. Wenn schon nicht für Katie, dann machte sie es eben Helen zuliebe.

»Und du? Wieder 'ne Eins?« Jonas versuchte, einen Blick auf Jolas Arbeit zu erhaschen, aber Jola ließ ihr Blatt, ohne daraufzuschauen, im Rucksack verschwinden.

»Bist doch so ausgebucht, da brauchst du dir keinen Kopf über meine Note zu machen. Trotzdem: echt nett von dir!«

Jonas grinste, aber Jola drehte ihm den Rücken zu und machte, dass sie ihre Sachen einpackte. Sie wollte endlich raus hier, endlich zurück zum Ginsterhof, endlich zu Ghost und das Geisterbrett ausprobieren! So ganz wusste sie selbst nicht, warum sie es nicht gleich ausgepackt hatte. In der Box bei Ghost. Wahrscheinlich wegen der Warnung: *Achtung – dies ist kein Spiel.* Was meinten die damit? Dass man mit dem Brett wirklich Geister herbeirufen konnte? Aber deshalb hatte sie es schließlich besorgt. Im Klassenraum war es warm, die Heizung bollerte auf vollen Touren, trotzdem war ihr mit einem Mal so kalt, dass sie eine Gänsehaut bekam.

Geister rufen, schön und gut. Nur: Wer garantierte einem, dass man die richtigen Geister damit rief? Und nichts … anderes anlockte?

Herr Ernst beendete den Unterricht eine Viertelstunde eher und wünschte allen ein fröhliches Weihnachtsfest. »Erholt euch gut, und denkt daran, dass wir gleich nach den Ferien die Klassenlektüre anfangen, also wer Zeit und Lust hat, kann sich gern über die Feiertage schon ein Werk überlegen.«

Lea drängelte Jola zur Seite und hakte sich bei Katie unter, als sie das Klassenzimmer verließen und in die Aula strömten.

»Englischlehrer sollten verboten werden«, tröstete sie Katie.

»Und überhaupt ist das eine Gemeinheit, dir damit die Ferien zu versauen. Hallo? Weihnachten, Fest der Nächstenliebe und so?«

»Ach, ich hab grad echt andere Sorgen«, erzählte Katie und blieb vor der Betonsäule stehen. »Das Weihnachtsgeschenk für meine Mam ist immer noch nicht fertig, und ich weiß nicht, wie wir das noch schaffen sollen. Anna hat nie Zeit, immer ist irgendwas wichtiger.«

»Was macht ihr denn?«, wollte Sanne wissen.

Katie grinste nur geheimnisvoll. »Das könnt ihr euch bald selbst anschauen.«

An der Betonsäule klebten normalerweise Veranstaltungshinweise oder Spendenaufrufe, aber kurz vor Weihnachten hatte jemand all die Plakate entfernt. Alle bis auf eines, das Jola noch nie gesehen hatte. In großen schwarzen Blockbuchstaben stand da: »Wanted: Bassist!« Darunter tanzte das Schattenbild eines Menschen mit Saiteninstrument vor dem Bauch. »Du beherrschst mindestens ein Instrument im Schlaf? Hast vielleicht schon mal in einer Band gespielt? Dann komm zum Vorspielen! Wo: Ginsterhof, Steinbach.«

»Das liest doch heute sowieso keiner mehr«, sagte Katie und schüttelte den Kopf. »Mein Schwesterchen soll sich mal lieber um wichtigere Sachen kümmern.«

»Apropos wichtigere Sachen. Das wollte ich euch schon den ganzen Tag erzählen.« Lea blieb stehen und lehnte sich mit dem Rücken an die Säule. »Ihr wisst doch, dass ich mit Papa die Datenbanken durchsucht habe. Die über vermisste und gestohlene Pferde.«

Katie warf Jola einen schnellen Blick zu. »Ja … und? Sag bloß, ihr habt was gefunden.«

Nein, dachte Jola. Sie kann gar nichts über ihn finden, weil … weil er ein Geist ist und nicht mehr lebt. Aber das sagte sie lieber nicht laut.

Lea schüttelte grimmig den Kopf. »Nichts, nada, niente. Es gibt nicht ein Pferd, das auf die Beschreibung von eurem Ghost passt!« Sie sah Katie erwartungsvoll an. »Was ist? Du flippst gar nicht aus vor Begeisterung?«

Katie kaute auf ihrer Lippe herum und guckte wieder zu Jola. »Na ja, das … das habe ich mir schon gedacht. Also, dass ihr nichts findet.«

»Wir haben echt alle Kanäle angezapft, die uns eingefallen sind. Einmal bin ich sogar in Frankreich gelandet, auf so einem alten Bauernhof – aber das Pferd war viel jünger, das kann er unmöglich sein. Wie es aussieht, dürft ihr ihn wirklich behalten.«

»Und das heißt: reiten!« Sanne klatschte in die Hände. »So cool. Ich bin schon so gespannt, wie er sich anfühlt!«

»Stopp mal.« Katie runzelte die Stirn. »Du meinst, er gehört jetzt uns? So richtig?«

»Na ja, seit dieser Charly hat sich kein potenzieller Besitzer mehr gemeldet. Also könnt ihr davon ausgehen, dass ihr ihn behalten dürft. Schließlich habt ihr ihn gefunden.«

Katie grub die Hände in die Taschen ihrer Jeans. »Genau genommen hat Jola ihn gefunden.« Wieder schaute sie Jola an, unsicher, fragend. »Wisst ihr das nicht mehr? In der Nacht haben wir den Geist gehört, der im Stall …«

»Hör bloß auf mit deinen Gespenstergeschichten«, quiekte Sanne. »Im Winter ist das noch gruseliger, weil es so lange dunkel ist.«

»Bleibt doch mal ernst, Mädels.« Lea verdrehte die Augen. »Ob jetzt Jola ihn zuerst gesehen hat oder du oder ich, spielt keine Rolle. Er lebt seit Wochen auf eurem Hof, basta. Damit gehört er quasi schon zur Familie.«

»Aber kommt euch das nicht komisch vor? Diese Geräusche, die Jola gehört hat in dieser Nacht. Das Rascheln, das Schnaufen … das kam aus dem Nichts! Wie wenn … wenn plötzlich jemand … da ist, der vorher nicht da war.« Katie hob die Schultern und wurde sogar ein bisschen rot. »Kapiert ihr das?«

»Du meinst, dein Geist hat ihn angeschleppt?« Lea lachte laut auf. »Klar, ganz bestimmt. Ich sag dir was: Piepegal, wie das passiert ist! So ein Pferd, das würde jeder gern behalten. Freu dich doch einfach, dass ich nichts gefunden habe.«

»Außerdem gibt es keine Gespenster.« Sanne nieste und schaute hoch zur Uhr. »Leute, wir müssen zum Bus!«

Jola und Katie sahen sich an und Jola lächelte ganz leicht. Es war genau so, wie Katie vorausgesagt hatte: Lea und Sanne glaubten nicht an Geister. Ein warmes Gefühl durchflutete sie. Endlich gab es etwas, was sie mit Katie gemeinsam hatte. Ghost verband sie. Er und sein gespenstisches Geheimnis.

Als Jola sich umwandte, stieß sie beinah mit Jonas zusammen, der hinter Sanne an der Säule lehnte. Wie lange hing er da schon rum? Hatte er etwas mitbekommen von dem, was sie eben geredet hatten?

Jonas wurde rot, als sie ihn anstarrte. Aber dann grinste er nur, hob entschuldigend die Hände und schob sich an ihr vorbei zum Ausgang.

»Was war das denn?« Sanne schnaufte empört. »Rennt der uns jetzt nach?«

»Nee, nicht uns.« Lea kicherte. »Nur Jola.«

Jola fuhr herum. »Was? Blödsinn. Er sitzt doch die ganze Zeit neben mir.«

»Tja, das ist ihm eben nicht genug.« Lea stupste sie an. »So, wie er die ganze Zeit mit dir rumfrotzelt. Hast du das echt noch nicht geschnallt?«

Jola schüttelte den Kopf. »Das ist Quatsch, Lea. Der kann mich gar nicht leiden.«

»Wollen wir wetten?« Lea lachte, aber Jola schüttelte nur den Kopf und zog den Kragen ihrer Wolljacke bis oben hin zu. Es gab jetzt Wichtigeres als Jungs.

Wenn Ghost tatsächlich ein Geist war, dann hatte er eine Mission. Geister spukten schließlich nicht ohne Grund. Und in den Ferien würden sie endlich rausfinden, warum er auf den Ginsterhof zurückgekehrt war!

Sanne und Lea fuhren im Schulbus zum Ginsterhof mit. Helen war mit Katies Großvater zum Arzt gefahren, hatte aber einen ganzen Berg Pfannkuchen gebacken, der in der Küche auf sie wartete. Dazu gab es selbst gemachtes Quittengelee mit Vanilleschoten und jede Menge Puderzucker.

Zur Feier des ersten Ferientages wollten die Mädchen danach direkt in den Wald, Wettrennen reiten. Jola schüttelte den Kopf, als Katie ihr anbot, wieder Billy zu nehmen. Sie wollte gar nicht mit. Ihr Kopf war zu voll mit anderen Dingen, er würde platzen, wenn sie die ganze Zeit stumm nebenherreiten musste und nicht über ihren Plan reden konnte. Katie sah sie ein wenig seltsam an, sagte aber nichts. Bestimmt dachte sie, Jola hätte Schiss, wenn Lea und Sanne dabei waren. Was nur zu einem kleinen Teil stimmte.

Jola wartete, bis die drei schwatzenden und lachenden Mädchen im Wald verschwunden waren, und lief zur Koppel hinter dem Stall. Stefan lehnte am Zaun, neben ihm stand jemand mit blonden Zauselhaaren und schwarzer Motorradjacke – Niko.

»… bestimmt die beste Lösung. Damit alle wieder ruhig schlafen können.«

Jola trat an den Zaun und Nikos Kopf fuhr herum. Er grinste, so wie immer, als hätte er sie bei was Verbotenem ertappt. »Hier, Jola ist doch eh seine heimliche Freundin. Sie kann ja bei ihm einziehen.«

»Bei wem?«

»Unserem Stallgast.« Stefan deutete mit dem Kopf auf Ghost, der mitten auf der Wiese stand und die Ohren auf sie gerichtet hielt, als würde er jedes Wort verstehen. »Er darf jetzt in den Schuppen hinter meinem Lager einziehen. Der Traktor wird in den Unterstand umquartiert und so hat er ein schickes Apartment für den Winter.«

»Ihr seid dann quasi Nachbarn.« Niko warf die Longe zu Boden und stieg auf den Zaun. »Wand an Wand.«

»Stimmt nicht«, gab Jola zurück. »Dazwischen liegt die Wohnung von Katies Großvater.«

Ghost würde im Schuppen schlafen? So nah? Vielleicht brauchte sie dann gar nicht in den Stall zu schleichen. Konnte man sich mit einem Geist auch durch Wände verständigen?

»Hoffentlich gibt's keinen Radau«, brummte Stefan. »Sonst müssen wir den am Ende auch noch umquartieren.«

»Der ist doch schwerhörig.« Niko grinste und stapfte über die Koppel auf Ghost zu.

Plötzlich kam Jola ein neuer Gedanke. Ob Stefan etwas bemerkt hatte? War ihm das Pferd etwa unheimlich geworden?

Ghost verhielt sich absolut friedlich, die anderen waren es, die verrückt spielten. Sie wartete, bis Stefan gegangen war und Niko mit Ghost am Halfter zum Zaun zurückkehrte.

»Ist denn was passiert, dass er so plötzlich ausziehen muss?«

Niko drückte das Gatter auf und ließ Ghost einen kleinen Bogen laufen, damit er es wieder schließen konnte. »Keira hat sich letzte Nacht eine üble Schramme zugezogen, sie muss ewig gegen die Wand getreten haben. Die Pferde sind alle total unruhig im Stall.«

»Aber ihr könnt ihn doch nicht allein einsperren! In dem Schuppen ist es stockdunkel. Und gruselig.«

Niko lief mit Ghost zum Reitplatz hoch. »Also ehrlich. Er soll doch nur da schlafen.«

Jola musste joggen, um mit ihm Schritt zu halten. »Trotzdem darf er nicht allein bleiben.«

»Er kriegt natürlich Gesellschaft. Wahrscheinlich Clyde, der ist ziemlich umgänglich. Oder Billy. Ist ja nur für ein paar Wochen.«

Jola sah zum Himmel hinauf. Weiße Wolken zogen vor dem blassblauen Hintergrund entlang wie ein Schwarm verirrter Vögel. Die Luft war klar, aber klirrend kalt, und der frische Schnee knirschte unter ihren Schritten wie Klettverschluss. Niko legte Ghost den Kappzaum an und verschnallte einen Longiergurt auf seinem Rücken. Dann fädelte er Ausbinder ein, klinkte die Longe in die oberste Schnalle und begann, Ghost in weiten Bogen um sich herumlaufen zu lassen. Jola stellte sich so, dass sie den Waldweg im Blick hatte, den Katie und die anderen irgendwann wieder herunterkommen mussten. Das alte Pony Colorado, das hier Sonderrechte besaß und frei herumlaufen durfte, hatte seine Nase in den Schnee gebohrt und schreckte hoch, als Ghost plötzlich stoppte, den Kopf herumwarf und ein helles Wiehern ausstieß.

»Ruhig, Junge.« Niko nahm die Longe auf, aber Ghost blieb starr. »Hey, alles in Ordnung! Was siehst du, hm?«

Jola ließ ihren Blick kreisen. Das Herz schlug ihr bis zum Hals. Das war wieder einer dieser Momente, in denen der Hengst ihnen etwas mitteilte! Nur – was? Sie wirbelte herum. Von Katie und den anderen Mädels war noch nichts zu sehen. Nur Colorado stand dort und guckte fragend herüber. Irgendwo schlug eine Tür und sie hörte ferne Stimmen. Die Pferde auf der Waldkoppel scharrten in der Schneedecke oder dösten im Wind, nur Keira, Katies verrückte rote Stute, lief mit aufgestelltem Schweif herum und zuckte nervös mit den Ohren.

War sie es? Ging es um Keira? Hatte sein geheimnisvolles Auftauchen mit ihr zu tun? Wollte er Katie warnen, stimmte etwas nicht mit der Stute? Aber Ghost nahm keine Notiz von Keira oder einem von ihnen, er starrte zum Hof und wieherte so laut und durchdringend, dass Jolas Ohren klingelten.

»Okay, du kannst schreien.« Niko lotste ihn in die Mitte des Reitplatzes und strich ihm sacht über den Hals. »Aber solange wir kein Pferdisch sprechen, bringt dir dein Gebrüll nichts.«

Der Hengst tanzte ein Stück von ihm weg, aber Niko kannte das Spiel inzwischen. Beruhigend redete er auf Ghost ein, hielt die Longe fest umklammert und wartete, bis der Moment vorüber war. Jola biss sich auf die Lippe und beobachtete ihn genau. Die weißen Ohren klappten zur Seite, sein Kopf sank herab, und all seine Anspannung löste sich so plötzlich auf, als hätte man ihm ein Schlafmittel gespritzt.

»Können wir jetzt weitermachen? Bitte?« Niko schüttelte den

Kopf und ließ das Halfter los. Er schnalzte mit der Zunge, und Ghost setzte sich wieder in Bewegung, aber nun waren seine Schritte nicht mehr flüssig und weich, sondern abgehackt und lustlos. Oder traurig?

»Gleich schläft er dir ein.« Helen trat an den Zaun und streckte die Hand aus. Niko beendete seine Lektion und ließ den Hengst zu ihr schlurfen. »Was ist passiert?«

»Das Übliche«, seufzte Niko. »Er wird plötzlich wild.«

Helen runzelte die Stirn. »Also ist es eine gute Idee, ihn von den anderen zu isolieren.«

Jola biss sich auf die Lippe. Ghost muss aber im Stall bleiben, wollte sie sagen – aber warum? Warum war sie sich da so sicher?

Weil er dort aufgetaucht war. Weil er schon viele Jahre dort hauste, viel länger als die meisten anderen Pferde sogar! Wie sollte sie Helen das bloß erklären?

Sie brachten Ghost zurück auf die Koppel, und Niko empfing zwei seiner Privatschülerinnen, die mit klappernden Zähnen am Stall lehnten und rot wurden, als er ihnen die Hand zur Begrüßung gab. Jola sah zu, wie Niko seine Show abzog und die beiden Haflingerstuten von der Waldkoppel holte, indem er sich ohne Sattel auf Taylors Rücken schwang und Miley vor sich hertrieb. Normalerweise hätte sie gern zugeguckt, aber die Reitstunde interessierte sie heute genauso wenig wie der Ausritt mit Katie. Sie wartete, bis Niko und die Mädchen im Durchgang in Richtung Stall verschwunden waren, dann stieg sie auf den Zaun und kletterte zu Ghost auf die Koppel.

Der Hengst prustete leise und reckte ihr den Hals entgegen, als sie zu ihm trat und die Hände unter seine lange Mähne schob. Sein weiches Fell war kurz und seidig und leuchtete wie Pulverschnee in der Sonne. Dagegen sahen die Ponys aus wie Merinoschafe.

»Ach, wenn du nur reden könntest«, flüsterte sie ihm zu. »Ich will dir so gern helfen, weißt du? Ich glaub nämlich an dich. Ich weiß, was du bist.«

Ghost ließ den Kopf auf ihren Rücken sinken und Jola hielt den Atem an. Es fühlte sich an, als würde er sie umarmen. Sie stand ganz still, um den Zauber nicht zu zerstören.

»Heute Nacht«, flüsterte sie in sein kaltes Fell. »Da probieren wir das mit dem Reden aus, okay? Hab keine Angst. Ich ruf schon keine bösen Geister zu uns.«

Im Haus war es still, nur das Feuer im Ofen knusperte leise vor sich hin. Jola lief in den Anbau und zog das Spielbrett unter ihrer Schlafcouch hervor. Eine Weile starrte sie nur darauf, so lang, bis ihre Augen flimmerten. Sollte sie es mit Katie ausprobieren? Oder lieber allein? Was, wenn sie damit unabsichtlich einen Geist rief, der nur ihr gehörte, ihr allein? Wollte sie den teilen?

Ihr Blick flog durch den Raum, in dem überall ihre Sachen verstreut lagen und der sich dennoch anfühlte wie ein Gästezimmer. Von ihrer Mutter war nichts hier, nicht mal ein Foto. Wieso sollte sie ausgerechnet hierherkommen? Das machte keinen Sinn. Geister kehrten an den Ort zurück, an dem sie gelebt hatten, so war es doch, oder? Sie hatten eine Mission. Eine unerfüllte Aufgabe, etwas, was sie zu diesem Ort zurückzog. Nach Hause.

»Ohne Scheiß«, sagte Jola laut in die Stille, »das ist gruselig.« Sie stellte die Schachtel ab und ließ sie langsam wieder unter die Schlafcouch gleiten.

Im Haupthaus lief sie fast Anna in die Arme, die wie immer

Stöpsel in den Ohren hatte und einen Korb mit frisch gewaschener Wäsche schleppte.

»Ist Katie schon zurück?«, fragte sie sie.

Anna zuckte mit den Schultern. »Nicht gesehen. Aber du kannst ihr ausrichten, dass ich drüben im Probenraum auf sie warte.«

Jola biss sich auf die Lippe. Na prima! Das Weihnachtsgeschenk für Helen, das fertig werden musste. Also brauchte sie gar nicht auf Katie zu warten. Enttäuscht drehte sie sich um und wollte schon zurückgehen, aber Anna rief: »Hey!«, und als Jola sich noch mal umwandte, flog ihr ein weißes Kuscheltier entgegen. Sie riss instinktiv die Arme hoch und fing es aus der Luft.

»Kannst du ihr geben, wenn du sie siehst.«

Anna zog mit der Wäsche ab, aber Jola blieb stehen und starrte auf das Kuscheltier in ihren Händen. Ein schlafendes weißes Pferd, die Augen geschlossen, den Mund zu einem verträumten Lächeln verzogen. Ein feiner Duft nach Weichspüler stieg von ihm auf und es fühlte sich filzig und abgegriffen an. Platt geliebt. Sie hatte das Pferd schon öfter gesehen, normalerweise schlief es auf Katies Kopfkissen. Ein Überbleibsel aus ihrer Kindheit wahrscheinlich. Aber sie hatte sich noch nie darüber Gedanken gemacht, was es bedeutete.

Ein weißes Pferd. Natürlich.

Sie hob es an und drückte es sacht an ihre Brust. Es fühlte sich warm und kuschelig an, so als ob es einen wunderbar in den Schlaf trösten konnte. Sollte sie es mitnehmen und Katie später bringen? Nein, bestimmt war das Pferd wichtig für sie. Und auch … persönlich. Besser, sie brachte es gleich hoch in Katies Zimmer.

Immer zwei Stufen auf einmal nehmend, hopste sie die Treppe hinauf und drückte die Klinke zu Katies Zimmer herunter. Das übliche Chaos aus abgestreiften Klamotten, vereinzelten Socken, Zeitschriften, Schulbüchern und leeren herumstehenden Joghurtbechern, in denen noch die Löffel steckten, erwartete sie. Jola stieg über einen Kleiderberg hinweg und wollte das Pferd aufs Bett setzen, aber sie blieb mit dem Fuß in einem Jeansbein hängen und stolperte. Das Pferd fiel ihr aus dem Arm und landete unsanft auf seinem Rücken. Und da sah sie den Riss. Eine aufgeplatzte Naht, genau auf Brusthöhe, aus der schon die Kuschelfüllung rieselte.

»Oh Mist, war ich das?« Jola bückte sich nach dem weißen Pferd und hob es behutsam auf. Vielleicht war sie mit dem Daumen an der Naht hängen geblieben? Auf jeden Fall musste das genäht werden. So würde es Katies Kopfkissen vollschneien. Sie versuchte, die Naht mit den Fingern zusammenzudrücken, und dabei stieß sie mit dem Daumen auf etwas Kantiges.

»Hast du ein Geheimnis?«, flüsterte sie dem Kuschelpferd zu. Ihre Finger tasteten sich jetzt durch die Füllung, bis sie auf ein zusammengefaltetes Stück Papier trafen. Es ließ sich ganz leicht herausziehen. Jola hielt den Atem an, ihr Blick flog zur Tür.

Katies Geheimnis. Das sie nichts anging. Ihre Finger zögerten. Der Zettel fühlte sich federleicht an, winzig, vielfach gefaltet. Klein und unbedeutend. Wenn Katie sie jetzt erwischte, wäre es aus mit ihrer Freundschaft, das war mal sicher. Sie biss sich auf die Lippe und stopfte den Zettel hastig zurück in die Kuschelfüllung.

Das Pferd in ihrem Arm schlief tief und fest. Es hütete ein Geheimnis, genau wie Ghost. Was würde es schaden, wenn sie nur einen klitzekleinen Blick riskierte? Wenn sie schnell machte, kriegte Katie davon ja gar nichts mit! Die Holzstufen knarrten und knacksten, sie würden Katie verraten, wenn sie zurückkam. Andererseits war sie ihre Freundin. Und die Geheimnisse von Freundinnen hatte man zu respektieren.

Aber was war das für ein seltsamer Zufall? Ein weißes Pferd mit einem Geheimnis …

»Verrätst du mich auch nicht?« Sie sah dem Kuschelpferd ins Gesicht. Schaute noch einmal zur Tür. Und ehe sie sich versah, hatten ihre Finger den Zettel auch schon wieder aus der Füllung gefischt.

Es war nur ein einzelnes Blatt. Was konnte das schon bedeuten? Ob Katie hier heimliche Liebesbriefe versteckt hatte? Der Zettel war so fest gefaltet, dass sie Mühe hatte, die Kanten voneinander zu lösen. So als ob er schon ewig in dem Pferd feststecken würde. Dann hatte sie es geschafft und hielt ein hauchdünnes rechteckiges Blatt Papier in der Hand, beschrieben mit dichten, winzigen Buchstaben.

Zuerst hatte sie Mühe, die Worte zu entziffern. Die Schrift sah komisch aus, so verschnörkselt, aber mit ein bisschen Fantasie konnte man erraten, was da geschrieben stand.

Lieber Gott, ich bin noch klein,
lass mich nicht alleine sein.
Schick mir in den stillen Raum
meinen silberschwarzen Traum,
ein Wolkenkind, das mich bewacht,
und das Mondlicht in der Nacht.
Lieber Gott, nun schlaf ich ein,
mein Geheimnis sei nun Dein.

Die Worte kamen ihr seltsam vertraut vor, obwohl sie das Gedicht sicher noch nie gehört hatte. Nein, kein Gedicht – ein Gebet. Bei den Webers war es üblich, vor jedem Essen zu beten. Meistens ging es dabei jedoch um die Mahlzeit und das Teilen und um Dankbarkeit. Dieses Gebet klang eher wie ein Schlaflied. Ein Schlaflied für ein Kind.

Sie drehte den Zettel zwischen den Fingern. Am liebsten hätte sie ihn behalten, ihn Katie gezeigt, sie gefragt, was das für ein Gebet war – Katie musste es kennen, bestimmt sogar, schließlich war das ihr Pferd! Aber die Schrift, die gehörte nicht Katie, eindeutig nicht.

Jola legte den Zettel sorgsam entlang des Falzes zusammen. Dann zog sie die Kuschelfüllung des weißen Stoffpferdes auseinander und stopfte ihn mitten hinein, aber nur so tief, dass seine Kante noch zu ertasten war.

Sie musste Katie unbedingt nach dem Schlaflied-Gebet fragen! Sobald ihr eine gute Ausrede einfiel, warum sie es herausgefischt und gelesen hatte.

Pferdisch für Anfänger

»Die Snowgirls sind wieder da.« Helen lächelte, als Katie, Lea und Sanne kichernd und singend und mit roten Wangen ins Wohnzimmer polterten. »Spaß gehabt?«

»Billy auf jeden Fall.« Lea lachte. »Der ging ab wie eine Schneekanone.«

»Aber Katie ist oben geblieben. Im Gegensatz zu mir.« Sanne verdrehte die Augen.

»Ist dir was passiert?« Helen zog die Brauen hoch. »Ihr habt doch bei dem Schnee kein Wettrennen gemacht?«

»Sie ist vom stehenden Pferd gerutscht«, berichtete Katie gut gelaunt und ließ sich auf die Rundbank fallen. »Sie wollte mir eine Schneeladung verpassen und hat sich zu weit aus dem Sattel gelehnt.«

Lea gluckste, und Jola ahnte, dass sehr wohl ein Schneerennen stattgefunden hatte. Und Helen wusste es bestimmt auch, aber sie sagte nichts weiter dazu. Vielleicht, weil sie als junges Mädchen genauso gewesen war – genauso verrückt nach wildem Wettreiten im Winterwald.

»Auf jeden Fall war es kalt«, setzte Sanne hinzu und plumpste neben Katie auf die Bank. »Arschkalt, um genau zu sein. Mir sind fast die Zehen abgefroren.«

»Dann hab ich das Richtige für euch.«

Helen verschwand in die Küche und kam kurz darauf mit einem Tablett zurück, auf dem ein Krug mit dampfendem Kakao stand, fünf Tassen und dazwischen ein Teller mit frisch gebackenen Plätzchen.

»Woah, Mam, echt cool!«

Die Mädchen rückten enger auf der Bank zusammen und wärmten ihre Hände an den Tassen, die Helen mit heißem Kakao füllte. Jola setzte sich ihnen gegenüber auf einen Stuhl und rutschte ein Stück, damit Helen sich ebenfalls setzen konnte. Das Gebet spukte ihr immer noch im Kopf herum, aber sie hatte keine Idee, wie sie das Gespräch in diese Richtung lenken könnte.

»Keira ist ein Knallerpferd«, berichtete Katie zimtsternkauend. »Wenn sie nur nicht so ein Hitzkopf wäre.«

»Als ich klein war, hatten wir auch mal ein Pferd hier, das ständig hitzig wurde«, erzählte Helen und goss sich ebenfalls Kakao ein. »Ein wunderschöner Kerl, aber leider völlig kopflos.«

Jola fiel beinah vom Stuhl, so ruckartig richtete sie sich auf. Katie verschluckte sich an ihrem dritten Zimtstern und hustete Krümel über den Tisch.

»Was? Wann war das?«

»Als ich ungefähr so alt war wie ihr.«

»Aber ich dachte, ihr hattet nur Colorado.« Katie runzelte die Stirn. »Du hast doch immer gesagt, er wäre dein einziges Pferd gewesen.«

Helen lächelte in die Runde. »Er gehörte uns nicht, er stand nur als Pensionspferd bei uns. Wir hatten den Stall umgebaut, ehe Colorado zu uns kam, und Papa hatte die Idee, noch ein paar Pferde aus der Gegend bei uns unterzustellen, damit der kleine Kerl nicht so einsam war. Das waren nicht viele, drei oder vier, an die meisten kann ich mich kaum erinnern. Aber dieser Kerl …

das war ein richtiges Wildpferd. Hat jedesmal eine Show abgezogen, als hätte man ihn unter Strom gesetzt.«

Katie starrte Jola an. Ihr Mund stand offen vor lauter Überraschung, anscheinend hörte auch sie diese Geschichte zum ersten Mal.

»Was war das für ein Pferd?«, fragte Jola schnell. »Ein Hengst?«

»Weiß ich gar nicht mehr.« Helen legte den Kopf schräg. »Nein, ich glaube, er war ein Wallach. Oder? Hm. Ich müsste Papa fragen, der kann sich vielleicht erinnern. Das Pferd war nicht lange bei uns, nur etwa ein halbes Jahr. Der Besitzer hat es verkauft, weil er sich am Ende gar nicht mehr traute, es zu reiten.«

»Und was … was ist aus ihm geworden?« Katie lehnte sich so weit über den Tisch, dass sie beinah ihre Tasse umstieß. »Ist es gestorben?«

»Aber nein!« Helen griff nach einem Vanillekipferl und drehte es in den Fingern. »Es kam zu einem neuen Besitzer und dort war das Pferd plötzlich wie ausgewechselt. Es ließ sich sogar von Kindern reiten, war die Ruhe selbst. Bestimmt hatte es ein langes, glückliches Pferdeleben.«

»Dann solltest du Keira auch hergeben, Katie«, meinte Sanne und grinste. »Vielleicht kann sie dich einfach nicht leiden!«

»Haha«, machte Katie, aber Jola sah genau, dass sie mit ihren Gedanken ganz woanders war. »Was ist passiert? Warum hat es sich bei uns so verrückt aufgeführt?«

Helen betrachtete das Kipferl nachdenklich. »Das haben wir nie erfahren. Ich vermute, der Besitzer hat irgendwas mit ihm angestellt, was dem Pferd nicht gefiel. Das ist die einzige Erklärung, die mir dazu einfällt.«

Jola versuchte angestrengt, ihre Gedanken zu sortieren. War

dieses Pferd Ghost gewesen? Von der Beschreibung her konnte es sein – auch Ghost verhielt sich manchmal verrückt und unberechenbar. Oder hatte das Pferd aus einem anderen Grund durchgedreht? Hatte es den Geist gespürt, der auf dem Ginsterhof umging? Den Geist, den damals noch niemand sehen konnte?

»Wie hat es ausgesehen?«, fragte sie Helen. »War es groß, so wie – wie Ghost?«

Helen lachte und steckte sich das Vanillekipferl in den Mund. Noch während sie kaute, schüttelte sie den Kopf. »Also, daran erinnere ich mich ziemlich gut. Er war ebenso schön wie Ghost, das ja. Aber er war nicht weiß, sondern feuerrot, ganz ähnlich wie Keira. Und er war kein richtiges Pferd, sondern eigentlich ein Pony. Ein großes Pony mit langer, wallender Mähne und dichtem Behang. Ich habe damals darum gebettelt, dass wir ihn kaufen und behalten, aber mein Vater hatte wohl Angst um mich, deshalb kam er weg. Was am Ende ja auch gut für ihn war.«

Enttäuscht ließ Katie die Mundwinkel fallen. Aber Jola war nicht enttäuscht. Sie war jetzt ganz sicher: Dieses Pony hatte den Geist ebenfalls gespürt! Und das bedeutete, er war schon hier, als Helen ein Kind gewesen war. Vielleicht sogar schon, als ihr Vater noch ein Kind gewesen war und dessen Vater und …

Ein Martinshorn ertönte, kurz und knapp. Lea sprang auf und trank im Stehen schnell noch ihren Kakao aus. »Das ist mein Dad. Danke für die Plätzchen!«

Helen erhob sich ebenfalls und wünschte den Mädchen fröhliche Weihnachten. Katie sauste schnell nach oben in ihr Zimmer, um die Geschenke für ihre Freundinnen zu holen, und schon lagen sich alle in den Armen und verabschiedeten sich theatralisch.

»Gab es denn davor auch Pferde hier?«, fragte Jola so beiläufig wie möglich, als Lea und Sanne aus der Tür waren. »Bevor du Colorado bekommen hast?«

»Nein«, sagte Helen und winkte zu Leas Vater im Polizeiauto hinaus. »Meine Eltern haben einen Bauernhof mit Nutztieren betrieben. Kühe, Schweine, Hühner, Hasen. Und Traktoren.«

»Und als dein Vater klein war? Gab es da Pferde hier?«

Helen furchte die Stirn. »Warum interessiert euch das denn so arg?«

»Projekt für Geschichte«, erklärte Katie schnell. »Wir sollen über alte Bauernhöfe zur Zeit der … also … von früher berichten.«

»Aha.« Helen lächelte etwas schräg. »Und natürlich habt ihr vor, euch dabei auf die Pferdehaltung zu fokussieren.«

»Das ist nur so eine freiwillige Sache«, warf Jola ein. »Damit uns in den Ferien nicht langweilig wird.«

Helen lachte auf. »Klar. Weil Katie in den Ferien freiwillig einen Finger für die Schule rührt! Aber ich muss euch enttäuschen. Ich weiß es nämlich nicht. Da müsst ihr meinen Vater schon selbst interviewen. Allerdings nicht heute, er hat sich hingelegt.«

»Fehlt ihm was?«, fragte Katie erschrocken.

»Sein Herz macht wieder Schwierigkeiten«, klärte Helen sie auf. »Das ist noch nicht bedrohlich, aber er soll in nächster Zeit unbedingt Aufregung vermeiden.«

»Also keine gruseligen Filme mehr gucken.«

»Oder Traktor fahren. Und damit das Feld vom Nachbarn plattmachen.« Helen seufzte. »Er will einfach nicht einsehen, dass er für manche Dinge langsam zu alt ist.«

Eine Weile schwiegen sie, nur Minnie grunzte im Schlaf. Dann setzte Katie mit einem Mal ihr breitestes Lächeln auf. »Du,

Mama, Lea hat gesagt, wenn jemand ein Tier findet und der Besitzer taucht nicht mehr auf, dann darf man das Tier offiziell behalten. Und wenn es uns gehört, könnte ich doch …«

Helen schüttelte langsam den Kopf. »Deswegen haben wir uns schon erkundigt, Katie. Bei einem zugelaufenen Hund oder einer Katze mag das nicht so kompliziert sein, bei einem Pferd ist es eine ganz andere Geschichte. Das muss versichert werden, denn wir haften ja dafür, wenn wir als Reitbetrieb jemanden auf seinen Rücken lassen.«

»Aber Ghost ist jetzt fast drei Monate hier und nicht mal die Polizei hat seinen Besitzer aufgetrieben!«

»Es gibt Tiersammelstellen, in denen entlaufene oder gefundene Tiere registriert werden. Erst wenn sich dort innerhalb eines halben Jahres kein Besitzer meldet, können wir das Eigentum an ihm erwerben. Offiziell.«

»Was? Soll er etwa noch drei Monate an der Longe im Kreis rennen? Das langweilt ihn doch zu Tode, Mam!«

»Tut mir leid, Katie.« Helen sah ihre Tochter streng an. »Solange er nicht versichert ist, wird er nicht geritten. Ihr könnt mit ihm spazieren gehen, wenn ihr mögt. Aber geritten wird nicht! Er hat genug Bewegungsmöglichkeit auf der Koppel, und durch die Longierarbeit bleibt er in Form, es gibt also keinen Grund, warum wir ihn reiten müssten.«

»Ach Menno.« Katie schob die Unterlippe vor. »Dabei willst du ihn doch selber auch behalten.«

Helen lachte laut auf. »So wie dieses verrückte Pferd damals? Ja, natürlich. Trotzdem sind wir vernünftig und halten uns an die Regeln. Und vorerst gehört er nun mal nicht uns.«

Katie wartete, bis Helen in der Küche verschwunden war. Ihre

Augen funkelten verschwörerisch. »Das war irre, oder? Ich dachte echt, dieses verrückte Pferd aus ihrer Geschichte wäre Ghost!«

»Ich auch.« Jola flüsterte, dabei klapperte Helen so laut mit dem Geschirr, dass sie sie ohnehin nicht hören konnte. Dann fiel ihr etwas ein. »Mensch, kann ja gar nicht sein! Deine Mutter hat als Kind auch von einem weißen Pferd geträumt. Genau wie du. Wenn es damals noch gelebt hat, konnte es unmöglich euer Stallgeist sein.«

»Also muss Ghost schon länger hier herumspuken. Schon vor diesem verrückten roten Pferd.«

»Weißt du, was? Ich glaube, es hat den Geist gespürt und sich vor ihm gefürchtet. So wie Keira. Deshalb war er in dem neuen Stall auch wieder die Ruhe in Person.«

»Du, ich hab eine Idee.« Katie lehnte sich näher zu Jola. »Wegen Keira. Ich muss da was ausprobie…«

Die Haustür flog auf und kalte Schneeluft wirbelte in den Flur. Anna stand davor, nur im Pulli, und hüpfte frierend von einem Fuß auf den anderen. »Mann, was ist? Kommst du mal? Wir müssen heute noch fertig werden mit dem Geschenk für Mama.«

»Oh Mist, das hab ich ganz vergessen!« Katie griff sich schnell ihre Jacke, schlüpfte in ihre Reitstiefel und folgte Anna nach draußen. »Wir reden morgen, Jola. Das dauert heute länger. Kannst du helfen, die Pferde reinzuholen?«

Laut bellend rannte Minnie über die Koppel und trieb die Pferde vom oberen Ende der Koppel zum Stall hinunter. Die meisten kamen freiwillig, schließlich gab es frisches Heu und eine Handvoll Kraftfutter und Rüben für jeden. Aber ein oder zwei der Ponys brauchten immer eine Extraeinladung.

Keira stand bereits im Stall, Katie hatte sie mit Futter versorgt und mit Stroh trocken gerieben. Ihre Ohren lauschten nach draußen, und Jola konnte sehen, wie ihr ganzer Körper sich anspannte, als Ghosts Silhouette im matten Lichtschein der Stallbeleuchtung auftauchte. Sie stieß ein Wiehern aus und polterte rückwärts gegen die Boxenwand. Aber Stefan führte Ghost am Stall vorbei in die Dunkelheit, bis der Schimmel auf dem Schneeweg nicht mehr zu erkennen war.

»Siehst du? Alles okay.«

Jola beobachtete Keira ganz genau. Von Katie wusste sie, dass die Ohren eines Pferdes immer seine Stimmung verrieten, und Keiras Ohren blieben gebannt auf die Stelle gerichtet, an der Ghost eben wie ein weißer Schatten verschwunden war. Sie traute dem Frieden noch nicht ganz, aber immerhin war sie wieder ruhig.

»Warum macht er dir solche Angst, hm?«

Sie versuchte, die Stute zu sich zu locken, aber Keira ließ die Tür nicht aus den Augen. Sie rührte nicht mal die Rüben an, die Jola ihr in den Trog warf.

»Du brauchst gar nicht zu warten«, sagte Jola zu ihr. »Er schläft jetzt im Schuppen hinter dem Anbau. Mit Billy. Ihr habt euch nicht sehr gastfreundlich aufgeführt.«

Minnie stapfte mit Schneepfoten herein und Helen schloss die Doppelflügeltür hinter ihr. Dann liefen sie durch den Stall und wünschten allen Pferden eine gute Nacht und löschte Helen das Licht und verschloss das Tor sorgfältig. Die dichte Schneedecke knirschte unter ihren Sohlen, und ihr Atem gefror zu weißen Wolken, die in der Luft zu schweben schienen.

»Morgen ist Weihnachten«, sagte Helen und sah zum Himmel

hinauf. »Weißt du, wie lange wir an Heiligabend keinen Schnee mehr hatten?«

»Nein«, erwiderte Jola und stapfte neben Helen zum Haus. »Im Dezember ist auf der Südhalbkugel Hochsommer. Wir haben im Sand unter Palmen gefeiert.«

Helen schloss die Haustür auf und ließ erst Minnie, dann Jola eintreten. »Skurril. Für mich gehört der Winter zu Weihnachten dazu. Als ich klein war, hat es oft im Dezember schon geschneit. Aber seit ein paar Jahren wird das immer seltener. Schade, oder? Der Schnee verzaubert die Atmosphäre und alles wird so viel wunderlicher und geheimnisvoller.«

Jola spürte, wie ihr ein Schauder über den Rücken rann. Geheimnisvoll war dieses Weihnachtsfest auf jeden Fall – mit oder ohne Schnee!

»Ich geh dann mal«, sagte sie zu Helen. »Gute Nacht.«

In der kleinen Wohnung im Anbau brannte Licht, als sie die Tür entriegelte. Zwei Sandwichs lagen auf Papierservietten neben dem Tannenzweig, den Jola mit kleinen Zapfen und roten und goldenen Bändern geschmückt hatte. Sie biss in eines hinein, obwohl sie überhaupt nicht hungrig war.

Im Schlafzimmer brannte Licht, also nahm sie das zweite Sandwich mit und öffnete die Tür.

Ihr Vater saß mit Kopfhörern vor seinem Laptop und sortierte Fotos von kurzärmeligen Nikoläusen am Strand. Er lächelte, als sie ihm das Sandwich reichte, zog sich einen Stöpsel aus dem Ohr und scrollte zu einem Bild, das sie selbst Nase an Nase mit einem der Weihnachtsmänner zeigte. Ihre Lippen waren gekräuselt, so als ob sie ihm gerade ihren Wunsch zuflüstern würde. Das Bild war damals auf einer Doppelseite in einem Surfer-Magazin abgedruckt worden.

»Weißt du noch? Auckland vor zwei Jahren. Mann, wie ich die Wintersonne vermisse.«

»Was machst du?«, fragte Jola. »Hast du einen Auftrag?«

»Nein, gerade nicht.«

»Und die Weihnachtsmänner?«

»Nostalgie«, sagte er, und wieder lächelte er so traurig, dass sie ihn in den Arm nehmen musste. Er drückte sie an sich, und Jola dachte: Seltsam, er scheint mir so fremd – als ob sich in den letzten Wochen etwas zwischen uns verschoben hat. In Neuseeland hatten sie in einem winzigen Bus gehaust und immer gewusst, was der andere dachte. Jetzt, hier, mit einer Tür zwischen ihren Schlafräumen, hatten sie sich irgendwie … ausgesperrt.

»Ich muss noch ein bisschen weitermachen«, sagte ihr Vater und setzte den Kopfhörerstöpsel zurück in sein Ohr. Er klickte die Weihnachtsmänner weg und Bilder von Eisblumen und Schneespuren füllten den Bildschirm. »Ein paar Fotos für die Datenbank aussortieren.«

Jola stand eine Weile neben ihm und sah ihm zu, doch auf einmal hörte sie ein Rumpeln und Stampfen, das durch die Wand zu kommen schien. Sie trat ans Fenster und spähte hinaus. Die schneebedeckten Himbeersträucher zerflossen in der blassen Finsternis. Überhaupt hatten sich die Schatten und Umrisse verändert, verschneite Büsche wurden zu buckligen Fremden und der Schneemann auf dem Feld zu einem fernen Reiter. Der Schnee schien zu leuchten, als würde er das Mondlicht aufsaugen und für sich selbst verbrauchen. Die Welt war erstarrt, verstummt. Und doch schien sie auf etwas zu warten.

»Ich bin … ich muss auch noch was … gute Nacht!« Jola drückte ihrem Vater einen Kuss auf die Wange und huschte aus dem Zimmer. Sie schloss die Tür, wartete kurz, lauschte, aber er war zu beschäftigt mit sich und seinen Bildern, er würde sie nicht stören. Einen Moment blieb sie regungslos stehen. Bis wieder das Stampfen ertönte, das einzige Geräusch, das durch die Nacht drang.

»Es geht los«, flüsterte sie zu sich selbst. »Hab keine Angst!«

Sie ließ sich vor der Schlafcouch auf die Knie nieder, griff mit einer Hand darunter und zog das Spielbrett hervor. Sorgsam legte sie es vor sich hin. Obwohl sie nicht direkt hinschaute, glaubte sie, die Worte ganz unten auf dem Karton würden ihr entgegenleuchten: *Achtung – dies ist kein Spiel.*

»Das soll es auch gar nicht sein«, sagte sie und stand auf. Sie löschte das Licht, trat ans Fenster und zog die Vorhänge weit auf. Ihre Augen brauchten einen Moment, um sich an das Schneelicht zu gewöhnen, aber nach ein paar Atemzügen konnte sie die Worte und Buchstaben auf dem Deckel der Schachtel erkennen, und das genügte ihr.

Sie hockte sich wieder vor der Couch auf den Boden, zog die Beine an und legte die Fingerkuppen an den Deckel der Schachtel. Ihre Hände fühlten sich kalt an, aber der Deckel glitt nach oben, als würde er sich auch ohne ihre Berührung öffnen. Jola hielt den Atem an, als sie das dünne Spielbrett heraushob und vor sich auseinanderklappte. Es war braun, vielleicht auch dunkelgold, so genau konnte sie das in dem Dämmerlicht nicht erkennen, und relativ schlicht gehalten. Links und rechts ein paar Schnörksel, oben links eine Sonne, rechts gegenüber der Mond. Daneben die Worte »yes« und »no«. In der Mitte des Spielbretts waren alle Buchstaben des Alphabets aufgelistet und darunter die Zahlen von eins bis neun sowie null. Am Ende stand »goodbye«.

So gespenstisch sah es gar nicht aus. Eigentlich wie ein ganz normales Spielbrett.

Jola zog die Schachtel heran und suchte nach einer Anleitung oder irgendwas, das ihr sagen würde, was jetzt zu tun war. Doch sie fand nur eine helle, pfeilförmige Plakette mit einem Loch in der Mitte in der ansonsten leeren Schachtel. Sie zögerte, aber nur einen winzigen Augenblick, dann nahm sie die Plakette heraus und platzierte sie ganz oben auf dem Spielbrett, genau zwischen Sonne und Mond. Ihr Herz schlug so laut, dass Ghost es in seinem Stall hören musste. Eine Tür schlug, nah, irgendwo nebenan, und sie glaubte, Schritte zu hören, langsame, bedächtige Schritte auf Holzdielen – oder bildete sie sich das nur ein? Sie schloss die Augen, zählte leise bis drei und fragte mit bebender Stimme: »Ghost? Bist … bist du hier?«

Es krachte. Holz splitterte, dann ertönte ein Wiehern, so laut und durchdringend, dass es sogar die Webers drüben im Haupthaus hören mussten.

»Sssscht«, machte Jola. »Ich will nur mit dir reden, geht das?«

Ghost wieherte abermals. Es klang wie ein Schrei. Jola hörte, wie er gegen die Wand schlug, genau wie damals, als er hier aufgetaucht war und sie noch nicht wussten, was mit ihm war, ob er vielleicht krank war oder verletzt …

»Ghost«, rief sie, lauter jetzt. »Beruhige dich! Bitte!«

Sie sah auf das Brett hinab, auf die Plakette, die bei jedem Aufprall seiner Hufe gegen Holz ein Stück weiter nach rechts tanzte, wums, wums, wums. Nun zeigte das Loch beinah auf das Wörtchen »no«. Na prima.

»Pass auf, wir lassen das, ja? Es ist gut, ich wusste nicht, dass es dich so aufregt …«

Verzweifelt packte sie die Kanten, kippte die Plakette zurück in die Schachtel und schleuderte das Brett hinterher. Ihre Finger zitterten so sehr, dass sie drei Anläufe brauchte, um den Deckel wieder auf das Unterteil zu kriegen. Ihr Vater stürmte aus seinem Zimmer und blieb verwirrt in der Tür stehen, schaute suchend um sich, fand sie nicht in der Dunkelheit. Jola verpasste dem Spiel einen kräftigen Stoß und hörte, wie es unter die Couch rutschte und an der Wand anrumste. Dann fuhr sie hoch und stieß sich den Kopf an der Couchkante.

»Au!«

»Jola?«

»Ja … hier.«

»Alles okay mit dir? Ich hab dich rufen hören.« Ihr Vater kniete sich neben sie und fuhr mit der Hand über ihre Haare.

»Alles gut. Ich hab nur … hast du das auch gehört?«

»Das Pferd? Oh ja. Es ist der fremde weiße Hengst, oder?«

»Ja. Er …«

Jemand kam mit einer Taschenlampe den Weg entlanggerannt. Jola stürzte zum Fenster, riss es auf und ließ die Nacht herein. Es war Stefan, in Strümpfen, gefolgt von Minnie.

»Was ist passiert?« fragte er, als er Jola entdeckte.

»Ich … weiß auch nicht«, log Jola und biss sich rasch auf die Lippe.

Sie hörte, wie Stefan in den Schuppen trat und beschwichtigend auf Ghost einredete. Der Hengst schien sich nur langsam zu beruhigen, denn Stefan blieb eine kleine Ewigkeit bei ihm. Nach einer Weile kletterte Jolas Vater durch das Fenster und lief

Stefan nach, um ihm ein Paar seiner Schuhe zu bringen. Die beiden Männer redeten leise miteinander, und Jola wäre am liebsten auch zu ihm gegangen, zu Ghost in den Stall, aber sie hatte ein mieses Gewissen, weil sie sich für diesen Ausbruch verantwortlich fühlte.

Und das bedeutete: Das Geisterbrett funktionierte! Sie hatte tatsächlich eine Möglichkeit gefunden, mit Ghost in Kontakt zu treten!

»Wahnsinn«, flüsterte sie und schlug bibbernd die Arme um ihren Körper. Kalte Nachtluft flutete das Zimmer und ließ ihren Atem zu Wolken gefrieren. Sie blieb trotzdem stehen, genau dort, und lauschte zum Schuppen hin.

Ghost wieherte noch immer, aber wenigstens hatte er aufgehört, wie wild um sich zu schlagen.

Nach einer endlosen Weile kehrte ihr Vater zurück. Er musste halb in die Himbeersträucher steigen, um durch das Fenster ins Zimmer klettern zu können. Feiner Schnee rieselte von seiner Hose und bildete eine Flockenpfütze zu seinen Füßen.

»Geht schlafen«, sagte Stefan von draußen, obwohl Ghost noch immer keine Ruhe gab. »Wir besprechen morgen, wie es mit dem Kerl weitergeht.«

Sie machten das Fenster wieder zu und Jola zog sich ihr Nachtshirt an und kroch in ihren Schlafsack. Sie holte eines der Pferdefachbücher unter ihrem Kopfkissen hervor, das sie aus dem Regal im Wohnzimmer geborgt hatte, und tat, als würde sie lesen. Ihr Vater verschwand wieder in seinem Arbeitszimmer und sie legte das Buch zur Seite. In ihrem Kopf dröhnte es. Sie schloss die Augen und ließ den Kopf nach hinten sinken, verschränkte die Arme darunter und starrte an die Decke.

Das war kein Spiel, nein, wirklich nicht. Was hatte sie nur getan?

Irgendwann schlief sie ein, aber die verzweifelten Rufe des weißen Hengstes hallten die ganze Nacht in ihren Träumen wider.

Lotte
1944

Schneeflocken tanzten wie winzige helle Schatten vor ihren Augen, und sie musste blinzeln, um die Pferde sehen zu können. Herr von Weyke ritt vornweg, zusammen mit zwei jungen Reitburschen und den Fremden, die zuletzt auf dem Hof gearbeitet hatten. Sie trieben die Pferde dicht zusammen, damit nur ja keines von ihnen verloren ging. Wolkenherz musste unter ihnen sein, irgendwo, eingekesselt von den fliehenden, unruhigen Leibern, doch sie konnte ihn nicht mehr sehen, so sehr sie sich auch anstrengte.

»Mädchen!« Frau von Weyke rutschte auf dem Kutschbock zur Seite, um Platz zu machen. »Komm zu mir. Nun komm schon!«

Zuerst zögerte sie, dann aber kletterte sie doch nach vorn und zog eine raue Wolldecke über ihre Knie. Die Nacht war schrecklich kalt und doch spürte sie es kaum.

Frau von Weyke reichte ihr die Zügel und schloss für einen Moment die Augen. Dann flüsterte sie mit bebender Stimme: »Sag mir, wie hat er ausgesehen? Was war mit meinem Jungen?«

Ein Bild entstand in dem Flockenwirbel, so klar, so deutlich, als würde Max vor ihr stehen. Aber nicht der Max, den sie kannte. Ein anderer, fremder Max – humpelnd, verstört, frierend in seiner viel zu dünnen Jacke. Sie stieß ein trockenes Husten aus und die Flocken gaben das Bild frei. Max löste sich auf, Schnee wurde wieder zu Schnee, und sie presste die Faust fest um die Zügel, um nicht laut aufzuschluchzen.

»Er hatte … Angst«, brachte sie hervor. »Er hat geblutet. Und sein Bein … Frau von Weyke, warum ist er nicht mit uns gekommen? Er kann doch auch nicht dortbleiben.«

»Weil er zurückgehen muss, Mädchen. Bestimmt haben sie ihm nur erlaubt, uns zu warnen. Bestimmt …« Ihre Stimme wurde von einem plötzlichen Donnern verschluckt, das sie beide zusammenzucken ließ. Die Erde erbebte und ihre Kutschpferde warfen nervös die Köpfe hoch.

Wolkenherz, dachte sie und suchte verzweifelt die unzähligen Reihen der Pferde ab. Doch der Schnee sprenkelte die dunklen Leiber, als hätte man Tarnfarbe über sie gekippt. Alle Pferde schienen plötzlich silberschwarzes Fell zu haben, alle schienen im selben Takt zu laufen.

Ich bin hier!

Sie schickte diesen Gedanken mit aller Macht in den Schneesturm.

Hier, ganz nah! Ich bin dort, wo du bist. Ich passe auf dich auf, immer, ewig.

Wie ich es versprochen habe.

Weihnacht im Wald

Schneeluft weckte Jola am Morgen des 24. Dezember. Sie schälte eine Hand aus ihrem Schlafsack und tastete nach ihrer Nase, die sich schon anfühlte wie ein Eiszapfen. Warum konnte man den Schnee eigentlich riechen? Weil er alles andere zudeckte, jeden Geruch, alles Leben da draußen? Nein, stopp, nicht jeden Geruch. Da war noch was, vermischt mit der Kälte, ein Duft, sie kannte diesen Duft, das waren doch …

»Bagels«, flüsterte sie und schlug die Augen auf. Direkt vor ihrer klammen Nase tanzte ein Bagel durch die Luft, dick bestrichen mit Frischkäse und Marmelade, und Jola griff danach, bevor sie sich aufrichtete.

»Hmmm. Danke!«

Ihr Vater ließ sich mit einem Plumps neben ihr auf die Schlafcouch fallen.

»Merry Christmas, meine Kleine«, sagte er leise und strich ihr über die Haare. »Du musst leider allein frühstücken. Ich muss den ganzen Vormittag noch arbeiten.«

»Im Postamt?«

Er nickte brummend. »Da herrscht heute Hochbetrieb. Drück mir die Daumen, dass ich bis zur Waldweihnacht zurück bin.«

Jola wollte gerade in ihren Bagel beißen, als sie sich der Stille bewusst wurde. Schneekaltleise war es draußen, kein Wummern, kein Wiehern, nichts. Sie runzelte die Stirn.

»Er hat aufgehört«, sagte sie nur und deutete mit dem Kinn in Richtung Schuppen. »Der weiße Hengst.«

Ihr Vater nickte. »Schon vor einer Weile. Stefan hat ihn rausgebracht, er läuft wieder auf der Koppel herum.«

»Bestimmt war er heilfroh, da rauszukommen«, vermutete Jola und setzte sich so, dass der Bagel nicht ihr ganzes Kopfkissen vollkrümelte.

»Nein, eigentlich nicht.« Ihr Vater stand auf und zog seine Schuhe an. »Er wollte drinnenbleiben. Stefan hat ziemlich geschimpft, bis er endlich mitgekommen ist. Verrückter Kerl.«

Verwirrt runzelte Jola die Stirn. »Echt? Er ist nicht gleich rausgestürmt? Aber das ist seltsam. Heute Nacht dachte ich, er reißt gleich den Schuppen ein.«

»Dafür war das Pony fix und fertig. Jetzt überlegen sie, ob er doch zurück in den großen Stall ziehen darf.« Ihr Vater grinste. »Wenn er sich weiter aufführt, als müsste er die Toten wecken.«

Der Bissen blieb Jola im Hals stecken und sie musste husten. Die Toten … darauf war sie ja noch gar nicht gekommen! Hatte er mit seinem Gestampfe und Gewieher vielleicht genau das versucht? Aber wen hatte er gerufen? Einen zweiten Geist? Jemanden, der früher einmal hier gewohnt hatte?

Ihr Vater trat zum Fenster, zog die Vorhänge zur Seite und schloss den Flügel. Eine ganze Weile blieb er dort stehen und schaute raus, bis Jola aufsprang und sich neben ihn stellte.

Ghost lief auf der Koppel auf und ab. Er sah höchst unzufrieden aus, warf den Kopf hin und her, stampfte mit den Vorderhufen auf und verharrte immer wieder so plötzlich, als sei ihm eben etwas Wichtiges eingefallen. Seine lange, glänzende Mähne bewegte sich im leisen Wind, als würde jemand mit den Fingern hindurchfahren. Alles an ihm war grazil und schön, aber sein Geheimnis umhüllte ihn wie einen Mantel.

»Man müsste ihn fotografieren«, murmelte ihr Vater, mehr zu sich selbst. »Ein so makellos weißes Pferd im Schnee, was für eine Herausforderung.«

Dann mach doch, wollte Jola sagen – aber sie wusste genau, dass dieses Foto niemals entstehen würde. Ihr Vater schlug einen weiten Bogen um Pferde und hatte sich nur ihr zuliebe auf dem Ginsterhof niedergelassen. Vor seine heilige Linse kam ihm garantiert kein Pferd, schon gar keines, das ihn an ihre Mutter erinnerte. Sie hatte auch ein Pferd gehabt, das grazil und schön gewesen war. Wegen diesem Pferd war sie heute nicht mehr hier.

»Hast du ein Foto von Mama?« Jola biss sich auf die Lippe, aber die Frage war ihr schon rausgeschlüpft. Ihr Vater hatte alle Fotos weggeräumt, als sie ihre Wohnung aufgelöst hatten, so wie eigentlich alle Erinnerungen. Das war seine Art, damit umzugehen. Sie hatte mal ein Foto besessen, ein zerknittertes sepiafarbenes Porträt, das ihr Vater von ihrer Mutter gemacht hatte, als sie sich eben erst kennenlernten. Obwohl das Foto durch die Farben und Knitter alt wirkte, sah sie darauf so jung aus, viel zu jung zum Sterben. Aber das Foto war irgendwo in einer der vielen Reisetaschen verloren gegangen.

»Natürlich habe ich Fotos von Mama«, sagte ihr Vater leise.

»Auch eines von ihrem Pferd? Von ihnen beiden, also ich meine … zusammen?«

Abrupt drehte sich ihr Vater vom Fenster weg. Er ließ seinen Blick durchs Zimmer fliegen, trat zur Garderobe und schlüpfte langsam in seine Jacke. Jola presste die Lippen aufeinander und wartete. Es musste Fotos geben, er konnte nicht alles gelöscht haben, nicht wegen dem Pferd, das hätte er nicht gemacht, niemals – oder?

»Muss ich suchen«, sagte ihr Vater und lächelte dumpf. »Bis später, Kleines. Mach dir einen schönen ersten Ferientag.«

Eine ungewöhnliche Ruhe lag an diesem Morgen über dem Ginsterhof wie eine feine, weiche Decke aus Schnee. In Annas Probenraum brannte kein Licht, Katie trainierte nicht mit Keira oder sonst einem Pferd und Helen hatte den Stall schon vor dem ersten Hahnenschrei ausgemistet. Jeder schien mit irgendwelchen geheimnisvollen Dingen beschäftigt zu sein, von denen niemand etwas mitkriegen durfte.

Nach einem schnellen Müslifrühstück fuhr Stefan mit Katies Großvater in den Wald und kehrte eine halbe Stunde darauf mit einer prächtigen, ausladenden Tanne zurück, die auf ein Brett genagelt und sorgsam im Wohnzimmer aufgestellt wurde. Helen zündete Räucherstäbchen an und kochte Orangentee mit Zimt für alle und im Radio lief die ganze Zeit leise klassische Wintermusik.

Obwohl an Weihnachten keine Reitstunde stattfand, wimmelte es am späten Vormittag plötzlich von Kindern und Erwachsenen, die in dicke Jacken und Stiefel gehüllt und mit Schals und Mützen vermummt über den Hof liefen und im Stall kleine, mit Äpfeln oder Karotten geschmückte Tannenzweige an den Gitterstäben der Boxen anbrachten. Colorado trabte fröhlich zwischen ihnen herum und stupste jeden an. Die kleineren Kinder hingen nur so an seinem Hals und bettelten, einmal auf seinen Rücken gesetzt zu werden. Von allen Seiten bekam er Leckerlis zugesteckt, und jemand band ihm einen grünen Zweig an sein Halfter, der herabbaumelte und den er ständig mit den Lippen zu erwischen versuchte.

Jola schlich sich in den Durchgang, von wo aus sie das Treiben auf dem Hof beobachten konnte. Sie wusste nicht, wohin mit sich – alle waren so beschäftigt und schienen den Ablauf dieses Tages genau zu kennen. Wann hatte sie zum letzten Mal Weihnachten gefeiert, so richtig mit Schnee und Baum und Weihnachtsliedern? Überhaupt schon jemals? Doch, bestimmt. Früher, als ihre Mutter noch gelebt hatte. Aber daran konnte sie sich nicht erinnern. Für ihren Vater bedeutete Weihnachten nichts, ein Tag am Strand wie jeder andere auch. Im letzten Jahr hatten sie sich mit Fish and Chips in den Sand gehockt und dem Sonnenuntergang zugesehen. Es war ein schöner Abend gewesen, weil sie zusammen dort gesessen und viel gelacht hatten, aber besonders weihnachtlich war ihr dabei nicht zumute gewesen.

Jemand hatte den Schlitten zu Boden gelassen, der normalerweise im Durchgang an der Wand hing. Ein schöner Pferdeschlitten aus Holz, mit verschnörkselten Rundungen und genug Platz für zwei Erwachsene auf der breiten Sitzbank. Ein Schaffell lag darauf, warm und kuschelig, und Jola kletterte hinauf und setzte sich auf die Seite des Kutschers. Die Deichsel stand nach oben weg, also machte sie die Augen zu und stellte sich vor, sie hätte Zügel in der Hand und vor ihr würde Ghost den Schlitten über den gefrorenen Waldboden ziehen. Er würde schnell laufen und die Kälte würde ihr in den Kragen kriechen. Plötzlich hatte sie das Gefühl, der Schlitten bewege sich tatsächlich, es ruckelte, dann knirschte etwas, wie Eis unter ihren Kufen – Eis?

Die Luft auf dem Hof schien kälter geworden zu sein. Ein unruhiger Wind flüsterte in ihren Ohren und ließ ihre Haare hochwirbeln, Schritte, im Takt, direkt vor ihr, Huftritte auf Schneeboden, ein Lied, ein Summen, nein, kein Lied, es war das Weinen eines Kindes. Jemand rief, eine Frauenstimme, aber die Hufe übertönten alles, sie trommelten jetzt wie wild, als müssten sie sich beeilen, schneller vom Fleck kommen, noch schneller, weil sonst alles zu spät war, alles verloren …

Keuchend riss Jola die Augen wieder auf. Die Deichsel vor ihr ragte noch immer nach oben, da war kein Pferd und der Schlitten hatte sich auch keinen Millimeter vom Fleck bewegt. Sie sah zum Hof, wo eine Mutter ihr weinendes Kleinkind zu beruhigen versuchte, das offenbar nicht auf Colorados Rücken sitzen durfte.

»Shit«, flüsterte sie und schüttelte den Kopf. Für einen kurzen Moment hatte sie wirklich geglaubt, in einem Traum festzustecken. Wie ein Film im 4D-Kino, in dem plötzlich all die Bilder um einen herum lebendig wurden.

Sie drehte den Kopf, schaute zur Koppel hinüber. Natürlich – es war sein Hufgetrappel, das sie gehört hatte. Ghost lief wieder über seine Koppel, hin und her, mit aufgestelltem Schweif. Er wieherte einmal kurz und fordernd, und als nichts geschah, nichts, was ihn in irgendeiner Weise zufriedengestellt hätte, ließ er resigniert den Hals sinken und prustete in den platt getrampelten Schnee.

»Ach, hier bist du.« Jemand schwang sich neben ihr auf den Schlitten und lehnte sich herüber. »Wow, schau ihn dir an. Man sieht ihn kaum in all dem Schnee! Jetzt sieht er wirklich aus wie ein Geisterpferd.«

Jola drehte sich zu Katie um und musste lachen. Ihre Freundin trug eine Nikolausmütze auf dem Kopf, und ihre Nase war so rot, als hätte sie mit Farbe nachgeholfen. »Muss ich auch so was aufsetzen?«

»Du kannst auch die Rute übernehmen.« Katie machte ein geheimnisvolles Gesicht. »Los, komm! Wir müssen die Pferde holen.«

Diesmal fing Katie nicht einzelne Pferde aus der Herde heraus. Sie öffnete ganz einfach das Gatter und stieß einen langen, grellen Pfiff aus. Billy kam zuerst angaloppiert und lieferte sich ein Kopf-an-Kopf-Rennen mit Justin, dem schweren Haflingerwallach. Mit donnernden Hufen rannten sie in den Durchgang und auf den Hof. Die beiden Haflingerdamen folgten, dann kamen Bonnie und Clyde und Stups, das Pony mit den langen Ohren. Nur Keira durfte nicht mit. Katie passte auf, dass sie den anderen Pferden nicht hinterherjagte, was Keira schier in den Wahnsinn zu treiben schien.

»Mama will sie nicht dabeihaben. Sie ist zu unberechenbar, das können wir heute nicht brauchen mit all den Kindern.« Sie streckte die Hand aus und berührte die nervöse Stute sanft am Kinn. »Komm schon, Mädchen. Nicht böse sein! Morgen bist du wieder dran, versprochen.«

»Und was ist mit ihm?« Jola deutete auf Ghost, der dem Treiben mit gespitzten Ohren zusah.

»Auch nicht. Und ich will mich heute nicht rumstreiten.«

Katie schloss das Gatter sorgfältig und ließ eine wild wiehernde, umhertobende Keira zurück. Sie rief nach den anderen Pferden, versuchte, zu Katie zu gelangen, und rannte direkt in den Stromzaun.

Das war zu viel für die rote Stute. Mit fliegender Mähne schoss sie über die Koppel davon.

»Mist«, murmelte Katie. »Jetzt wird sie mir wochenlang nicht mehr durch das Gatter gehen, ohne einen Anfall zu kriegen. Na, wenigstens brauch ich mir so keine Sorgen zu machen, dass sie abhauen könnte. Oh Mann. Diese Psycho-Stute!«

»Ich wüsste gern, was sie denkt«, sagte Jola nachdenklich. »Sie muss etwas über ihn wissen, was uns verborgen bleibt.«

Katie sah sie schräg von der Seite an. »Ja klar. Er ist halt ein Freak.«

Während sie hinter den Pferden und Ponys zum Hof zurückliefen, erzählte Jola Katie in schnellen Worten von ihrem Versuch mit dem Geisterbrett.

»Vielleicht hat er dich nur nicht verstanden.« Katie runzelte die Stirn. »Überleg doch mal. Du nimmst Kontakt zu einem Geist auf. Der ist aber kein Mensch, sondern ein Tier. Wie, glaubst du, verständigt ihr euch denn? Er kann doch nicht plötzlich buchstabieren und Worte ausspucken!«

Abrupt blieb Jola stehen. »Mensch, Katie. Ich bin ja blöd! Daran habe ich überhaupt nicht gedacht. Das erklärt auch, warum er so frustriert war, meinst du nicht? Er hat es auch gespürt, ganz sicher, da war eine Verbindung! Aber er konnte mir nicht antworten, weil ... weil er ein Pferd ist.« Sie schüttelte den Kopf. »Dann brauchen wir es gar nicht noch mal zu probieren. Es wird wieder nicht klappen. Wir können auch direkt zu ihm gehen und ihn fragen, wer er ist, kommt auf dasselbe raus.«

»Jetzt bleib mal cool«, meinte Katie und stupste sie mit der Schulter an. »Die Idee mit dem Geisterbrett ist an sich super. Uns fällt schon noch was ein.«

Auf dem Hof spannte Stefan gerade Bonnie und Clyde vor den Schlitten. Helen lief herum und verteilte Führstricke an die Erwachsenen, während Anna und Katies Großvater den Ponys Halfter anlegten und sie in einer Reihe aufzustellen versuchten.

Das klappte zwar nicht, weil Billy seinem Vordermann in den Schweif biss und Miley nicht von Taylors Seite weichen wollte, aber irgendwann saßen immer ein oder zwei Kinder auf einem Pferd, das ein Erwachsener am Strick führte.

Helen bestieg den Schlitten und wartete, bis ihr Vater ebenfalls daraufgeklettert war. Dann gab sie ein Signal, und Bonnie und Clyde zockelten los, zum Hof hinaus, dem Wald entgegen. Minnie sprang freudig bellend um den Schlitten herum und pinkelte vor lauter Aufregung eine schmale gelbe Spur in den Schnee. Die restlichen Pferde und Menschen folgten in einem bunten Durcheinander aus Hufen, Schneeschuhen und Wanderstiefeln. Jola wollte sich den letzten Pferden schon anschließen, da sah sie, dass Katie das alte Scheckpony Colorado an der Mähne festhielt und zwei lange Stricke an sein Halfter knotete.

»Willst du nicht mit?«

»Doch. Gleich!« Katie deutete mit dem Kopf zur Garage, wo ein einfacher Kinderschlitten aus Holz an der Wand lehnte. Jemand hatte vorn ein Brett quer auf die Hörner genagelt – vielleicht, um sich besser festhalten zu können. Katie warf ihr Colorados Strick zu und lief in den Stall, um kurz darauf mit einem ovalen Lederkummet wiederzukommen, dem gleichen, das Bonnie und Clyde trugen. Sie stülpte es dem Scheckpony über die Ohren, zurrte es mit einem weichen Lederriemen um seinen Bauch fest und knotete wieder zwei Seile daran, die sie an dem Querholz des Kinderschlittens festband.

Jetzt war Colorado auch ein Kutschpferd. Aber er musste nicht mit einem schweren Holzschlitten den Schnee pflügen, sondern nur den Kinderschlitten ziehen, auf den Katie nun mit leuchtenden Augen aufsprang.

»Komm schon! Glaubst du, ich lauf denen nach?«

Colorado stampfte ungeduldig mit den Hufen. Er wollte auch mit, also ließ Jola sich schnell hinter Katie auf den Kinderschlitten sinken und griff nach ihren Schultern. Es war zwar ein bisschen eng darauf für sie beide und auch nicht so kuschelig gemütlich wie auf der fellgepolsterten Bank des großen Schlittens, aber dafür fing Colorado sofort an zu traben, und der Schnee spritzte nur so links und rechts von ihnen hoch.

»Füße anziehen«, quiekte Katie lachend. »Nicht bremsen, sonst machst du einen Kopfsprung und landest im Schnee!«

In rasender Fahrt jagten sie den anderen hinterher. Je weiter sie dem ansteigenden Weg folgten, desto höher stieg der Schnee um ihre Füße an, bis sie bis zu den Knien im Tiefschnee steckten und Colorado ordentlich schnaufen musste.

»Das sind unsere privaten Schneedünen«, klärte Katie sie auf, als sie die anderen Pferde eingeholt hatten und Colorado wieder gemächlich durch den Schnee stapfte. »Wenn hier der Wind durchbläst, kannst du den Weg nicht mehr von den umliegenden Feldern unterscheiden.«

Die Leute drehten sich nach ihnen um, einige lachten, die Kinder zeigten begeistert auf den kleinen Schlitten. Irgendwer stimmte ein Lied an und plötzlich sangen alle zusammen »Kling, Glöckchen, klingelingeling«.

Jola kannte das Lied zwar, aber den Text konnte sie nicht komplett auswendig. Sie summte trotzdem mit, weil es so schön war und weil es so gut zu der Stimmung und dem Winterwald passte.

Da durchdrang ein Wiehern die Stille, ein heiserer, verzweifelter Ruf. Sie drehte sich um, ohne Katies Schultern loszulassen, dabei wusste sie, was sie sehen würde: Ghost, der wie wild am Zaun entlanggaloppierte.

»Achtung«, rief Katie, und ein Ruck fuhr durch den Schlitten, als Colorado ein paar übermütige Galoppsprünge einlegte, weil sie nun wieder herrlich festen, platt getretenen Waldschneeboden unter den Kufen hatten. Über ihnen schlossen sich die schneebepuderten Köpfe der Tannen zu einem immergrünen, schützenden Dach. Eine ganze Weile folgten sie dem schnurgeraden Hauptweg, dann bog Helen mit dem Pferdeschlitten nach rechts auf einen schmalen Trampelpfad. Tief hingen die Tannenzweige unter ihrer Schneelast, und wer sie streifte, bekam eine unfreiwillige kalte Flockendusche in den Nacken.

Irgendwer stimmte »Oh Tannenbaum« an und diesmal konnte Jola mitsingen. Es fühlte sich wunderbar an, so dicht an Katie gekuschelt durch den Wald zu gleiten, wunderbar, zu diesen Menschen zu gehören, wunderbar, Lieder im Wald zu singen und vor Kälte die Zehen kaum noch zu spüren. Sie hätte ewig so weitertreiben können, aber als sie auf eine Lichtung zufuhren, auf der ein einzelner, mächtiger Tannenbaum stand, war ihr klar, dass diese Prozession ein Ziel hatte.

Der Baum war riesig, seine unteren Äste fast so dick wie die Stämme der umstehenden Lärchen. Er stand etwas erhöht auf der Lichtung und überragte all die Bäume um ihn herum, sodass es aussah, als würde er geradewegs in den Himmel wachsen. Er musste uralt sein.

»Wir sind da«, flüsterte Katie und stieg vom Schlitten. Sie schlang Colorado die verlängerten Zügelseile so um den Hals, dass er sich nicht versehentlich darin verheddern konnte, und trat auf den Baum zu.

Jola war noch damit beschäftigt zu staunen. Sie schwang ihre Beine von dem Schlitten und schritt langsam auf den Baum zu. Seine unteren Zweige waren mit lauter Leckereien geschmückt, roten und grünen Äpfeln, knackigen Karotten und kleinen und großen Nüssen. Um den Baum herum standen bestimmt fünfzig dick eingemummelte Leute, die nun umarmt und begrüßt wurden wie Freunde. Ein paar kleine Kinder jagten sich unter den Ästen und quietschten vergnügt, als sie die Ponys erblickten. Minnie faltete sich mit einem Seufzer der Zufriedenheit neben Helen zusammen und beobachtete das Geschehen gelassen aus den Augenwinkeln.

»Wie schön, dass es so viel geschneit hat!«

»Wie lange hatten wir keinen Schnee mehr an Weihnachten, Helen? Kannst du dich erinnern?«

»Elfriede, Sepp – euch habe ich ja ewig nicht gesehen!«

»Darf ich die Ponys streicheln?«

»Max, du bist ja auch hier. Wie geht es dir?«

»Beißt der Hund?«

»Kommt mal her, ich hab ein paar Weihnachtsäpfel für die Ponys dabei.«

»Was hat der Arzt gesagt? Geht es dir wieder gut?«

»Nein, ich will noch nicht runter, ich will auf dem Pony bleiben, neeeeeiiiin!«

»Lasst uns singen!«

Jola lächelte, als diese Aufforderung alle anderen Gespräche verstummen ließ, obwohl sie gar nicht laut gewesen war. Anna zog eine Blockflöte aus ihrer Jacke und begann zu spielen, perfekte leise Töne, und alle lauschten gebannt. Es war ein schönes, ruhiges Weihnachtslied, das Jola wieder einmal nicht kannte, aber es störte sie nicht, dass sie nicht mitsingen konnte. Zuhören war mindestens genauso schön.

Immer mehr Leute stimmten mit ein. Ein paar Mutige sangen sogar laut die zweite Stimme dazu, und Jola merkte, wie ihr eine Gänsehaut über den Rücken lief. Sogar die Pferde schienen zu lauschen, gebannt von der leichten Melodie, die durch den Winterwald hallte wie ein wohlklingendes Geheimnis.

Als das Lied zu Ende war, trat ein älterer Mann unter den Baum und begann zu reden, von der Weihnachtsnacht und der Geburt Jesu, den Hirten im Stall und den Weisen, die dem Stern gefolgt waren. Er hatte eine tiefe, klare Stimme und erzählte so lebendig, dass Jola die Bilder vor sich sah wie bei einem Film.

Als er fertig war, traten drei kleine Kinder vor und zitierten mit leiser, piepsiger Stimme Verse aus der Bibel. Jola schaute zu Anna, weil sie auf noch ein Lied hoffte, da räusperte sich Katie neben ihr, zog raschelnd einen Zettel aus der Jackentasche und trat in die Mitte unter den Baum.

»Es heißt, in der Nacht, in der Jesus geboren wurde, konnten die Tiere sprechen, um die Frohe Botschaft zu verkünden«, las sie mit leicht bebender Stimme. »Und alle Menschen, die bereit waren, an dieses Wunder zu glauben, konnten sie verstehen. Noch heute sind viele Leute in der Weihnachtsnacht besonders gut zu ihren Tieren, sie bringen ihnen kleine Geschenke, geben ihnen besseres Futter und sagen ihnen, was sie das Jahr über am besten gemacht haben. Aber was, glaubt ihr, würden uns unsere Tiere antworten?« Katie machte eine bedeutungsvolle Pause und lächelte in die Runde. »Sie würden sich wünschen, dass wir jeden Tag miteinander umgehen, als wäre Weihnachten.«

Colorado stampfte mit den Hufen und Billy wieherte leise. Es klang wie eine Zustimmung und die Leute lachten. Jola lachte nicht mit. Sie stand stocksteif im Schnee und spürte die Kälte nicht mehr. Das war es – Katies Geschichte war die Lösung! Vielleicht gab es eine Nacht im Jahr, in der sie mit Ghost kommunizieren konnte. Eine Nacht, in der er ihre Worte verstehen, ihr sogar antworten konnte.

Und diese Nacht war heute.

Die Nacht der sprechenden Tiere

Die Lichter am Weihnachtsbaum brannten, als sie zurück ins warme Wohnzimmer strömten. An seinen Zweigen hingen rote und goldene Kugeln, gebastelte Engel, Wichtel und Sterne, kleine, in Goldpapier verpackte Minitafeln Schokolade, und obendrauf steckten unzählige weiße Kerzen, die ziemlich echt aussahen, obwohl sie mit einem dünnen Kabel verbunden waren. Es roch nach Harz und Lebkuchen und Spekulatius.

»Was …« Helen starrte mit großen Augen auf den Baum. Dann drehten sie sich alle um und sahen Jolas Vater in der Tür stehen, ein Tablett mit dampfendem Tee in der Hand, den er lächelnd verteilte.

»Du bist mir ja einer«, schimpfte Helen lachend. »Jetzt dachte ich schon, hier geht wirklich ein Weihnachtsmann um!«

»Kommst du gleich mit zur Christmette?«, fragte Stefan.

»Wenn es euch recht ist, kümmere ich mich solange ums Essen«, sagte Jolas Vater und legte einen Arm um sie. »Hilfst du mir?«

»Eigentlich würde ich gern mitgehen in die Kirche.« Jola wurde ein bisschen rot, als sie ihren Vater anschaute, aber Helen nickte nur.

»Natürlich, wir nehmen dich gern mit. Jan schafft das mit dem Essen auch allein, ich habe alles vorbereitet.«

Sie quetschten sich zu sechst in den Geländewagen. Helens Vater durfte auf dem Beifahrersitz Platz nehmen und Stefan fuhr das Auto. Anna hockte sich kurzerhand in den Kofferraum und sang die ganze Fahrt über Weihnachtslieder vor sich hin.

Jola war lang nicht mehr in einer Kirche gewesen. Ihr Vater ging nie zur Messe, auch an Weihnachten nicht, und mit der Zeit waren ihr die riesigen, kühlen Kathedralen immer fremder geworden. Aber die kleine Dorfkirche in Steinbach war voller Menschen in langen Mänteln, die sich alle zu kennen schienen. Und wieder war es Jola, als würde sie in diese Welt gehören, obwohl sie eine Fremde war, obwohl sie nur eine Handvoll dieser Leute schon mal gesehen hatte. Es genügte, mit den Webers zu kommen, die sofort umringt und begrüßt und gedrückt und in eine Bankreihe geschoben wurden. Als dann die Orgel spielte und ein paar Geiger einsetzten, fühlte sie sich so weihnachtlich wie noch nie in ihrem Leben.

»Mir ist die kleine Andacht im Wald lieber«, raunte Katie ihr zu und verdrehte die Augen. »Findest du nicht? Für mich gehören die Pferde zu Weihnachten dazu. Aber in der Kirche sind keine Tiere erlaubt. Nicht mal Minnie darf mit.«

Auf dem Heimweg begann es erneut zu schneien. Stefan fuhr extralangsam, trotzdem wirbelten die Flocken so wild durcheinander, als würden sie ein geheimes Bild auf die Windschutzscheibe zeichnen. Der Ginsterhof lag unter einer frischen Schneedecke verborgen, nur aus dem Kamin stieg dichter Rauch und pustete ein paar Flocken davon.

»Seht nur«, flüsterte Anna und hüpfte zur Wohnzimmertür wie ein ungeduldiger Welpe. »Das Christkind war da!«

Unter dem Baum lag nun ein bunter Haufen an großen und kleinen, sorgsam verpackten Geschenken. Der runde Esstisch war bereits festlich gedeckt, mit gefalteten Servietten und vier nach Bienenwachs duftenden Kerzen in der Mitte. Helen brachte Würstchen und eine Schale mit Kraut, dazu frisches Brot und einen Krug Holunderpunsch.

Jola stand unschlüssig daneben und wartete, bis ihr Vater sich hingesetzt hatte. Es war ein seltsames Gefühl – noch vor kurzer Zeit waren sie Gäste auf dem Ginsterhof gewesen, an diesem Tisch, im Leben der Webers. Jetzt feierten sie Weihnachten miteinander, und Jola musste blinzeln, weil sie plötzlich einen Kloß im Hals hatte. Einen Glückskloß.

»Gibst du mir mal das Kraut?«

»Wer will noch Punsch?«

»Hier, probier mal das Brot!«

Jola sah erst auf, als sie drei Würstchen und zwei Scheiben von dem frischen Brot verputzt hatte.

»Schmeckt es dir?«, fragte Helen schmunzelnd.

»Es ist himmlisch! Wie alles, was du kochst.«

»Oh, vielen Dank!« Helen zwinkerte ihren Töchtern zu. »Habt ihr das gehört? Warum kriege ich von euch nie so ein Kompliment?«

»Dafür haben wir ja jetzt Jola«, schmatzte Anna mit vollem Mund.

»Außerdem essen wir es doch«, warf Katie ein. »Das ist auch ein Kompliment.«

Stefan schenkte Helen nach, aus einem anderen Krug, dessen Inhalt eine hellere Farbe besaß als der Holunderpunsch. Die Erwachsenen stießen an und schon grinste Helen wieder.

»Sie hat schon als kleines Mädchen angefangen, zu kochen und zu backen«, erzählte Katies Großvater. Er hatte Punsch in seinem

Glas, schielte aber immer wieder zu dem zweiten Krug, den Stefan streng zu bewachen schien. »Nur leider nicht für uns. Mit sieben Jahren hat sie ihre ersten Pferdeleckerlis gebacken.«

Alle lachten, sogar Jolas Vater. Er fühlt sich wohl, dachte Jola. Das hier ist tausendmal schöner, als mit der Kamera kurzärmelige Weihnachtsmänner am Strand zu jagen.

Nach dem Essen scharten sie sich alle um den Baum und sogar Katie setzte eine feierliche Miene auf. Anna spielte auf der Blockflöte Weihnachtslieder, und sie sangen dazu, mehr laut als schön, aber es machte Spaß, und sogar Minnie stimmte am Ende mit ein. Dann löschten sie die Lichter, bis nur noch das Ofenfeuer und die Kerzen den Raum erhellten.

»Fröhliche Weihnachten«, flüsterte Katies Großvater mit brüchiger Stimme, ohne jemand Bestimmtes anzusehen.

»Fröhliche Weihnachten!«, stimmten sie nacheinander ein, und dann umarmten sie sich und lächelten, und Jola fühlte sich seltsam befangen, weil Katie und Anna nun den Baum mit den Geschenken stürmten. Zwischen ihrem Vater und ihr gab es schon lange keine Weihnachtsgeschenke mehr, weil er der Meinung war, man brauche keinen Feiertag, um jemandem, den man liebte, etwas zu geben. Aber sie hatte ihm trotzdem jedes Jahr etwas geschenkt, selbst gebastelte Dinge wie Muschelketten, Zaubersteine oder bunt bemalte Gläser.

Mit großen Augen sah sie zu, wie Katie eine DVD auswickelte.

»Der neue ›Ostwind‹, cool! Danke, Leute.«

»Ein neues Mikro! Das ist mega, wow.«

»Jola?« Katie tippte ihr auf die Schulter und reichte ihr ein goldglänzendes Paket. »Da steht dein Name drauf.«

»Was?« Jola hielt das Geschenk so vorsichtig in den Händen wie ein fremdes Reptil. Sie blinzelte zu ihrem Vater, aber der zuckte nur mit den Schultern. Zaghaft drehte sie das Päckchen herum. Es fühlte sich fest an, aber als sie draufdrückte, gab es nach. Unsicher sah sie in die Runde.

»Jetzt mach schon auf. Wie kann man nur so lang warten?« Katie verdrehte die Augen.

Jolas Herz klopfte heftig, als sie ihre Finger unter den Goldrand schob und das Papier zerriss. Ein leichter Duft nach Leder schwebte heraus und kroch ihr in die Nase, dann fiel ihr ein Bein entgegen. Ein hellbraunes Stoffbein, das auf einer Seite ganz rauh war.

»Vollbesatz, wow!« Katie riss das Papier zur Seite und die Reithose in Jolas Hand rollte auf. Der Hintern und die Innenseite der Beine waren komplett mit dunklem, weichem Leder bedeckt.

»Ich wollte es mit dir absprechen«, sagte Helen leise zu Jolas Vater. »Aber dann dachten wir, gegen eine Hose wirst du schon nichts haben.«

Jola schluckte. Ihre erste eigene Reithose. Es hätte nicht ihre erste sein sollen. Hätte ihre Mutter noch gelebt, hätte sie auch mehr Reithosen als Jeans im Schrank gehabt, ganz bestimmt. Dieser blöde Unfall, für den niemand etwas konnte, der so lang her war und immer noch so verdammt wehtat. Sie wollte Helen umarmen für das tolle Geschenk, aber das ging nicht, es fühlte sich falsch an, alles. Sie hockte hier und wollte heulen, wegen einer zu späten Reithose unter dem Weihnachtsbaum.

»Gefällt sie dir nicht?«, fragte Helen sacht.

»Oh doch!« Jola nickte heftig und blinzelte, bis sie wieder lächeln konnte. »Supergut. Das ist so toll, vielen, vielen Dank!«

»Jetzt fehlt aber noch ein Geschenk.« Anna tauschte einen

Blick mit Katie und zog ein riesiges, rechteckiges Ding hinter dem Baum hervor. Es reichte Helen bis zur Hüfte und sie drehte es genauso überrascht wie Jola vorhin ihr Päckchen.

»Für mich?«

»Steht drauf.« Katie tanzte ungeduldig auf der Stelle. »Mach auf, mach auf!«

Helen riss das Papier von dem Riesenpaket und sank davor in die Knie. »Oh mein Gott … ihr seid der Wahnsinn!«

Anna und Katie grinsten sich an. Die anderen traten nun auch alle hinter Helen, um besser sehen zu können.

Das Geschenk war ein riesiger, verschnörkelter weißer Bilderrahmen. In seiner Mitte klebten Hunderte kleiner Bilder, lauter Miniaturannas und Miniaturkaties, als Kinder mit den Ponys, auf der Kutsche oder badend im Ententeich, zusammen mit ihrem Großvater, mit einem viel jüngeren Stefan und einer lachenden, jugendlichen Helen. Bilder vom Sommer, auf den Pferden im bunten Laub, lachend im Schnee oder unter blühenden Bäumen. Sogar Minnie war dabei, als kugeliges, schrumpeliges Hundebaby, wie sie an einem zerkauten Stiefel herumlutschte. Man konnte ewig auf das Bild gucken und immer wieder etwas Neues entdecken.

»Ich liebe es!« Helen kullerten dicke Tränen über die Wangen, aber sie wischte sie lachend weg. »Oh, wie schön!«

»Du hattest nie Zeit, die alten Kisten mit den Fotos zu sortieren«, meinte Anna. »Also haben wir das gemacht. Wochenlang.«

Helen drückte ihre Töchter fest an sich und tanzte mit ihnen durch den Raum. »Das schönste Geschenk aller Zeiten! Weil wir alle was davon haben.«

Irgendwann war der Boden um den Baum bedeckt mit zerknülltem Glitzer-Geschenkpapier und die Erwachsenen setzten sich auf die Couch und tunkten ihre Plätzchen in die Feuerzangenbowle. Anna schlich so lange um ihre Mutter herum, bis sie schließlich auch ein Glas davon abbekam, ein halbes nur, aber ihre Augen glänzten schon nach wenigen Schlucken.

»Ich geh dann mal in den Stall.« Katie stieg über den Papierberg und winkte in die Runde. »Ihr wisst ja, Tiere und Weihnachten und so. Kommst du mit, Jola?«

Katie verteilte Äpfel und selbst gebackene Weihnachtskekse an die Pferde, als Jola die Tür aufschob und in den Stall schlüpfte. »Mach ich jedes Jahr. Mit Maismehl und ganz viel Kräutern und Obst und Karottenstückchen. Die lieben sie!«

Jola stellte die Tasche mit dem Ouija-Brett, das sie noch schnell aus der Wohnung geholt hatte, am Stalltor ab und schob sich einen der Kekse in den Mund. »Sind lecker.«

»Aber trotzdem für die Pferde.« Katie grinste.

»Du, Katie … glaubst du an die Geschichte, die du heute vorgelesen hast? Dass Tiere uns in der Weihnachtsnacht verstehen können?«

Katie blieb eine Weile gebeugt vor Keiras Box stehen, bevor sie sich umdrehte. »Ja, als Kind hab ich das voll geglaubt. Ich hab mir immer Fragen aufgeschrieben und das ganze Jahr über gesammelt und die hab ich den Pferden dann vorgelesen.«

Jola merkte, dass ihre Stimme vor Aufregung zitterte. »Und? Hat es … hat es geklappt?«

Katie verzog den Mund. »Nee. Natürlich nicht. Was hätten sie auch machen sollen, einfach anfangen zu reden?« Sie zuckte mit den Schultern. »Ich würde ihnen halt gern sagen, wie wichtig sie mir sind, verstehst du? Und dass ich dankbar bin, dass sie hier sind, bei uns, und nicht irgendwo anders leben. Ich finde schon, dass sie es gut bei uns haben, aber trotzdem satteln und reiten wir sie, und wir sperren sie ein und lassen sie nicht frei sein, nicht dort, wo sie wollen …«

Sie schluckte und sah mit einem Mal so bedrückt aus, dass Jola hinüberging und sie in die Arme nahm.

»Ihr habt sie doch lieb! Das merken sie. Und das ist das Wichtigste überhaupt.«

»Trotzdem würde ich saugern einmal in echt mit ihnen reden. Ich könnte Keira fragen, warum sie manchmal so ein bekloptes Huhn ist.«

»Ich hab dir doch erzählt, dass ich mit Ghost reden wollte«, begann Jola, und ihre Stimme senkte sich ganz von selbst zu einem Flüsterton.

Katie versteifte sich und Jola trat einen Schritt zurück. »Du meinst, mit diesem … äh … Zauberbrett?«

»Geisterbrett.« Jola biss sich auf die Lippe. »Ich dachte … also, weil doch heute Weihnachten ist und uns die Tiere verstehen, dass es dann besser klappt als gestern.«

Katie starrte sie mit großen Augen an. »Du meinst … heute Nacht …?«

Jola nickte. »… ist die Nacht der sprechenden Tiere. Bitte, Katie, lass es uns versuchen!«

»Puh.« Katie setzte sich auf einen Heuballen. »Also, irgendwie ist das schon ein bisschen gruselig, findest du nicht?«

Jola musste an ihren ersten Versuch mit dem Ouija-Brett denken. Besser, sie zeigte Katie den Warnhinweis nicht, der auf der Packung stand. Aber dann fiel ihr Ghost wieder ein und sein verzweifeltes Wiehern. Er hatte versucht, ihr etwas mitzuteilen, ganz bestimmt! Sie musste es einfach noch mal probieren. Als sie nach ihrer Tasche griff, huschte ein winziger schneller Schatten ins Heu.

»Vielleicht solltest du die Weihnachtsnacht nutzen und mal ein ernstes Wort mit euren Katzen sprechen«, meinte Jola kopfschüttelnd. »Ständig sieht man hier Mäuse.«

Katie stand auf und nahm die Keksdose. Dann löschten sie das Licht und schlossen den Stall hinter sich ab.

Draußen war die Luft bitterkalt, der frische Schnee knirschte unter ihren Füßen.

»Es gibt keine Katzen hier«, sagte Katie, als sie über den Hof zum Durchgang liefen. »Oder hast du schon mal eine gesehen?«

»Nein«, gab Jola zu und wickelte bibbernd die Arme um ihren Körper. »Hab ich nicht.«

»Wir hatten mal welche. Zwei kleine, süße Katzenbabys. Aber die sind weggelaufen, als sie größer waren.«

»Aber in einen Stall gehören doch Katzen, oder nicht?«

»Hat Doktor Wolf auch gesagt. Weil Mäuse Krankheiten übertragen können. Deshalb hat er Mama einmal einen riesigen schwarzen Kater geschenkt.«

»Aber der ist auch abgehauen«, vermutete Jola.

Katie nickte. »Er lebt jetzt bei dem Bauern, dem das Feld gehört, gleich die Straße runter und links.«

Sie liefen an der leeren Koppel vorbei. Durch die Fensterläden des Wohnzimmers schimmerte Licht, warm und gemütlich, aber Jola wollte jetzt nur noch zu dem weißen Hengst.

»Katzen haben sehr feine Sinne.« Sie wartete, bis Katie die Tür aufgedrückt und das Deckenlicht angeknipst hatte. Billy hob den

Kopf, Stroh im Schopf. Der Schimmel starrte ihnen schon entgegen. Diesmal tanzte er nicht wie verrückt in seiner improvisierten Box herum, im Gegenteil – er sah aus, als hätte er gewartet. Auf sie?

»Du meinst, sie sind wegen ihm abgehauen?« Katie schüttelte den Kopf. »So ein Quatsch.«

»Ach ja? Und was ist mit Keira? Und dem roten Pony, das damals bei Colorado im Stall stand?«

Katie drückte sich gegen die Wand, und Jola merkte erschrocken, dass sie sich fürchtete.

»Katie«, sagte sie leise. »Ghost lebt jetzt schon ewig bei euch, du kennst ihn, seit du ein Kind bist.«

»Ich hab ja gar keinen Schiss vor ihm.« Katie trat an Billys Box und vergrub eine Hand in seiner Wuschelmähne. »Ich komm nur irgendwie besser mit einem Geist klar, den ich nicht sehen und … anfassen kann.«

Jola holte einen Pferdekeks aus der Dose und hielt ihn Ghost unter die Nase. Seine Lippen kitzelten ihre Handfläche, dann hatte er sich den Keks geschnappt und zermalmte ihn mit den Zähnen. Ziemlich pferdisch normal. Kein Grund, sich zu fürchten.

»Du musst daran glauben«, wisperte Jola und strich dem Hengst sacht über die Nase. »Ganz fest und ehrlich. Er ist nur hier, weil ich ihn sehen konnte, weil ich geglaubt habe, was ich sehe. Wenn du an ihm zweifelst, verschwindet er womöglich und wird wieder unsichtbar.«

Katie trat neben sie. Ihr Atem ging laut und schnell. Sie sah immer noch aus, als wäre sie am liebsten sofort davongelaufen. Genau wie die Katzen. Aber Ghost legte seine Lippen an ihre

Haare und blies sanft hinein und Katie drückte ihr Gesicht an seine weiche Nase.

»Keine Angst, Ghost. Ich glaube Jolas verrückte Theorie. Und ich will auch nicht, dass du einfach wieder verschwindest, klar? Egal, ob als Geist oder als Pferd, du bist hier immer willkommen.«

Jola biss sich auf die Lippe und zog die Freundin zu den Heuballen, die in der Ecke aufgeschichtet lagen. Sie zerrten den obersten herunter und arrangierten es so, dass zwischen ihnen ein Tisch entstand. Jola griff nach der Tasche und holte das Ouija heraus. Die erhabenen Buchstaben auf der Schachtel schienen im fahlen Licht der Deckenlampe zu glühen.

Katie schluckte. »Wenn er wieder wild wird, so wie gestern … dann brechen wir aber sofort ab, okay?«

»Ssscht«, machte Jola und zog den Deckel herunter. Sie klappte das Spielbrett auseinander und legte es zwischen ihnen auf den Heutisch. Die kleine Plakette mit der Pfeilspitze kam ganz nach oben, zwischen den Mond und die Sonne mit den Wörtern »yes« und »no«.

»Schräg«, flüsterte Katie und strich sich eine Locke aus dem Gesicht. »Und jetzt? Wie funktioniert das?«

»Wir müssen unsere Finger auf die Plakette legen. Und dann reden wir mit ihm und hoffen, dass er … antwortet.«

»Aber woher wissen wir, ob er die Plakette bewegt oder ob wir es waren?«

»Wir dürfen halt nicht schieben«, antwortete Jola.

Sie streckte ihren rechten Zeigefinger aus und ließ ihn ganz leicht auf der Kante der Plakette ruhen. Dann schloss sie die Augen.

Katies Finger zitterte, als sie ihn neben Jolas auf die Plakette legte.

»Hallo, Ghost, wir, äh, würden gern mit dir reden«, sagte sie mit dünner Stimme. »Geht das? Bitte?«

Jola presste die Augen fest zusammen. All ihre Sinne waren auf ihre Fingerkuppe gerichtet. Ihre Haut prickelte und fühlte sich an der Stelle ganz heiß an, wie elektrisiert. Aber die Plakette bewegte sich nicht. Kein Stück.

»Machen wir was falsch?«, flüsterte Katie. Sie klang enttäuscht, aber auch ein bisschen erleichtert.

»Vielleicht müssen wir ihn erst was fragen.« Jola machte die Augen wieder auf und sah hoch zu Ghost, der sie aus dunklen Augen betrachtete.

»Bist du wirklich ein Geist?«

Katie schob ihren Finger in Position und musste husten. Die Plakette erbebte, lag aber gleich wieder völlig still.

Das klappt nicht, dachte Jola – doch in dem Moment zuckte die Plakette unter ihrem Finger. Sie zitterte, als hätte jemand sie unter Strom gesetzt. Katie schrie auf und zog erschrocken ihren Finger weg.

»Nicht!« Jolas Herz klopfte wie verrückt. Da war eine neue Energie, die plötzlich den kleinen Raum füllte. Sie konnte vor Aufregung kaum ruhig sitzen bleiben. »Leg deinen Finger wieder hin, schnell!«

»Warst du das?« Katies Stimme war nur ein Quieken.

»Nein.«

»Aber das Ding hat sich bewegt!«

»Katie.« Jola versuchte, ruhig zu bleiben. Die Energie schwand, ließ von der Plakette ab. »Das soll es doch auch, bitte, jetzt mach!«

Katie zögerte noch immer. Ihre Lider flackerten nervös. Dann legte sie ihren Finger zurück und riss die Augen auf, als die Plakette ein Stück in Richtung Sonne mit dem »yes« schlitterte. Katie keuchte auf.

Jola sah hoch zu Ghost, doch das Pferd stand ruhig in seiner Ecke und beobachtete sie nur. Seine Augen waren völlig schwarz, er blinzelte nicht einmal.

»Ich dreh ab«, krächzte Katie mit erstickter Stimme.

Jola holte tief Luft. »Wie heißt du richtig?«

Die Plakette erzitterte erneut. Jola hielt den Atem an. Sie versuchte, völlig still zu sitzen, bloß keine Bewegung zu verursachen. Der kleine Plastikpfeil drehte sich einmal um sich selbst, schlitterte seitwärts und lag wieder genau zwischen Sonne und Mond.

»Was bedeutet das?«, flüsterte Katie.

»Keine Ahnung. Vielleicht hat er seinen alten Namen vergessen.«

Katie blies gegen ihre Locken. »Woher kommst du?«, fragte sie laut in die Stille, genau in dem Moment, als Jola sagte: »Warum bist du hier?«

Wieder lag die Plakette still. Wusste er nicht, welche Frage er beantworten sollte? Dann spürte Jola es wieder, diesmal nicht nur in ihrem Finger, sondern mit der ganzen Hand. Ein Zittern wie von schwachen elektrischen Stößen. Pure, reine Energie. Sie presste ihren Finger so fest auf die Plakette, dass ihre Knöchel schmerzten.

Das Brett vibrierte, während der kleine Pfeil darüberkratzte. Ganz nach rechts. Zum M. Dort blieb er liegen, und Jola dachte schon, er würde sich gar nicht mehr weiterbewegen, aber dann schleppte er sich doch weiter, mühsam, zurück nach links. Es war, als würde ihm die Kraft ausgehen, wie eine Telefonverbindung, die schlechter und schlechter wurde und schließlich ganz erstarb.

Dann passierten drei Dinge gleichzeitig: Die Tür flog auf, Ghost bäumte sich in seiner Box auf und stieß ein ärgerliches Wiehern aus, und das Brett wirbelte hoch, schlug gegen die Wand und zerbarst krachend in zwei Teile.

Geistergerede

»Was schmeißt ihr denn hier für eine Party?«

Anna stand in der Tür, einen Teller mit Plätzchen in der Hand, und starrte auf Ghost, der wie ein Verrückter in seiner Box herumtanzte und helle, verzweifelte Rufe ausstieß.

»Scheiße«, rief Katie, als sie das Brett sah. »Musst du uns so erschrecken, Mensch?«

Jola sammelte die Hälften vom Boden auf und legte sie aneinander. Tausende winzige Splitter klafften aus dem Holz. Man konnte es bestimmt notdürftig reparieren, aber sie würde das Brett nicht wieder zurückschicken können, und das bedeutete, sie musste ihrem Vater beichten, dass sie auf seinen Namen ein Geisterbrett bestellt hatte. Resigniert ließ sie den Kopf hängen.

»He, was ist das? So ein Teil hab ich mal in einem Film gesehen.« Neugierig linste Anna zu dem Brett und strich mit dem Finger darüber. »Oh Kinnas. Seid ihr dafür nicht ein bisschen zu alt?«

»Es hat funktioniert«, behauptete Katie und bückte sich, um die Plakette vom Boden aufzuheben. »Bis du hier reingeplatzt bist.«

»Sorry. Ich hab Licht im Schuppen gesehen. Wollt ihr welche?« Sie stellte den Plätzchenteller auf dem Heutisch ab. »Und jetzt los, erzählt mal. Welchen Geist habt ihr gerufen?«

Die Mädchen sahen sich an. Katie schüttelte ganz leicht den

Kopf, aber Jola dachte: Je mehr Leute von dem Geist wissen und überzeugt davon sind, dass er wirklich hier ist, desto größer ist die Chance, sein Geheimnis zu lüften. Irgendwer musste ihn schließlich kennen, eine Spur musste sie zu ihm führen.

»Den Geist aus eurem Stall«, sagte sie fest, und Anna lachte auf.

»Aha. Und? Was hat er so erzählt?«

»Nicht viel. Dank dir«, murrte Katie und stopfte sich schnell ein Vanillekipferl in den Mund. »Gehst du bitte wieder?«

Anna ließ sich im Schneidersitz auf das lose Heu am Boden plumpsen. »Nö. Ich will mitmachen.«

»Du glaubst doch nicht mal an den Geist.«

»He, ich war auch mal jung! Und ich habe auch schon mal im Heu gepennt und unheimliche Geräusche gehört. Das war echt gruselig. Als ich klein war.«

»Wenn du nicht an ihn glaubst, wird es nicht funktionieren«, meinte Jola.

Anna hob die Hände. »Okay, okay. Also haben wir einen Geist im Stall. Ich glaube es. Fangen wir jetzt an?«

»Er ist nicht mehr im Stall«, begann Jola, aber Katie legte rasch einen Finger an die Lippen.

»Gut, Anna. Du kannst bleiben. Aber du musst schwören, dass du Mama und Papa nichts erzählst, okay? Jolas Dad auch nicht. Das hier bleibt unser Geheimnis. Klar?«

»Klar. Schon geschworen.« Anna setzte sich zurecht, und Katie platzierte die Plakette sorgsam zwischen Sonne und Mond, genau auf der Bruchkante. Nacheinander legten sie ihre Finger darauf ab, nur so fest, dass die Plakette noch rutschen konnte, wenn sie mit Energie geflutet wurde.

»Du wolltest uns gerade etwas mitteilen«, sagte Jola ruhig in die kalte Stille. Sollte sie beide Fragen stellen? Nein, zu verwirrend. Sie musste sich jetzt entscheiden. »Warum bist du hier?«

Anna beugte sich gespannt vor und starrte auf die Plakette unter ihren Fingern. Jola schloss die Augen und konzentrierte sich ganz auf ihre Hand. Vorhin hatte sie den Schub im ganzen Arm fühlen können. Aber diesmal blieb die Energie aus. Es klappte nicht mehr, die Verbindung war gekappt.

Plötzlich bewegte sich die Plakette doch. Sie ruckelte, bis sie aus der Vertiefung in der Bruchkante gerutscht war, und schlierte dann in Schlangenlinien über das Brett. Schnell riss Jola die Augen wieder auf.

Die Plakette stand genau über dem T. Man konnte den Buchstaben durch das Loch erkennen, da rutschte sie schon weiter, mit der Öffnung über das O. Einen Augenblick verharrte sie, schabte über Holz, dann ging die Fahrt weiter, nach oben, seitwärts, und blieb genau über dem D kleben.

Katie riss ihren Finger weg. »Echt, Leute, das ist jetzt nicht mehr lustig!«

»Tod«, flüsterte Anna aufgeregt. »Mein Gott, was bedeutet das?«

»Ich will damit nichts mehr zu tun haben!« Katie sprang auf und stolperte zwei Schritte rückwärts. »Pack das Teil bloß weg, Jola!«

Anna hob die Plakette an und hielt sie ins Licht der Deckenlampe. »Wir sollten die Erwachsenen informieren, meint ihr nicht? Tod … dieser Geist ist vielleicht gefährlich!«

Jola packte die beiden Teile des Spielbretts und legte sie vorsichtig zurück in die Schachtel. »Bullshit«, sagte sie nur. »Das warst du, Anna.«

»Was, ich? Nein. Hey, ihr sagt doch selbst, es hat sich vorhin schon mal bewegt. Da war ich ja gar nicht anwesend.«

»Aber vorhin war es anders. Die … Energie hat gefehlt. Du hast geschoben, gib es zu!«

Anna musste lachen. »Echt, Leute. Ihr spielt ein Geisterspiel und lasst mich schwören, daran zu glauben, aber sobald es gruselig wird und Sachen dabei rauskommen, die euch vielleicht nicht gefallen, ist es vorbei mit den Geistern, oder was? Tja, möglicherweise hab ich geschoben. Vielleicht aber auch nicht. Sucht es euch aus.«

Damit stand sie auf, warf die Plakette zu dem Brett in die Schachtel und verließ den Schuppen.

Jola atmete tief durch und schaute Katie an. »Sie hat geschoben. Das hat sich ganz anders angefühlt als vorhin.«

»Ja, wahrscheinlich.«

»Sollen wir es noch mal versuchen? Allein?«

Aber Katie schüttelte den Kopf. »Nein. Sorry, mir reicht's für heute.«

»Wir haben ja noch gar nichts erfahren, das ging alles total durcheinander!«

»Ist mir egal. Mit diesem Geisterbrett will ich nichts mehr zu tun haben.«

Resigniert stülpte Jola den Deckel zurück auf die Schachtel und ließ das Ouija wieder in ihrer Tasche verschwinden. »Und jetzt?«

Katie holte die letzten Pferdekekse aus ihrer Dose und verteilte sie an Billy und Ghost, bevor sie sich zu Jola umdrehte. »Na, was wohl? Wir recherchieren. Es gibt doch tausend Möglichkeiten, nach Pferden auf dem Ginsterhof zu suchen. Dazu brauchen wir kein Gruselbrett, wirst schon sehen.«

Am Morgen des ersten Weihnachtsfeiertages lag Dunst über dem Hof, der alles verschleierte: die Pferde, die ihre Nasen an die Gitter pressten, den alten Kastanienbaum, der kahl und stumm seinen Winterschlaf angetreten hatte, und auch die Erinnerung an letzte Nacht. Nach dem Stalldienst gab es Spätstück für alle, aber Katie stocherte die ganze Zeit nur in ihrem Essen herum und warf Anna immer wieder misstrauische Blicke zu.

»Ich geh dann mal an ein paar neuen Songs arbeiten«, sagte Anna und räumte ihr Geschirr vom Tisch. »Fühl mich heute so – inspiriert!«

Katie schaute ihr nach und presste die Lippen aufeinander, aber Anna pfiff nur fröhlich vor sich hin und verschwand aus dem Haus.

»Ich schmeiß euch jetzt auch aus der Küche«, verkündete Helen und wedelte mit beiden Händen. »Los, los! Sonst wird meine Gans heute nicht mehr fertig.«

»Mir schmeckt die Gans gar nicht«, verriet Katie beim Rausgehen. »Ich fütter die Viecher immer, wenn ich bei den Nachbarn bin. Und jetzt soll ich sie essen?«

Jola trat ans Flurfenster und schaute raus auf den Hof. Der Schneenebel zog sich immer dichter zusammen und verwob sich mit dem weißen Teppich zu einer undurchdringlichen, wogenden Masse.

»Voll das Geisterwetter«, murmelte Katie, und Jola musste lachen.

»Passt doch zu uns!«

»Und zu unserem Vorhaben. Komm!« Katie packte sie am Arm und zog sie mit sich ins Wohnzimmer. Wohlig warm brannte das Feuer im Ofen und knisterte den kalten Nebel weg. Ihr Großvater saß zusammengesunken in seinem Sessel und schlief, ein Buch auf den Knien. Er hatte die Stirn gerunzelt und spannte immer wieder den Kiefer an. Seine Beine zuckten, als würde er laufen.

»Oje«, flüsterte Katie und setzte sich neben ihm auf die Lehne. »Hallo, Opa!«

Der alte Mann blinzelte, noch halb im Traum.

Katie blies sich eine Locke aus dem Gesicht und griff nach seinem Arm. »Opa?«

Wie ein Geschoss fuhr der Körper des alten Mannes in die Höhe. Er stand schon fast, da schlug er die Augen auf und starrte in Katies Gesicht. Sofort wurde sein Blick wieder weich und seine Beine gaben unter ihm nach.

»Hast du mich erschreckt, Kind.«

»Sorry. Du hast geträumt.«

»Ja, manchmal geschieht das. Aber es war kein schöner Traum. Deshalb ist es gut, dass du mich aufgeweckt hast.«

Katie rutschte näher an ihn heran. »Können wir dich was fragen?«

»Aber natürlich.«

Katie wechselte einen Blick mit Jola. »Also … wir recherchieren für die Schule über alte Bauernhöfe und so. Uns interessiert besonders, welche Tiere früher so gehalten wurden, ob es Pferde gab, welche Pferde …«

Der Großvater schmunzelte. »Natürlich. Du interessierst dich nur für die Pferde.«

Er lehnte sich im Sessel zurück und schloss für einen Moment die Augen. Als er sie wieder aufklappte, war sein Blick trüb, als würde er nicht mehr sie, sondern etwas anderes anschauen.

»Als ich klein war, bin ich immer mit dem Pferdewagen zur

Schule gefahren. Wir wohnten auf dem Land, recht weit draußen, und jeden Morgen sammelten sich die Kinder unter einem großen Baum und wurden vom Kutscher zum Bahnhof gebracht. Stell dir vor, bei jedem Wetter sind wir mit dem Planwagen gefahren. Im Winter hat man den Boden mit Stroh ausgelegt, aber kalt war es trotzdem. Unsere Winter waren härter als die, die ihr kennt. Es konnte über Monate so kalt bleiben wie heute.«

Katie räusperte sich und warf Jola einen schnellen Blick zu. »Okay. Aber was hat das mit den Pferden zu tun?«

»Oh, ja.« Der alte Mann lächelte wieder. »Pferde spielten eine große Rolle damals. Sie gehörten zum täglichen Leben. Ohne Pferde kam man nur langsam voran und die Arbeit auf einem Hof wie diesem ging viel schwerer von der Hand.«

»Pferde waren Nutztiere«, warf Jola ein. »Man hielt sie nicht zum Spaß, sondern um sie für sich einzusetzen.«

»Ganz genau.« Der Großvater nickte. »Auf dem Ginsterhof gab es einige Pferde, die hier ihre Arbeit verrichteten. Zumindest vor dem Krieg.«

»Was waren das für Pferde?«, fragte Katie aufgeregt. »Eher Kaltblüter und so? Oder auch edlere Tiere?«

Ihr Großvater schüttelte bedauernd den Kopf. »Das hätten wir deine Großmutter fragen müssen.«

Katie runzelte die Stirn. »Warum?«

»Ganz einfach: weil ich sie und den Ginsterhof erst nach dem Krieg kennenlernte. Ich kann dir nicht sagen, was für Pferde es früher hier gab, denn zu meiner Zeit waren sie schon nicht mehr da.«

»Nicht mehr da?«, echote Katie.

Jola ahnte, was kam.

Der Großvater blinzelte und lächelte traurig. »Was glaubst du wohl, was man nach dem Krieg mit Pferden gemacht hat? Nahrung war knapp, die meisten Menschen kämpften ums Überleben. Das wurde vielen Pferden zum Verhängnis.«

Katie kniff die Lippen zusammen. »Bin ich froh, dass ich nicht in dieser Zeit gelebt habe. Das hätte ich im Leben nicht zugelassen!«

Der Großvater strich ihr über die Haare. »Das kannst du auch sein, mein Mädchen. Es war keine schöne Zeit damals.«

»Und später?«, wollte Jola wissen. »Hat es später wieder Pferde hier gegeben?«

Der Großvater schien einen Moment zu überlegen, schüttelte dann aber den Kopf. »Nein. Wir haben einen Hof mit Nutztieren geführt, es gab damals ein paar Kühe und Schweine, zwei Ziegen, einen Gockel, ein paar Hasen und Katzen und einen ganzen Haufen Gänse. Die Nachkommen unserer Gänse leben heute übrigens drüben bei den Maiers. Eine davon wird Helen heute noch mit Dörrobst und Maronen stopfen und in den Ofen schieben.« Er lachte leise. »Das erste Pferd, das wieder hier auf den Hof kam, kennt ihr selbst.«

»Colorado.« Katie rieb sich die Stirn. »Okay. Und dann gab es die Einstellpferde und dann …«

»Das waren vier Ponys aus der Umgebung. Ich dachte, so muss Helen nicht mehr alleine reiten.«

»Und dann kamen schon Stups und Billy, dann die Hafis …«

Der Großvater schloss wieder die Augen. Vielleicht war er müde, vielleicht wollte er einfach nicht über Pferde reden. Jola stand auf, um zu gehen, aber Katie hob die Hand und winkte sie zurück auf die Couch.

»Opa? Eine Frage noch.«

»Hm?«

»Hast du …« Hilfe suchend sah Katie zu Jola. »Hast du irgendwann mal, also, als du hergekommen bist … ein Pferd … gesehen? Ein weißes Pferd?«

Einige Augenblicke lang blieb es still, nur das Feuer knackte im Ofen. Der weiße Nebel vor dem Fenster schien sich noch dichter zusammenzuziehen, man sah kaum noch bis zum nächsten Zaunpfosten. Jola war sicher, der alte Mann sei schon wieder eingeschlafen, aber urplötzlich schlug er die Augen wieder auf und kicherte.

»Ein weißes Pferd? Nein. Weiße Mäuse habe ich gesehen. Bisweilen.«

Angsthasenstunde

Am nächsten Tag öffnete sich der Nebelschleier und es fiel wieder Schnee. Dicke weiße Flocken segelten wie Miniaturwolken vom Himmel und sprenkelten die Pferde, bis sie alle gefleckt und kaum noch voneinander zu unterscheiden waren. Helen hatte die Koppel aufgemacht, damit sie bis zum Wald hochlaufen konnten, und das taten sie auch – sie tobten wie kleine Kinder, liefen um die Wette, stiegen, balgten und wälzten sich, bis ihre Leiber dampften.

Am zweiten Feiertag kehrte Niko vom Snowboarden zurück. Er brachte Tiroler Speck und ein paar Alpakasocken für Helen mit und bekam eine schöne Lederweste geschenkt, die Stefan selbst designt hatte. Nach dem allgemeinen Punschtrinken und Plätzchenessen kam er zu Jola.

»Hey! Lust auf Reitstunde?«

»Was – jetzt?«

»Klar. Warum nicht?«

»Weil Weihnachten ist?«

»Na und?«

Jola merkte, wie sie rot wurde.

Niko lachte nur. »Komm schon. Einmalige Chance. Du kriegst Privatunterricht von mir, und das auch noch umsonst.«

Helen hatte nichts dagegen, dass sie rausgingen. Katie hatte sich Keira geschnappt und trainierte auf dem überdachten Reitplatz, und Niko lief hinauf zur Waldkoppel und fing Billy ein, weil der am nächsten beim Zaun stand und im Schnee scharrte.

»Na, wie läuft es mit dem Weißen, Kumpel?« Niko klopfte dem Scheckpony den Schnee vom Fell und warf einen Sattel auf seinen Rücken. »Benimmt er sich auch gut?«

»Manchmal macht er ein bisschen Krach.« Jola übernahm das Aufzäumen, das ihr meistens ganz gut gelang. Billy presste natürlich die Lippen aufeinander, aber Niko ging nur neben ihm in die Hocke, und schon nahm er das Gebiss artig zwischen die Zähne.

»Manchmal, aha. So ziemlich die ganze Nacht.« Niko schüttelte seine Mütze aus und zog sie sich wieder über die Ohren. »Helen sagt, wenn er so weitermacht, lässt sie ihn im Unterstand pennen.«

Sie erreichten den Reitplatz, wo Katie am langen Zügel ihre Runden drehte. Die Stute sah zutiefst erschöpft aus, Katie nicht weniger. »Also echt. Ständig schielt sie runter zur Koppel, die kann sich null auf die Arbeit konzentrieren. Ich werde noch irre mit der!«

»Warte mal, bis Helen uns den Weißen reiten lässt«, meinte Niko verschwörerisch. »Dann hau ich mit ihm ab in den Wald und du kannst in Ruhe trainieren.«

Katie lachte laut auf. »Ha, das kannst du aber voll vergessen! Ich hau mit ihm ab in den Wald und du kannst dich mit der Verrückten rumärgern.«

Niko führte Billy auf den Platz und half Jola, den Sattelgurt nachzuziehen und die Bügel auf die richtige Länge zu schnallen (man brauchte nur mit den Fingerspitzen ans Ende der Schnalle zu fassen und den Bügel bis unter die Achsel ziehen und schon passte er), dann packte er sie um die Hüfte und hob sie aufs Pferd.

Jola versuchte, ganz ruhig und gleichmäßig zu atmen. Ihre Hände waren jetzt schon völlig nass geschwitzt. Die Luft war kühl und dunstig und ihr Atem wirbelte in kleinen Wolken um ihre Nase.

Niko grinste. »Cool down, Jola! Vor wem hast du Angst? Vor Billy? Oder vor mir?«

»Vor dir bestimmt nicht«, sagte sie schnell, und Niko lachte.

»Dann wäre das ja geklärt. Jetzt machen wir genau das, was wir in der Reitstunde auch tun. Nur ohne ein Pferd vor der Nase, dem man die ganze Zeit bequem hinterherreiten kann.«

Jola schielte zu Billy, der seine Ohren schon kreisen ließ. Sie konnte sich noch ziemlich gut an das letzte Mal erinnern, als sie auf seinem Rücken gesessen hatte. Sacht drückte sie ihre Waden gegen seinen Bauch, aber nichts passierte. Jola probierte es noch mal, klopfte etwas fester. Aber Billy schüttelte nur den Kopf und machte zwei Schritte rückwärts.

»Was mach ich denn falsch?«

»Du denkst ihn nicht vorwärts.«

»Äh – was?«

Niko grinste wieder. »Er verarscht dich. Lass ihn nicht gewinnen. Du machst nichts falsch, aber du wirst unsicher, und das merkt er. Vorwärts. Ohne Zerren, ohne Klopfen. Mit deinem Willen.«

Jola versuchte, Nikos Anweisungen zu befolgen. Verbissen kämpfte sie gegen das sture Pony, trotzdem musste sie ein wenig zerren und klopfen, bis Billy sich endlich dazu bewegen ließ, in einen flotten Zappelschritt zu fallen. Niko hockte sich auf den Zaun und ließ die Beine baumeln. Von dort rief er ihr Anweisungen zu, was sie machen sollte, zuerst nur im Kreis, dann in Bögen und Linien quer durch die Bahn, genau so, wie sie es in den Reitstunden auch übten. Aber Billy machte, was er wollte. Und wenn er nicht wollte, machte er gar nichts und blieb einfach stehen, und dann half auch alles Klopfen und Zerren nichts mehr.

Katie lief mit Keira am Strick den Kiesweg auf und ab, wahrscheinlich um die Stute trocken zu führen, aber Jola machte es trotzdem total nervös. Irgendwann kam auch noch Helen, in dicker Jacke und Wintergummistiefeln, und setzte sich wie ein Zuschauer auf die kleine Tribüne. Nun war es mit Jolas Konzentration vollends vorbei. Sie wollte alles richtig machen, vor Helen schon gleich dreimal, sie war doch das Mädchen mit der Pferdemutter – aber am Ende fühlte sich alles total falsch an.

Mit gemischten Gefühlen glitt sie nach der Stunde von Billys Rücken.

»Reiten lernt man nicht an einem Tag«, tröstete Niko. »Das war doch schon gar nicht schlecht.«

Jola wagte nicht, zu Helen hinüberzuschauen. Zum Glück kam in dem Moment Katie mit Keira zum Zaun. Sie sagte etwas und gestikulierte wild und ihre Mutter lachte.

»He, ihr zwei.« Helen warf Niko den Führstrick der Stute zu. »Bringt ihr Keira auf die Koppel? Wir gehen noch eine Runde Schlitten fahren.«

Jola folgte Niko mit Billy und bemerkte, dass Keira an den Hinterbeinen ganz wund war, das Fell aufgescheuert. Es sah nicht frisch aus, aber doch ziemlich schmerzhaft. Als sie Niko darauf aufmerksam machte, winkte der nur ab.

»Das ist in den ersten Nächten im Stall passiert. Aber keine Sorge, sind nur Schürfwunden. Die sind gut versorgt.«

Die ersten Nächte im Stall – damit meinte er wohl die Nächte mit Ghost.

»Ich wusste nicht, wie schlimm sie sich verletzt hat.« Und ich hatte keine Ahnung, wie groß ihre Angst sein muss, dachte sie.

Vor dem Haus kam ihnen Katies Großvater entgegen, in dicken Stiefeln und mit Beanie-Mütze, die er sich tief in die Stirn gezogen hatte. Verstohlen sah er sich um. »Ist Helen schon weg?«

»Pferdeschlitten. Mit Katie«, gab Niko zurück.

Der alte Mann lächelte und legte den Finger an die Lippen. »Verratet mich nicht!« Damit verschwand er im Carport und kurz darauf fuhr der Traktor knatternd vom Hof.

Sie stellten die Stiefel im Hausflur ab und liefen in die Küche, wo Niko sich sofort auf Helens Plätzchenteller stürzte. Stefan war dabei, das Bild aufzuhängen, das Anna und Katie für ihre Mutter gemacht hatten, das Bild aus Tausenden bunten Erinnerungen, aber er bekam es nicht gerade hin, also half Jola, den richtigen Abstand zum Boden abzumessen.

»Bist das du?«, fragte sie und deutete auf einen bartlosen jungen Mann, der stolz im Sattel eines riesigen Pferdes saß.

»Das war mein erster Sattel.« Stefan schmunzelte. »Mann, hatte ich Angst auf diesem Zossen!«

»Konntest du damals noch nicht reiten?«

»Nein. Ich habe nur so getan, um Helen zu beeindrucken. Ich bin eigentlich Schuster von Beruf, weißt du. Aber als ich Helen kennenlernte … tja, da musste ich mir eben was einfallen lassen.«

»Das ist ja süß von dir!«

»Na ja. Ich glaube, von meinem Sattel war sie mehr beeindruckt. Sie hat natürlich sofort gemerkt, dass ich wie ein Sack Mehl auf dem Pferd saß.«

»Genau wie ich«, murmelte Jola.

Niko lachte von der Essbank aus. »Er hat es auch gelernt. Ist also noch alles offen für dich, Jola!«

Jola streckte ihm die Zunge raus. Ihr Blick glitt weiter über die Bilder. Pferde, Menschen, sogar Hühner waren darauf, eine kleine Helen, die ohne Sattel und mit verschmiertem Mund auf einem gefleckten Pony saß …

»Das ist ja Colorado!«

»Mit Helen. Als Kind. Da muss sie ihn gerade erst bekommen haben.«

»Und der Mann daneben ist Katies Großvater?«

»Genau. Er hat Helen das Reiten beigebracht.«

Jola fuhr mit dem Finger die vielen kleinen Bilder entlang. Sie entdeckte ihn noch öfter, ziemlich oft sogar. Und immer mit Helen. Eisschleckend im Freisitz. Sie vor ihm auf dem Traktor, hinter dem viel zu großen Lenkrad. Beim Schaukeln unter der Kastanie, wo er sie anschubste. Sie auf Colorado, er neben ihr, das Pony am Zügel.

Wer hatte all die Bilder gemacht? Helens Mutter? Das erklärte wohl, warum sie selbst nie darauf zu sehen war. Jola musste eine Weile suchen, aber dann fand sie doch ein Bild mit allen dreien darauf. Helens Mutter war zierlich und schlank gewesen, eine hübsche Frau mit wallenden blonden Locken. Wie ein Engel sah sie aus. Und ein bisschen sogar wie Katie. Helen selbst lachte auf jedem einzelnen Bild, ganz egal, wie alt sie darauf war. Es musste Spaß gemacht haben, auf dem Ginsterhof groß zu werden.

»Helen hängt sehr an ihrem Vater«, schien Stefan ihre Gedanken zu lesen und zeigte auf ein Foto, auf dem er sie – schlafend – huckepack trug. »Deshalb macht sie sich auch solche Sorgen um ihn.«

»Er ist vorhin mit dem Traktor weggefahren.« Niko steckte sich ein Vanillekipferl in den Mund.

»Ich weiß. Kaffee trinken bei den Maiers.« Stefan hob die Schultern. »Wir können ihn doch schlecht einsperren.«

»Sein Herz ist krank, oder?«, fragte Jola leise.

Stefan legte den Kopf schräg und lächelte. »Ja, so nennen sie es im Krankenhaus. Und am liebsten würden sie ihn sofort operieren. Aber es gibt keine Heilung für das, was er hat, Jola. Man nennt es Alter.«

»So alt ist er doch noch nicht! Er arbeitet bei dir in der Werkstatt mit und fährt Traktor …«

»Er ist dieses Jahr neunundachtzig geworden. Ja, wirklich!«

»Oh.«

»Dafür geht es ihm noch richtig gut. Manchmal denke ich, er will einfach noch nicht sterben. Und dieser Wille ist so stark, dass sein Geist wach bleibt, während sein Körper langsam zerfällt.« Stefan seufzte. »Egal. Verratet ihn trotzdem nicht. Mit alten Menschen ist es wie mit alten Tieren: Wenn man sie wegsperrt, gehen sie zugrunde.«

Spurensuche

Über Nacht hatte es schon wieder geschneit. Minnie sank bis zur Hüfte in den Schnee und die Hühner spazierten gackernd über den verwandelten Misthaufen und verschwanden beim Picken mit dem ganzen Kopf in dem weißen Puder. Stefan schnallte einen Schneeschieber an den Traktor, und Katies Großvater fuhr damit über den Hof, bis sich zu beiden Seiten mannshohe Schneeberge gebildet hatten. Niko hielt einen Kurs in erster Hilfe am Pferd ab, der im Stall stattfinden musste, damit den Teilnehmern nicht die Füße am Boden festfroren. Und alle Kinder, die in den Ferien zum Reiten kamen, wurden nach der Stunde von Helen mit warmem Tee versorgt.

Jolas Vater musste zwei Tage wegfahren, um auf einer Hochzeit in den Bergen zu fotografieren, und Jola war doppelt froh, nicht irgendwo in Steinbach zu wohnen, wo sie den ganzen Tag allein in der Wohnung hätte herumsitzen müssen.

»Das sind irgendwelche Promis«, erzählte er beim Frühstück vor seiner Abreise und lachte. »Eine weiße Hochzeit im Schnee. Weißt du noch, was ich letztens über Herausforderungen bei schwierigen Lichtverhältnissen erzählt habe?«

»Warum heiraten die überhaupt im Schnee? Ist das nicht viel zu kalt in so einem Kleid?«

»Die wollen es eben so. Auf einem Gletscher, ganz oben. Die Kulisse ist sicher bombastisch.«

»Cool.«

Er schaute sie schräg von der Seite an. »Willst du mitkommen? Sind ja Ferien. Du verpasst nicht mal Schule.«

Jola schüttelte heftig den Kopf. »Geht nicht, Papa. Ich hab da mit Katie noch so ein Projekt, wir müssen … was für die Schule machen.«

Er seufzte. »Schon klar. Ich bin abgemeldet.« Aber dann lachte er schon wieder. »Hast du auch keine Angst, wenn du allein in der Wohnung schlafen musst?«

»Ich hab doch keine Angst!«

»Sonst frage ich Helen, ob du bei Katie bleiben darfst. Nur die eine Nacht.«

»Ich bin kein kleines Kind mehr, Papa. Außerdem bin ich gar nicht allein. Ich habe ja Ghost.«

Ihr Vater verdrehte die Augen. »Ja, allerdings. Der macht einen Radau, dass es schwerfällt, sich einsam zu fühlen. Also gut. Aber wenn irgendwas komisch ist oder du dich fürchtest, dann geh rüber ins Haupthaus. Auch in der Nacht. Klar?«

»Klar.«

»Und, Jola?«

»Was?«

»Take care.«

Sie schaute ihm nach, wie er, voll beladen mit seinem Equipment, den Kamerataschen und dem Stativ, über den Hof stapfte. Take care. *Pass auf dich auf.* Das hatte er in Neuseeland immer zu ihr gesagt, wenn er auf eine seiner Foto-Safaris verschwunden war und sie bei irgendwelchen Freunden blieb. Sie trat hinaus in den Schnee, machte die Augen zu und inhalierte tief die frischkalte Winterluft.

Zum Glück sind wir hier, dachte sie, und in diesem Augenblick hätte sie an keinem anderen Ort der Welt sein mögen.

Den restlichen Tag verbrachte sie mit Katie auf dem riesigen Dachboden, der sich über die gesamte Breite des Haupthauses erstreckte. Jola hatte ein dunkles, staubiges Loch voller Spinnweben am offenen Dachstuhl erwartet, aber eine ganz normale Holztür, die mit einem Riegel verschlossen war, führte vom ersten Stock auf eine schmale Holztreppe. Oben angekommen musste man noch mal eine Tür öffnen und stand in einem labyrinthartigen Raum, der kreuz und quer mit Schränken und alten Truhen vollgestellt war, die das Deckenlicht schluckten und unzählige kleine Schatteninseln bildeten.

»Das ist uferlos!« Jola raufte sich die Haare. »Wie sollen wir hier denn je was finden?«

»Sieh es mal so: Der Hof und das Haus gehören meiner Familie seit Generationen. Alles, was die Leute nicht mehr brauchen konnten, haben sie hier oben geparkt. Es muss einfach etwas geben, was uns weiterhilft!«

»Alte Fotos zum Beispiel.«

»Genau! Oder Papiere. Stell dir vor, wir entdecken Ghosts Ahnentafel! Immerhin ist er ein Rassepferd.«

»So viel Glück müssten wir haben.« Jola krempelte die Ärmel hoch. Es war kühl hier oben, aber wenn man fror, arbeitete man effektiver. Und beim Suchen würde ihnen schon warm werden. »Was meinst du? Sollen wir in den Truhen anfangen?«

Sie teilten sich auf, damit sie schneller vorankamen. Katie öffnete den ersten Schrank zu ihrer Rechten, Jola suchte auf der linken Seite. In der ersten Truhe lagerten gefaltete Klamotten, ausrangiert, aber nicht so alt, dass man sie nicht vor ein paar Jahren noch hätte tragen können. Jola legte alles wieder sorgsam zusammen und öffnete die zweite Truhe. Ihr Inhalt war definitiv schon älter: Babyklamöttchen, weiße und rosa Kleidchen und Bodys, weite Pluderhosen, selbst genäht, mit kleinen Pferden darauf und ledernem Besatz an den Knien. Bestimmt Helens Lieblingsstücke, von denen sie sich nicht trennen konnte. Aus der dritten Truhe schlug ihr der Duft von Mottenkugeln entgegen, und sie verzichtete darauf, die altmodischen Cordhosen und Flanellhemden auseinanderzufalten.

»Hast du schon was?«, kam Katies Stimme hinter dem Schrank hervor.

»Nee. Nur mottenzerfressenes Anziehzeug.«

»Ich auch nicht. Hier sind Schulhefte von Anna und mir, Kinderbücher, alte Spiele und so 'n Zeug.«

Jola wanderte weiter, um die nächste Schrankecke. Sie kam sich vor wie ein Eindringling, weil sie in den privaten Sachen der Webers stöberte. Die Schwierigkeit war eigentlich, dass sie gar nicht genau wussten, wonach sie suchten. Alte Bilder, Briefe, Aufzeichnungen. Gemälde wären toll gewesen. Eine Chronik über die Familiengeschichte, darüber, wie der Hof in den Besitz der Familie gelangt war, wer ihn gebaut und was dann damit geschehen war. Aber sie fand nur alte Bücher, zwei Körbe voll mit Schallplatten, ein altes Tonbandgerät und jede Menge verstaubtes, altmodisches Porzellan.

»Guck mal das an.« Katie kam um die Schrankreihe herum und stellte ein weißes Holzpferd auf Kufen vor ihr ab, von dem die Farbe abblätterte. »Mein altes Schaukelpferd! Das hat Opa mir gebaut.«

»Wie schön«, sagte Jola und dachte: Es ist weiß, natürlich ist es weiß. »Sonst noch was?«

»Ein Koffer voller Kinderspielzeug aus dem vorigen Jahrhundert.« Katie riss den nächsten Schrank auf und hustete, als ihr eine Staubwolke entgegenschlug. Eine lange Reihe vergilbter Aktenordner kam zum Vorschein, und sie begann, einen nach dem anderen auf den Boden zu stapeln. »Es muss einfach was geben! Wie viele Generationen lassen ihren Krims hier vergammeln? Kann doch nicht sein, dass wir nur Plunder finden! Ein altes Holzpferd, na super.«

Jola schlug ihre Schrankhälfte zu, in der sich nur altes Werkzeug türmte, und ging um die nächste Regalreihe herum. Helles Tageslicht fiel durch ein schräges Dachfenster auf einen Sekretär aus dunklem Holz, auf dem sogar noch eine bauchige Schreibtischlampe stand. Eine alte Blechdose voll mit Stiften, ein Block weißes Papier, ein Duden. Es sah aus wie ein richtiger Arbeitsplatz, als hätte gestern noch jemand hier gesessen und seine Schreibarbeiten erledigt. Aber der Block war unbeschrieben und in den Schubfächern entdeckte sie nur ein Nadelkissen und ein paar Spulen voll aufgewickelter Fäden.

Sie ließ sich auf die Knie nieder. Unter dem Schreibtisch gab es noch ein Fach, das sich zuerst nicht öffnen ließ. Jola drückte und zog, aber die Tür klemmte. Auf einmal war sie sicher, endlich etwas gefunden zu haben. Sie musste diese Tür aufbekommen, unbedingt! Schließlich stand sie auf und holte sich einen Schraubenschlüssel aus dem alten Werkzeugkasten. Es knackte und das Schloss sprang auf.

Vorsichtig zog Jola die Tür auf. Eine Maschine stand dort, aus grauem Stahl. Sie versuchte, sie herauszuziehen, aber sie war einfach zu schwer. Also schob sie sich halb in die Öffnung und strich mit den Fingern über die Rundungen. Stoffreste und Flicken hingen unter einem Klappfuß, und da wusste sie, was sie vor sich hatte, oder besser, unter sich: eine Nähmaschine.

Frustriert krabbelte Jola zurück aus dem Loch und klappte die Tür wieder zu. Sie schloss nicht mehr richtig, also klemmte sie den Schraubenschlüssel zwischen die Kanten. Eine Nähmaschine! Die hatte wohl kaum etwas mit einem Pferd zu tun.

Enttäuscht quetschte sie sich um den Sekretär herum und stellte sich vor das Schrägfenster. Von hier konnte man den Waldrand sehen, den zugeschneiten Kiesweg, die Waldkoppel. Sie trat näher an die Scheibe und stellte sich auf die Zehenspitzen. Ghost stand mitten auf seiner Wiese und döste vor sich hin, kaum zu sehen in all dem Weiß um ihn herum. Wie ein Foto, das komplett überbelichtet war. Nur sein wogender Schweif und die im sanften Wind wiegende Mähne verrieten, dass sie nicht auf ein Bild schaute. Da hob er den Kopf, als hätte sie ihn gerufen. Jola hielt den Atem an. Trafen sich ihre Blicke durch das trübe, halb blinde Glas? Ghost schüttelte seinen Kopf, stieg steil auf die Hinterbeine und galoppierte zum Zaun.

Jola drückte sich noch dichter an die Scheibe. Was war das nun wieder? Er schien ihr etwas sagen zu wollen, aber sie kam einfach nicht darauf, was es war! Als sie den Blick wieder auf die Scheibe fokussierte, stockte ihr der Atem. Was war das? Sie lehnte sich ein Stück zurück und untersuchte die Stelle genauer. In dem Staub hatten sich Schlieren auf der Scheibe gebildet, genau dort, wo sie eben dagegengeatmet hatte. Sie holte tief Luft und atmete noch einmal gegen das Glas, sacht und langsam. Die Spur im Staub erschien erneut, blass und fast unsichtbar. Ein – ein Herz? Es sah aus wie ein Herz. Sie probierte es noch mal: atmen. Luft anhalten. Warten. Aber die Staubspur verblasste mit jedem neuen Versuch, sie sichtbar zu machen, mehr. Und was half ihnen ein Herz? Jeder konnte das gemalt haben. Vielleicht Stefan für Helen, als sie das Schaukelpferd von Katie hier raufgeschafft hatten. Oder Anna versteckte sich hier oben, wenn sie Liebeskummer hatte.

Sie probierte es an anderen Stellen des Fensters, suchte nach neuen Zeichen. Als sie nichts entdeckte, trat sie um den Sekretär herum und stellte sich auf der anderen Seite ans Fenster, um dort das Glas nach Spuren im Staub abzuatmen. Aber bis auf das Herz blieb das Fenster blank.

»Jola! Komm mal. Ich glaube, ich habe was gefunden.«

Jola schlüpfte hinter dem Sekretär hervor und ließ sich neben Katie auf den nackten Boden sinken. Katie hatte einen der Ordner aufgeschlagen und balancierte ihn auf den Knien. Ein paar Locken hatten sich aus ihrem Pferdeschwanz gelöst und kringelten sich von allen Seiten in ihr Gesicht. In den Fingern hielt sie einen Flyer aus dickem Karton, schwarz-weiß mit einer Abbildung darauf.

»Was soll das sein?« Jola rutschte näher heran. »Ein alter Hof?«

»Nicht irgendeiner.« Katies Lippen kräuselten sich. »Das ist der Ginsterhof! Hier, schau mal. Unser Haus!« Sie deutete mit dem Finger auf das Foto, die exakten Konturen des Haupthauses. Sogar die Fensterläden hatte es damals schon gegeben.

»Wow. Stimmt! Was ist das?«

»Irgend so eine Broschüre über alte Gutshöfe. Es steht sonst nichts Interessantes drin, nur dass er fast zweihundert Jahre alt ist und früher als Bauernhof erbaut wurde. Das weiß ich ja alles schon. Aber schau mal genau hin. Fällt dir was auf?«

Jola nahm die Broschüre in die Hand und klappte sie vollständig auseinander. Das Haus sah nicht viel anders aus als heute. Es gab keine Blumenkästen, und der Kiesweg war nicht eingefasst, aber sonst sah alles ganz genauso aus. Oder … Moment. Der Stall, war der nicht auf der falschen Seite? Wenn man von vorn auf das Haus guckte, war der Stall rechts. Aber das L-förmige Gebäude besaß auf diesem Bild große Fenster mit Fensterläden davor. Eine Doppelflügeltür gab es auch. Und aus dem Dach ragte ein Kamin empor.

»Der Stall war früher gar kein Stall, sondern ein Wohnhaus!« Katie zog ihr die Broschüre wieder aus den Händen und fuhr nun selbst mit dem Finger die Linien nach. »Vielleicht für Dienstboten oder Arbeiter oder so. Und jetzt pass auf. Hier, links vom Haus, wo heute der Anbau steht. Eure Wohnung. Und Papas Werkstatt. Siehst du das?«

»Da steht ein Stall!« Jola starrte auf das kleine Bild. »Viel größer als eurer. Viel mehr Platz.«

»Brauchten sie vielleicht auch, wenn das ein Bauernhof war.«

»Aber … das hieße ja …«

»… dass Ghost jetzt nicht im Schuppen schläft, sondern im eigentlichen Stall, wo früher einmal die Tiere untergebracht waren!«

Jola kaute auf ihrer Unterlippe und überlegte einen Moment. »Du meinst, deshalb spielt er sich so auf? Weil er … hm … früher dadrin gelebt hat?«

»Oder er ist dort gestorben. Unter tragischen Umständen.«

»Aber warum hat er als Geist dann jahrelang in eurem Stall gespukt? Und nicht im Anbau oder im Schuppen oder in der Sattlerei?«

Katie legte den Kopf schräg. »Na, weil er ein Pferd ist! Pferde wohnen nun mal im Stall.«

»Vielleicht hat er ja jemandem gehört, der in diesem Haus gewohnt hat. Und als er zurückkam … hmm … hat er sich eben die Stelle ausgesucht, an der sie sich zuletzt gesehen haben oder so.«

»In dem Haus? Wohl kaum. Er war doch ein Pferd.«

»Dann war er vielleicht schon da, bevor das Haus gebaut wurde. Warum gab es damals überhaupt zwei Häuser?«

Katie hob das alte Foto dicht vor ihr Gesicht und kniff die Augen zusammen. »Das könnte ein Austraghaus sein. Ein Wohnsitz für die Altbauern oder so.«

»Er spukt in eurem Stall.« Jola rieb sich die Stirn. »Der früher ein Haus war. Hat er da auch schon gespukt? Vielleicht können wir das rauskriegen.«

»Puh.« Katie stand auf und klopfte sich den Staub von der Hose. »Ich brauch mal eine Pause. Komm, wir schauen, ob es schon was zu essen gibt.«

Jola sah zum Fenster und überlegte kurz, ob sie Katie von dem Herz im Staub erzählen sollte. Aber wozu? Es brachte sie bei ihrer Suche keinen Schritt weiter. Die Stelle sah nun wieder so trüb aus wie zuvor. Außerdem mussten sie ewig hier oben rumgestöbert haben, denn der Himmel hinter der Scheibe glitzerte schon graublausilbern. Und aus den unsichtbaren Wolken fielen unaufhörlich dicke, weiche Schneeflocken.

Lotte
1944

Die Räder der Kutsche knirschten unter der Belastung und die beiden Zugpferde keuchten vor Anstrengung. Sie hatten längst aufgehört, andere Fliehende einzusammeln und mitzunehmen, fort von hier, bloß ein Stück, ein paar Kilometer, während der man die Füße schonen konnte. Alte, gebrechliche Menschen. Kinder, die sich aneinanderklammerten, Frauen mit winzigen, durchgefrorenen Babys im Arm. Doch nach all den Tagen ohne richtiges Futter waren die Pferde zu schwach, um den voll beladenen Wagen zu ziehen. Frau von Weyke hatte unter Tränen große Teile ihres Hausstands zurückgelassen, gut verwahrt im Haus einer befreundeten Züchterfamilie, aber für den tagelangen Marsch war die Kutsche dennoch zu schwer, und auf Proviant und Wasser konnten sie nicht verzichten.

»Leute immer noch denken, kehren einfach zurück, wenn alles vorbei«, hatte ihr einer der jungen polnischen Arbeiter zugeflüstert. »Denken nur an schöne Häuser und teuren Möbel und Geschirr. Sie nicht verstehen, worum es geht.«

»Und worum geht es?«, hatte sie ihn gefragt und dabei an die Pferde gedacht, die bei diesem Wetter schutzlos draußen auf den Feldern nächtigen mussten. Herr von Weyke hatte sie frei laufen lassen, damit sie sich wenigstens etwas Futter suchen konnten. Am Morgen waren sie nicht mehr vollzählig gewesen, und sie waren ohne die fehlenden Stuten weitergefahren, hatten sie zurückgelassen wie die Möbel und Erinnerungsstücke seiner Frau.

»Ihr um euer Leben laufen«, hatte der polnische Arbeiter geantwortet und sie dabei so eindringlich angesehen, dass ihr kalt geworden war.

Wieder stockte die Fahrt, wieder schaukelte der Wagen seitwärts. Der Himmel hatte sich graugrün verfärbt, und immer noch schneite es, verschneite ihren Weg, verwischte ihre Spuren.

Max, dachte sie und zog die Wolldecke vor ihrer Brust zusammen. Wie soll er uns nur finden? Wenn wir doch selbst nicht wissen, wohin wir gehen? In ihren Kopf hatten sich die Worte des polnischen Arbeiters eingenistet wie lebende Maden, die ihr keine Ruhe mehr ließen. Wir laufen um unser Leben. Du musst auch um dein Leben laufen, Max! Bleib nicht zurück!

Wieder ein Ruck. Wieder ein Flackern am Himmel. Sie nahm es schon kaum mehr wahr. Das stete Grollen, die fernen Farben, das endlose graue Himmelsmeer. Sie packte die Zügel fester und trieb die Pferde mit einem Schnalzen vorwärts.

Ein Pferd lief an der Kutsche vorbei, dann noch eines. Plötzlich war sie umzingelt. Aber es waren nicht die reiterlosen Tiere, die Herr von Weyke mit sich trieb, und auch nicht die zurückgelassenen Stuten, die auf wundersame Weise doch noch den Weg zu ihnen gefunden hatten – es waren die Pferde der Soldaten.

»Was ist los?« Frau von Weyke richtete sich hinter dem Kutschbock auf und suchte ihren Mann in dem Getümmel. Sie waren nicht die Einzigen, deren Fahrt zum Stillstand gekommen war. Vor einer steinernen Brücke staute sich eine lange Reihe Kutschen und Wagen, Menschen mit Handwägelchen und Karren und zwischen ihnen, unkontrollierbar, die Pferde.

Sie stellte sich auf den Kutschbock und spähte nach vorn. Es war die Brücke, so viel konnte sie erkennen. Dort gab es kein Durchkom-

men für die vielen Menschen. Sie alle mussten warten, bis die Wagen der Soldaten die einzige Straße passiert hatten. Dumpf dröhnten die Kettenräder der Panzerwagen über dem Fluss. Sie konnten nichts tun, nur warten.

Ein paar Pferde liefen die Uferböschung hinab und versuchten, aus dem eisklaren Wasser zu trinken, doch sie rutschten auf dem glatten Boden aus, und eines geriet in die Fluten, während die anderen sich zurück nach oben zur Straße kämpften.

Erschrocken sprang sie auf. Die Strömung erfasste das Pferd und riss es von den Füßen. Warum half denn niemand? Die Soldaten folgten blind ihrem Weg, keiner schien das panische Tier zu bemerken.

»Das Pferd«, schrie sie ihnen hinterher, »es ertrinkt! Helft ihm doch!«

Aber niemand nahm Notiz von ihr. Sie wollte zu Boden springen, selbst in die Fluten tauchen, aber in dem Moment fuhr die Kutsche vor ihr wieder an, und die Pferde setzten sich ruckartig in Bewegung. Sie plumpste unsanft zurück auf den Bock. Als sie wieder hinsah, war das Pferd im Fluss verschwunden. Davongespült.

»Sieh nach vorn«, sagte Frau von Weyke leise zu ihr. »Es hat keinen Sinn.«

Zitternd richtete sie sich auf dem Kutschbock auf. Tränen liefen ihr über die Wangen. Es war ihr egal, wohin sie fuhren. Und es war ihr auch egal, dass Frau von Weyke ihre Pferdetränen sah.

Die Dämmerung senkte sich über sie, malte alles grau in grau. Flocken wirbelten über die Armee an Panzerwagen, die von vorn auf sie zurollten, und auf einmal wurde Herr von Weyke hektisch. Er begann, laut zu rufen und die Pferde anzutreiben, die Pferde und die Kutsche und die Leute, die um sie herum waren. »Über die Brü-

cke, schnell! Sie machen die Straße dicht, wir dürfen auf keinen Fall zurückbleiben!«

Ein Grollen, näher diesmal. Die Leute begannen zu rennen. Jeder versuchte, über die Brücke zu gelangen, und die Soldaten am Straßenrand winkten sie hektisch durch. Schreie um sie herum, panisch, laut, schrill. Pferde überall, Schneeflocken, Kälte, das Wasser, der Fluss. Das Feuer am grauen Himmel. Max, irgendwo dort, mittendrin. Lebte er noch? Was passierte mit ihnen?

Die Kutsche rumpelte über den Stein, sie passierten die Brücke, sie schafften es, sie kamen noch hinüber. Hinter ihnen traten Soldaten auf die Brücke und hielten die Menschen auf, schon die nächste Kutsche musste stehen bleiben, wurde zurückgedrängt. Sie rumpelten von der Brücke. Zwischen den Panzern tauchte ein Pferd aus dem Zwielicht, es setzte zum Sprung an, aber die Soldaten scheuchten es fort. Wenn es in den Fluss geriet, würde es ertrinken, genau wie das andere Pferd …

Sie riss die Augen auf. Die Zügel rutschten ihr aus den Fingern, als sie hochsprang und dabei beinahe vom Wagen stürzte.

Das Pferd auf der anderen Seite war silberschwarz.

»Wolkenherz«, schrie sie.

Sie schrie es wieder und wieder, und er antwortete, er antwortete tatsächlich! In all dem Chaos hatte sie ihn endlich wiedergefunden! Verzweifelt griff sie nach den Zügeln, zog und zerrte daran, bis die beiden Kutschpferde endlich standen.

»Wolkenherz«, schluchzte sie und wollte die Kutsche wenden. »Er ist noch drüben, wir müssen zurück!«

Jemand packte sie an den Schultern und schlug ihr ins Gesicht.

»Still«, zischte Frau von Weyke sie an. »Es ist nur ein Pferd, verstehst du denn gar nichts?«

»Aber er ist SEIN Pferd«, brüllte sie.

Die Panzer rollten bereits über die schmale Brücke, endlose Reihen, die Menschen und Pferde von der Straße drängten. Sie mussten einen anderen Weg finden. Einen anderen Weg. So wie Max. Es gab immer einen Weg.

Nur ein Moment des Zweifels. Ein letzter Gedanke an ihren Vater. An alles, was sie zurückgelassen hatten.

Sie warf Frau von Weyke die Leinen in den Schoß. Dann sprang sie vom Wagen und rannte los.

Pferdisch für Fortgeschrittene

Bis zum Abend hatte sich eine knietiefe Schneedecke gebildet, die alle Geräusche auf dem Ginsterhof verschluckte. Nur das leise Brummen des Traktors war zu hören, seine Lichter kreisten wie riesige Glühwürmchen durch den Flockenwirbel. Die Schneeberge zu beiden Seiten waren inzwischen so hoch, dass man sie zum Rodeln nutzen konnte. Mit seinem Rundturm und den goldenen Lichtstreifen zwischen den Fensterläden sah der eingeschneite Ginsterhof aus wie ein verwunschenes Märchenschloss.

Die Pferde standen im Paddock und liefen unruhig durch die Dämmerung. Immer wieder pusteten sie in den kalten Puder und schnaubten, bis sie aussahen wie fleckige Schneegeister. Selbst im Stall blieben sie unruhig und stampften mit den Hufen.

»So viel Schnee hatten wir ja seit Jahren nicht«, stellte Katie fest.

Stefan fluchte, weil sich eine Lawine vom Schuppendach gelöst hatte und ein ganzer Schneehaufen nun die Tür zu der Notunterkunft hinter dem Anbau versperrte, sodass sie Ghost nicht hineinbringen konnten. Zusammen schaufelten sie den Schnee zur Seite und Stefan guckte immer wieder kritisch in den Himmel.

»Wenn das so weiterschneit, haut es uns die ganze Ladung vom Dach. So eine Schneelawine hat mächtig Gewicht, das kann echt gefährlich werden. Vor allem, wenn es anfängt zu tauen.«

Als sie beinahe fertig waren, stellte Jola ihre Schaufel weg und stapfte zum Stall zurück, wo sie ein Halfter für Ghost holte. Schneestille umfing sie, als sie das Gatter öffnete, das auf den abgetrennten Koppelteil führte. Die Hengstkoppel, wie Katie sie getauft hatte.

Normalerweise holten Stefan oder Helen den Hengst herein oder Niko, wenn er hier war. Aber Niko war schon nach Hause gefahren und Helen mit dem Abendessen beschäftigt. Stefan schaufelte Schnee. Und überhaupt, warum sollte jemand etwas dagegen haben, wenn sie den Hengst zum Schuppen brachte?

Ghost lief im Schneegestöber auf und ab. Er pustete nicht ungläubig hinein. Er spielte nicht damit. Alles an ihm wirkte zutiefst beunruhigt. Sein Brustkorb hob und senkte sich stark, obwohl kein Atemwölkchen vor seinen Nüstern waberte. Dann bemerkte er sie. Sein Kopf flog hoch, und er wieherte, leise, flüsternd. Mit einer geschmeidigen Drehung wirbelte er herum und galoppierte aus dem Stand los, genau auf sie zu.

Bei jedem anderen Pferd hätte sie nun Angst bekommen. Vor allem bei Billy. Aber der Hengst rannte sie nicht um. Er bremste, Flocken wirbelten unter seinen Hufen auf und sie spürte … etwas. Seinen Atem? Nein, unmöglich. Oder doch?

Sie stand wie erstarrt, wagte nicht, sich zu rühren. Der Moment war so unheimlich und magisch zugleich, dass ihre Knie zitterten. Sie schloss die Augen und wartete. Wartete einfach ab. Der leise Atem formierte sich zu einem fernen Wispern. War er das? Oder hörte sie nur den Wind in den Bäumen rauschen? Es war widersinnig, als ob er ihr zuflüstern könnte, was sie wissen musste, die fehlenden Buchstaben … Was geschah hier? Sie fühlte seine Nase an ihrer Schulter und hob die Hände, fuhr seinen seidigen, kühlen Hals entlang, durch die dichte, feine Mähne, bis sie seinen Kopf im Arm hielt.

»Wir finden dich schon«, flüsterte sie. »Hab keine Angst. Wir helfen dir, wir lösen dein Geheimnis, versprochen!« Wir erlösen dich, wollte sie doch sagen – aber sie schluckte die Worte, bevor sie herauskamen. Was geschah mit ihm, wenn sein Geheimnis gelüftet war? Erlösen klang nach Sterben. Konnte ein Geist sterben?

Der Hengst entwand sich ihrer seltsamen Umarmung und sah sie an. Er schaute sie so direkt an, dass ihr ganz schwummerig wurde.

»Zeig es mir«, wisperte sie ihm zu. »Na los!«

Sie ging zum Gatter und zögerte, aber nur einen winzigen Moment. Dann machte sie es weit auf. Ghost schnoberte und setzte sich in Bewegung. Jola schaute auf das Halfter in ihrer Hand, aber der Hengst war schon an ihr vorbeigestapft, mitten hinein in den Tiefschnee, also ließ sie es fallen und rannte hinter ihm her.

»Warte«, keuchte sie, als er seinen Schritt beschleunigte. »Nicht weglaufen!«

Der Flockenwirbel wurde dichter und schloss sich wie ein Vorhang hinter dem Hengst. Jola lief schneller, aber plötzlich sank sie bis zu den Knien in den Schnee und kam nur noch schleppend voran. Um sie war alles weiß, die Richtungen wirbelten ineinander. Wohin lief sie bloß? Und wo war Ghost? Wenn er jetzt verschwand, wenn dieser dichte, alles verschlingende Schneesturm nur deshalb wütete, weil Ghost ihn … gerufen hatte? Wenn …

Auf einmal ragte vor ihr ein Hindernis aus dem Sturm. Ein fester Stamm voller schneeverklebter Äste. Daneben noch einer und noch einer. Die Obstbäume! Jetzt wusste sie wieder, wo sie war. Ein Stück neben dem Weg, den Stefan zum Schuppen freigeräumt hatte. Sie tastete sich an den Bäumen entlang und schlug die Richtung ein, in der sie den Schuppen vermutete, jetzt sah sie auch den Lichtschimmer, der aus seinem Inneren drang – aber nein, stopp, wo war der Hengst?

»Katie«, rief sie und noch mal lauter: »Kaaatie!«

Es fühlte sich an, als würde sie mitten in den Sturm hineinlaufen. Von allen Seiten kam der Schnee, von vorn, von hinter ihr, von links und rechts und oben und unten. Sie klammerte sich an das Licht, das Leuchten aus dem Schuppen, rief immer wieder nach Katie, und dann – dann war es plötzlich vorbei. Still und verstummt rieselten die Flocken auf den von Stefan gespurten Weg. Das unheimliche Treiben war verschwunden und mit ihm der Hengst.

Jola wirbelte herum. Da standen die Obstbäume, tief verschneit, dahinter Dunkelheit. Sie konnte ihre Spur noch sehen, ihren Zickzackkurs durch das Labyrinth der Stämme, aber sie entdeckte weder Hufspuren noch sonst einen Hinweis darauf, dass sie Ghost hinterhergelaufen war.

»Ist was passiert?« Stefan stellte seine Schaufel weg und wischte sich mit der Hand den Schweiß von der Stirn.

»Ja, ich …« Wieder schaute Jola sich um, panisch, in alle Richtungen. Das konnte doch nicht wahr sein! »… ich hab ihn verloren«, schnaufte sie und musste plötzlich gegen die Tränen kämpfen. Ghost hatte sich so seltsam verhalten, als ob … er sich verabschiedet hätte.

»Nein«, flüsterte sie. »Nein, noch nicht, bitte, bitte.« Sie drehte sich wieder zum Wald, zur Dunkelheit, schrie: »Ghost! Ghost, komm zurück!«

»Jola!« Stefan packte sie bei den Schultern, wollte sie herumdrehen, aber Jola wehrte sich.

»Ich weiß auch nicht, wie das geschehen konnte, ich hab ihn rausgelassen und wollte ihm das Halfter anlegen, aber er ist losgerannt, und ich dachte … ich dachte eben … und dann bin ich ihm hinterher, und er ist einfach … der Schneesturm …« Sie schniefte, wischte sich mit dem Ärmel über die Augen, wollte nicht, dass Stefan ihr Geheule sah.

»Jetzt beruhige dich doch mal.« Stefan legte den Arm um sie, dann drehte er sie sacht, aber bestimmt, herum. »Wovon redest du überhaupt? Ist Ghost dir weggelaufen?«

Jola nickte. Ihr ganzer Körper zitterte nun. »Ich hab ihn in dem Sturm nicht mehr gefunden.«

Stefan runzelte die Stirn. »Welcher Sturm?«

»Der Schneesturm, ich …« Jola schnappte nach Luft. Wie konnte Stefan nichts von dem Sturm bemerkt haben? Die Koppel lag doch nur ein paar Meter entfernt!

»Komm doch erst mal mit rein.«

Stefan wollte sie in den Schuppen schieben, aber Jola machte sich von ihm los und lief ein paar Schritte in die Dunkelheit hinein. Sofort sanken ihre Füße wieder in Tiefschnee und sie blieb verunsichert stehen.

»Wir müssen ihn suchen! Er kann noch nicht weit gelaufen sein, er muss doch …« Sie verstummte. Was wusste sie schon? Hatte sie ihn nicht selbst mit dem Gedanken rausgelassen, dass er sie zu seinem Geheimnis führen sollte? Okay, ihr war dabei nicht in den Sinn gekommen, er könnte weglaufen und einfach verschwinden, aber wo immer er war, dort gehörte er hin. Dort war, was er suchte.

»Jola«, hörte sie Stefans Stimme wie durch einen Schleier, »komm mit in den Schuppen. Na los, komm!«

Sie konnte nicht aufhören, in die Dunkelheit zu starren, sie konnte nicht aufhören, an Ghost zu denken, da hörte sie Stefans Stimme wieder, wie aus weiter Ferne diesmal: »Er ist hier, Jola. Im Schuppen!«

»Was?« Sie fuhr herum. Alles um sie wurde mit einem Mal wieder hell und klar, die versperrte Tür, der Schneehaufen, den Stefan zur Seite geschippt hatte, das Licht im Schuppen. Sie rannte los.

Ghost stand in seiner Box, so wie jeden Abend. Neben ihm fraß Justin, der heute zur Abwechslung als Gesellschaft herhalten musste. Katie hievte gerade einen halben Ballen Heu über die Abtrennung.

»Aber … wie kommt er hierher?«

»Er kam angetrabt und ist schnurstracks in seine Box gelaufen«, berichtete Katie über ihre Schulter. »Kann ich mir voll nicht erklären, du? Jede Nacht so ein Aufstand, aber er stolziert freiwillig hier rein, als wäre der Schuppen ein Luxushotel.«

Jola schüttelte den Kopf. Sie konnte sich gerade so einiges nicht erklären.

Der Hengst hob den Kopf. Seine Ohren zuckten in ihre Richtung und er schnaubte. Es klang wie ein Ausdruck tiefster Zufriedenheit.

Alte Geschichten, neue Rätsel

Beim Abendessen redete niemand mehr über den Vorfall. Jola stocherte nur in ihrem Salat herum, weil sie keinen Bissen herunterkriegte, während die anderen sich über Helens hausgemachtes Bauernbrot hermachten. Sie nickte oder schüttelte den Kopf, wenn sie etwas gefragt wurde, aber dabei dachte sie die ganze Zeit an Ghost und was da draußen passiert war. Sie bekam kaum mit, wie alle nacheinander aufstanden und ihre Teller und Gläser abräumten.

»Jemand Lust auf eine Runde Poker?« Anna holte einen Packen Spielkarten aus dem Schrank. »Ihr müsst auch nicht gleich Haus und Hof setzen«, sagte sie zu ihren Eltern und grinste.

Stefan, Katie und ihr Großvater setzten sich zurück an den Rundtisch, und Anna fing an, Karten zu mischen. Jola schnappte sich ihren Teller und trug ihn in die Küche, wo Helen gerade die Spülmaschine einräumte.

»Jola, alles gut? Du bist ziemlich blass um die Nase. Dein Vater hat uns gebeten, auf dich aufzupassen. Du sagst es uns, wenn du etwas brauchst.«

Helen fragte nicht, also bekam sie auch keine Antwort. Jola schüttete ihren Salat in den Biomüll und stellte ihren Teller in die Spüle.

»Wie läuft es denn mit den Reitstunden?«

Anscheinend war Helen erpicht darauf, Konversation zu machen. Jola biss sich auf die Lippe, blieb dann aber doch an die Spüle gelehnt stehen.

»Ganz okay. Oder nein, eigentlich nicht. Zumindest nicht mit Billy. Ich sitze zwar obendrauf, aber er macht trotzdem, was er will.«

Helen lachte. »Aber so haben wir alle angefangen! Glaubst du, Katie ist als Busch-Lady auf die Welt gekommen? Bei ihr sieht das nur so leicht aus, weil sie schon reiten gelernt hat, bevor sie richtig laufen konnte. Wenn du mit Pferden aufgewachsen wärst, könntest du es heute genauso gut.«

Jola schluckte. Und Helen merkte im selben Moment, dass sie etwas Unpassendes gesagt hatte.

»Oh Gott, Jola, das tut mir leid. Ich wollte nicht … du weißt, was ich meine. Niemand kommt als fertiger Reiter auf die Welt. Alle müssen das lernen, egal, wann sie damit beginnen.«

Jola nahm das dreckige Geschirr aus der Spüle und begann, es in die Maschine zu räumen. »Schon gut. Ist ja nicht schlimm. Wir hatten eben andere Abenteuer.«

»Du darfst ruhig zugeben, dass es dir noch immer wehtut«, meinte Helen leise. »Und ich sage dir noch was, Jola. Lass dir das Reiten von deinem Papa nicht wegnehmen! Ich kenne eure Geschichte, ich weiß, was mit deiner Mutter passiert ist. Aber das war ein Unfall, ein furchtbares Unglück. Sie hätte nicht gewollt, dass du deshalb Pferde meidest. So wie er.«

Jola kämpfte gegen den Kloß in ihrem Hals, der sie unbedingt zum Heulen bringen wollte. Sie setzte ihren Willen durch, obwohl sie wusste, dass sie ihren Vater damit verletzte. Natürlich wollte er kein Pferdemädchen. Er wollte alles, nur das nicht, und dennoch ließ er sie hierbleiben und Reitstunden nehmen und ihrer Mutter immer näher rücken – und damit automatisch von ihm weg. Sie schluckte wieder, schluckte gegen die Tränen an, die immer noch in ihrer Kehle feststeckten.

»Geh und setz dich dazu.« Helen nahm ihr das dreckige Geschirr aus den Händen. »Ich mach das schon.«

Aber Jola wollte nicht zu den anderen hinübergehen. Ihr war gerade nicht nach spielen zumute.

Stattdessen sagte sie: »Helen? Stimmt es, dass der Stall früher auf der anderen Seite war?«

Überrascht ließ Helen die Hände sinken. »Wie kommst du jetzt darauf?«

»Katie und ich haben so einen alten Flyer gefunden. Da war der Ginsterhof drauf, aber an der Stelle, wo heute der Stall ist, war früher ein Haus.«

»Hm.« Helen setzte sich auf einen Stuhl. »Der Ginsterhof stammt aus dem frühen 19. Jahrhundert. Damals gehörten Grund und Ländereien noch den Adeligen, die sie dann unter ihren Bauern aufteilten. Meine Großmutter hat mir einmal erzählt, dass wir eine der ersten Bauernfamilien waren, die einen Hof autark bewirtschaftet haben. Und ich weiß, dass der Hof ursprünglich einem Grafen gehörte, der irgendwie mit meinem Ur-ur-ur-ich-weiß-nicht-wie-viele-Ur-Großvater verwandt war.«

»Und dieser Graf – hat der auch hier gelebt?«

»Ja, vermutlich. Das muss aber schon ziemlich am Anfang gewesen sein.«

Jola nahm sich vor, dieses Detail nicht zu vergessen. Vielleicht hatte dieser Graf ja etwas mit Ghost zu tun gehabt? »Was hatte es mit diesem anderen Haus auf sich?«

Helen griff nach der Keksdose und hielt sie Jola hin, ehe sie sich selbst eines der letzten Weihnachtsplätzchen nahm. »Na ja, du weißt ja inzwischen, dass so ein Hof viel Arbeit macht. Und jetzt stell dir vor, du lebst in einer Zeit, wo es weder Traktoren noch Landmaschinen gibt, wo du alles per Hand machen musst. Felder bestellen, das Vieh versorgen, waschen, kochen, putzen, Kinder großziehen, all das eben. Das konnte eine Bauernfamilie unmöglich allein schaffen. Deshalb hatten die Bauern damals Gesinde. Das waren junge Männer und Frauen, die im Haus und auf dem Hof arbeiteten und auch dort lebten. Wer zum Gesinde gehörte, wurde in die Bauernfamilie aufgenommen und manchmal sogar wie ein eigenes Kind behandelt. Das Haus, das du meinst, muss das Gesindehaus gewesen sein.«

»Dann bin ich auch so was wie euer Gesinde«, sagte Jola und sammelte das benutzte Besteck ein.

Helen lachte und stand auf. Dann strubbelte sie ihr durch die Haare, so wie sie es bei Katie manchmal machte. »Du bist doch keine Dienstmagd. Und nur falls es dir noch nicht aufgefallen ist: Hier muss jeder für seinen Unterhalt schuften. Auch und vor allem meine Blutsverwandten!«

»Was ist mit diesem Gesindehaus passiert?«, fragte Jola.

Helen kräuselte die Stirn. »Soweit ich weiß, wurde es im Krieg beschädigt. Danach hat man es nicht wieder aufgebaut, weil lange Zeit das Geld dafür fehlte. Und später, als der alte Stall baufällig wurde, zog man die Mauern des alten Gesindehauses wieder hoch.«

»Und wer hat in diesem Gesindehaus gelebt? Was waren das für Leute?«

»Das weiß ich leider nicht, Jola. Wir müssten meine Mutter fragen oder besser meine Großeltern, aber leider wird das schwierig. Es sei denn, du kennst einen Weg, mit Verstorbenen Kontakt aufzunehmen.«

Als Jola später allein in der kleinen Wohnung saß, nahm sie ein Schulheft aus ihrem Rucksack, riss eine Seite heraus und schrieb alles auf, was sie von Helen heute erfahren hatte. Dann malte sie eine Zeitlinie, auf der ganz oben der Graf hockte und ganz unten »Katie (Gebet?)« stand. Obendrüber schrieb sie: »Helen (Geisterpferd als Kind gesehen!)«, darüber: »Katies Großvater (kein Geisterpferd gesehen?)«, weil seine Antwort mit den weißen Mäusen seltsam gewesen war und sie nicht sicher sein konnten, ob er ihnen alles erzählt hatte, was er wusste. Neben ihm schrieb sie: »Katies Großmutter«, und daneben ein Kreuz und ein Fragezeichen. Bei Helens letztem Satz hatte sie eine Gänsehaut bekommen, aber sie musste zuerst noch mehr über diese Großmutter herausfinden, bevor sie noch mal versuchte, jemanden mit dem Geisterbrett zu kontaktieren.

Schließlich schrieb sie noch »Arbeitspferde«. Das Wort kam über die Großmutter, weil sie diese Pferde als Kind gekannt hatte und als Einzige wusste, ob ein Rassepferd darunter gewesen war. Ein weißes Rassepferd, das aussah wie Ghost. Zum Schluss kamen die Worte »Gesindehaus – wer??« neben die Liste.

Als sie fertig war (wobei, fertig war sie noch lange nicht), schob Jola das Blatt unter ihr Kopfkissen. Dabei segelte ein Briefkuvert zu Boden, weiß und federleicht. Es musste am Kissen hinabgerutscht sein, deshalb hatte sie es nicht gleich bemerkt. Das Kuvert war unbeschriftet, es stand kein Adressat darauf. Verwirrt hob sie es auf und drehte es in den Händen. Ob es an sie gerichtet war? An wen sonst, wenn es auf ihrem Kopfkissen lag? Sie setzte sich auf die Schlafcouch, drehte es um und riss es auf.

Kein Brief fiel heraus, auch kein Zettel oder sonst ein Schriftstück. Nur ein Foto, ein Ausdruck auf dünnem Papier. Jola sah, was darauf war, und presste sich die Hand auf den Mund.

Das Foto zeigte eine Frau mit langen schwarzen Haaren, die sie zu einem Zopf geflochten trug. Sie lachte in die Kamera, nein, eigentlich nicht in die Kamera. Sie lachte das Pferd an, auf dem sie saß. Ein wunderschönes, glänzend schwarzes Pferd mit edlem Kopf und gerader Nase. Der Schopf hing dem Tier bis auf die Nüstern und verbarg seine Augen. Auch die Mähne war lang und wellig. Jolas Herz schlug schneller, je länger sie auf das Foto starrte. All das, diese Harmonie, diese Einheit, das war es, was sie suchte – das war es, was sie gespürt hatte, damals, mit dieser schönen Frau auf dem Bild.

»Mama«, flüsterte sie und drückte das Foto gegen ihre Brust.

Und dann flossen doch noch Tränen. Aber diesmal ließ sie ihnen freien Lauf.

Altjahrsreiter

Am Silvestermorgen verschlief sie bis halb zehn und saß deshalb allein mit einer Schale Cornflakes am Küchentisch, als Helen nach ihr rief. Jola stand auf und trat hinaus auf den Flur, wo Helen ihr das Telefon in die Hand drückte.

»Ist für dich. Ein Jonas«, fügte sie flüsternd hinzu und zwinkerte.

Jola nahm das Telefon und setzte sich damit auf die Treppe. »Hallo?«

»Äh, hi. Hier ist Jonas.«

»Wir haben Ferien voneinander, schon vergessen?«

Jonas lachte kurz auf. »Du vielleicht. Mein Alter macht Stress wegen der Note in Englisch, weißt du, und da dachte ich, also, ähm, vielleicht könnten wir das mit der Nachhilfe doch machen?«

Katie stürmte zur Haustür rein und wollte eben den Mund aufmachen, als sie sah, dass Jola telefonierte. Leise zog sie den Reißverschluss ihrer Jacke auf und lehnte sich an die Wand.

»Ich dachte, du bist so wahnsinnig ausgebucht.«

»Tja, hat sich eben anders ergeben. Was ist, hast du Zeit? Ich kann dich auch, also, ich könnte dich auch dafür bezahlen.«

»Du musst mich nicht dafür bezahlen.« Katie zog die Brauen hoch, und Jola biss schnell auf ihre Unterlippe, damit sie nicht lachen musste. »Wir können das schon machen, Jonas. Wann hast du Zeit?«

»In drei Tagen. Gegen Mittag.«

»Geht klar. Ach so, wenn ich zu dir kommen soll, müsste ich erst …«

»Nein, nein, ich komme zu dir«, sagte er schnell. »Du wohnst doch bei Katie auf diesem Pferdehof, oder?«

»Ja, genau.«

»Ich weiß, wo das ist. Dann bis in drei Tagen, Jola. Danke!«

»Bis dann. Ciao!«

Jonas legte auf, und Jola drückte dreimal auf den Auflegen-Knopf, ehe sie das Telefon in die Station zurückstellte.

»Du triffst dich mit Jonas?« Katie starrte sie an, als hätte sie eben mit einem Geist telefoniert.

Jola verdrehte die Augen. »Er hat mich gefragt, ob ich ihm Nachhilfe in Englisch gebe.«

»Der hat sie doch nicht mehr alle. Wer soll ihm denn das glauben?«

»Schlecht genug, um Nachhilfe zu brauchen, ist er jedenfalls.« Jola lief zurück in die Küche und schlang die restlichen Cornflakes hinunter.

Katie kam ihr hinterher und trommelte auf den Tisch. »Der will keine Nachhilfe, jede Wette, Jola!«

Aber Jola lachte nur. »Jetzt hör schon auf! Ist mir egal, was er will. Ich helfe ihm nur bei Englisch. Und jetzt lass uns lieber was Sinnvolles machen. Sollen wir uns noch mal den Dachboden vornehmen?«

Katie schüttelte den Kopf. »Nein, Sanne und Lea kommen gleich. Die pennen heute hier, weil doch Silvester ist. Magst du mitkommen? Wir machen unseren Altjahresritt und später feiern wir drüben bei Anna im Probenraum.«

»Äh … na klar.«

»Cool! Und vorher hätte ich noch eine klitzekleine Bitte an dich.« Katie legte die Hände aneinander. »Würdest du eine halbe Stunde mit Ghost verschwinden? Ich will versuchen, ob Keira sich besser konzentriert, wenn er nicht in der Nähe ist.«

Sofort musste Jola wieder an den Vorabend denken, an das Schneegestöber und daran, wie Ghost weggelaufen war. Hatte sie sich alles nur eingebildet? War alles vielleicht nur eine Warnung gewesen, ein Vorbote oder etwas in der Art?

»Komm schon! Wir dürfen ihn spazieren führen, das hat Mama doch gesagt. Nur ein halbes Stündchen. Geh mit ihm hoch zum Wald, außer Sichtweite, weiter musst du gar nicht. Bitte, Jola!«

Allein mit Ghost, allein im zugeschneiten Wald? Das waren gleich zwei Abenteuer auf einmal. Sie war noch nie mit einem Pferd spazieren gewesen. Aber diesmal würde sie Ghost ein Halfter anlegen und einen Strick daranbinden und keiner von ihnen würde verloren gehen.

Sie nickte langsam.

Katie grinste. »Mega, danke! Du hast auch was gut bei mir!«

Sie brachten Keira in den Stall und holten dann zusammen Ghost von der Koppel. Jola warf immer wieder prüfende Blicke in den Himmel, aber heute wirbelten keine Flocken durcheinander. Der Himmel war blau und klar und die Luft so kalt, dass man sofort Gefrierfinger bekam, wenn man mal kurz die Handschuhe abstreifte. In der grellen Sonne glitzerte der Schnee wie Sternenstaub.

Jola erzählte Katie von ihrem Gespräch mit Helen, von dem Gesindehaus und dem Grafen. Nur von Helens scherzhafter Bemerkung, sie müssten eben einen Weg finden, Katies verstorbene Großmutter zu befragen, davon sagte sie lieber nichts. Dann übergab Katie ihr den Strick und erklärte ihr, wo sie langlaufen sollte, damit sie sich nicht verirrte.

Es war seltsam, mit einem Pferd spazieren zu gehen. Ghost kam ihr auf einmal noch größer vor, oder lag das nur daran, dass er tiefer in den Schnee sank als sie? Nebeneinander stapften sie den Weg zum Wald hinauf. Der Weg und das Feld lagen unter glitzernden Schneedünen verborgen und waren kaum noch voneinander zu unterscheiden, aber die Richtung stimmte, und Ghost schien ohnehin zu wissen, wohin er seine Hufe setzen musste. Sie waren schon beinahe oben am Waldrand angekommen und Jola ziemlich aus der Puste, als sie merkte, dass Colorado ihnen folgte.

»Was willst du denn hier?«, fragte sie ihn. »Dir ist wohl langweilig, wenn Stefan nicht arbeitet. Was mach ich denn jetzt mit dir?«

Sie sah zum Hof hinunter. Katie musste jeden Moment mit Keira zum Reitplatz gehen. Wenn sie jetzt mit Ghost umkehrte, würde die Stute vermutlich komplett durchdrehen.

»Okay«, sagte sie zu dem alten Pony, »du kannst mitkommen. Aber lauf nicht weg, ja? Ich kann unmöglich auf euch beide aufpassen.«

Colorado sank an den tiefen Stellen bis zur Brust in den Schnee. Jola wartete auf ihn, dann griff sie in die Mähne des Ponys, und gemeinsam kletterten sie das letzte Wegstück bis zum Wald hinauf, wo Colorado erschöpft stehen blieb. Die Landschaft zerfloss unter der Schneedecke zu einer einzigen weißen Einheit.

Das alte Pony schnappte nach einem schneebedeckten Zweig und zog daran. Eine halbe Baumladung Pulverschnee landete auf seinem Kopf, aber der Zweig schien zu schmecken, denn es wiederholte das Spiel gleich noch mal.

Jola zupfte am Strick und Ghost setzte sich wieder in Bewegung. Ein paarmal drehte sie sich um, aber Colorado knabberte lieber an den Schneezweigen herum. Wenn sie auf ihn wartete, würde das ewig dauern, und sie hatte Katie versprochen, Ghost so weit wie möglich vom Hof wegzubringen.

Ghost machte lange, federnde Tritte, und sie hatte Mühe, mit ihm Schritt zu halten. Er schien über den Boden zu tanzen. Seine Gestalt fügte sich in die Winterwaldkulisse ein wie ein fehlendes Puzzlestück.

»Jetzt siehst du wirklich aus wie ein Geist«, sagte sie zu ihm. »Du könntest Leute erschrecken.«

Sie folgte dem Weg, aber mit der Zeit merkte sie, dass Ghost immer unruhiger wurde. Sein Schritt wurde zackiger und seine Ohren zuckten in alle Richtungen. Als der Weg eine Biegung machte, blieb er wie angewurzelt stehen.

»Was hast du?«, fragte Jola, aber da hörte sie es auch: Motorengeräusch. Es klang ganz ähnlich wie Stefans Traktor, nur konnte der es nicht sein, weil er nämlich mitten auf dem Ginsterhof gestanden hatte, als sie losgegangen war. Vorsorglich packte sie das Seil fester, obwohl sie den Hengst sowieso niemals würde halten können, wenn er sich wirklich losriss.

Das Geräusch kroch durch den Wald auf sie zu. Sollte sie umkehren und zurücklaufen? Aber wozu?

Sie beschloss, zur Seite zu gehen und das Gefährt vorbeizulassen, aber Ghost blieb mitten auf dem Weg wie angewurzelt stehen. Erst als der Traktor in Sicht kam, gab er nach und ließ sich vom Weg ins Unterholz locken.

»Alles gut«, murmelte Jola. »Nur ein Traktor. Das kennst du doch.«

Der Traktor war grün und zog einen kleinen Anhänger hinter sich her, auf dem etliche kleine Baumstämme und allerlei grüne Zweige durcheinanderlagen. Der Fahrer, ein Mann, älter als Stefan, grüßte, indem er sich an die Mütze tippte. Sie hatte ihn noch nie gesehen. Als er an ihnen vorbeirumpelte, wurde er langsamer und blieb schließlich stehen.

»Grias di«, sagte er zu ihr und ließ seinen Blick über Ghost schweifen.

»Guten Tag«, gab Jola höflich zurück.

Der Mann schaute sie seltsam an, und sie hatte das Gefühl, ihm schon einmal begegnet zu sein, konnte aber nicht mehr zuordnen, wo das gewesen sein sollte.

»Des ist doch des Ross vom Vogt, oda?«

Jola versuchte verzweifelt, den Sinn seiner Worte zu verstehen. »Äh … nein. Wir kommen vom Ginsterhof.«

Der Mann nickte. »Hobt 's des Ross no oiwei?«

Wieder hatte Jola keine Ahnung, was sie darauf sagen sollte, also nickte sie nur. Der Mann starrte Ghost nun offen an und Jola wurde ein wenig mulmig zumute. Was hatte er da bloß zu ihr gesagt? Ob er Ghost kannte?

»Haben Sie das Pferd vielleicht schon mal gesehen? Wissen Sie, wer er ist?«

Seltsamerweise schien der Mann sie wunderbar zu verstehen. »Bist du net vom Vogt?«, fragte er und runzelte die Stirn.

Ghost prustete und machte einen Schritt auf den Traktor zu, und auf einmal wollte Jola bloß noch zurück, bloß noch weg von dem Mann mit den komischen Worten.

»Ich muss jetzt nach Hause«, sagte sie und zog an dem Führseil. »Auf Wiedersehen!«

Der Mann guckte noch einen Moment, dann tippte er sich wieder an die Mütze und sagte: »Pfiade!«

Jola schaute ihm nach, als er mit seinem Traktor zockelnd im Wald verschwand.

»Puh.« Aufatmend lehnte sie sich an Ghost. »Hast du den verstanden?«

Ghost schüttelte seine Mähne und sie musste lachen. Egal, der Mann war weg. Aber wer oder was war der Vogt?

Plötzlich kam sie sich unheimlich dämlich vor. Der Mann hatte doch gesagt: vom Vogt. Ob er Ghost doch kannte? Sie musste unbedingt zurück und Katie davon erzählen, so schnell wie möglich!

»Du, Ghost«, sagte sie zu dem Hengst, »hättest du was dagegen, wenn ich … also, wenn ich auf dir reite? Damit es schneller geht?«

Im Unterholz gab es einen abgesägten Baumstumpf, der groß genug war, um von dort auf Ghosts Rücken zu steigen. Sie führte den Hengst an die Kante, stieg auf den Stumpf, warf das Seilende über Ghosts Hals und atmete tief ein und wieder aus, bevor sie mit einer Hand an seinen Widerrist griff. Dann sprang sie ab und landete weich, so weich, dass es sich im ersten Moment gar nicht anfühlte, als würde sie auf einem Pferd sitzen.

»Okay«, flüsterte sie mit heftig klopfendem Herzen. »Du kannst nach Hause laufen.«

Ein Ruck ging durch den Pferdekörper und Ghost marschierte los. Er trabte nicht, sondern schritt schnell und schwingend aus.

Die Kälte trieb ihr Tränen in die Augen. Vielleicht war auch gar nicht die Kälte schuld daran. Es fühlte sich an, als würde sie schweben, zusammen mit Ghost.

Sie machte die Augen zu und alles kam zurück.

Kleine Finger, fest in die Mähne gekrallt. Weiches Pferdefell unter ihrem Po. Die lachende Stimme ihrer Mutter, die ihre Haare zu einem dunklen Zopf gezwirbelt hatte. Weiche, fließende Bewegungen, das Gefühl, wie eine Wolke über den Grund zu fliegen …

Ghost stoppte und sie riss die Augen wieder auf. Aber es war nur Colorado, der mitten auf dem Weg stand und auf sie zu warten schien.

Erst im zweiten Moment kam Jola in den Sinn, dass die beiden sich ja sonst nur durch die Latten eines Zauns begegneten. Schnell sprang sie vom Pferderücken.

Colorado machte seinen Hals lang und schnupperte mit geweiteten Nüstern. Jola hielt den Atem an, als Ghost ebenfalls den Kopf senkte. Das struppige kleine Pony und der prächtige weiße Hengst legten Nase an Nase und pusteten sich gegenseitig an.

»Das gibt's ja wohl nicht«, flüsterte Jola andächtig. »Was ist denn mit euch los?«

Aber eigentlich brauchte man das nicht zu fragen. Ghost war schon ewig hier, genau wie Colorado. Das Pony kannte den Hengst wahrscheinlich schon sein ganzes Leben lang!

Vor ihr lag die Abzweigung zum Ginsterhof und die Schneewehen wuchsen wieder an und machten das Laufen schwer. Am liebsten wäre Jola wieder auf Ghosts Rücken geklettert, aber in Sichtweite von Helen oder Stefan wagte sie das nicht.

Sie sah zum Reitplatz hinunter. Katie schien ihre Lektion beendet zu haben. Keira ging am langen Zügel im Kreis und ihre

Bewegungen waren sanft und fließend. Jola schaute wieder Colorado an, der ihr völlig selbstverständlich folgte.

Und sie fragte sich, wer wohl richtiglag: Keira, weil sie sich vor Ghost fürchtete, oder Colorado, der ihm nicht mehr von der Seite wich.

Schneemannschlacht

Schnee glänzte in den Baumkronen und fiel aus den Ästen in ihre Jackenkragen. Der Waldboden sah aus, als hätte jemand einen Teppich ausgerollt, weich und weiß, auf dem nur die Pferde ihre Spuren hinterließen.

Katie ritt vornweg, dicht gefolgt von Sanne und Lea auf den beiden Haflingern Miley und Justin. Sie selbst saß auf Billy, der mit angelegten Ohren nach links und rechts schnappte und niemanden an seiner Seite duldete.

»Wir traben«, rief Katie über die Schulter. »Achtung, die sind gut drauf heute!«

Jola griff nach der Sattelschlaufe und versuchte, Bonnies Zockeltrab auszusitzen.

Die Pferde stampften durch die unberührte Schneedecke und wirbelten ordentlich Schneestaub auf dabei.

Katie folgte einem schmalen Pfad, der tief in den Wald führte. Hier mussten sie hintereinanderreiten und Katie drosselte das Tempo wieder.

Bonnie hing mit der Nase halb in Mileys Hintern, weil Jola nicht rechtzeitig bremste. Sie kam sich vor wie auf einem Schaukelpferd, das jede Bewegung selbst bestimmte. Während Sanne, Lea und Katie miteinander gackerten, musste sie aufpassen, nicht von Bonnies rundem Rücken zu rutschen.

Wie anders war das Reiten mit Ghost gewesen! Davon hatte

sie Katie allerdings nichts erzählt. Sie wusste selbst nicht, warum. Es war nicht das erste Mal, dass sie auf seinem Rücken gesessen hatte, und auch davon wusste Katie nichts.

Dafür hatte sie Katie von dem Mann auf dem grünen Traktor erzählt, der ihr so seltsame Fragen gestellt hatte. Aber Katie hatte nur gelacht und gemeint, das wäre Sepp Meier vom Nachbarhof gewesen, der würde immer Holz aus dem Wald holen für seine Basteleien.

»Und warum habe ich ihn nicht verstanden?«, hatte Jola gefragt.

»Weil er so stockbayerisch redet, dass sogar eine so welterfahrene Sprachwandlerin wie du verloren ist!«

Mit dem Vogt konnte Katie auch etwas anfangen: »Ach, das ist doch unser Hausname. Wenn er Vogt sagt, meint er eigentlich den Ginsterhof.«

Jola hatte das mit dem Hausnamen nicht verstanden, und außerdem kam sie sich dumm vor, weil sie so überreagiert hatte, dabei war gar nichts Unheimliches an der Begegnung gewesen. Der Nachbar. Na super, woher sollte sie das denn wissen? Vom Ginsterhof aus war von einem Nachbarhof schließlich weit und breit nichts zu sehen!

Auf einmal traf ein Schneeball sie mitten ins Gesicht. Bonnie scheute, aber diesmal rutschte Jola nicht.

Katie hatte sich umgedreht und lachte lauthals. »Aufwachen dahinten!«

»Na warte«, murmelte Jola und sammelte Schnee von Bonnies Hinterteil, von tief hängenden Ästen und von ihren Stiefelspitzen. Sie baute ein richtig schönes, großes Geschoss. Dummerweise ritt Katie vornweg, also musste sie über Lea und Sanne drüberwerfen, um ihr Ziel zu treffen, aber einen Versuch war es allemal wert.

»Katie!«

Sie hob den Arm mit dem Schneebomber hoch in die Luft und zielte. Als Katie sich gerade nach ihr umwandte, warf sie ihr Kunstwerk. Katie duckte sich, aber der Schneeball traf sie zielsicher im Genick und ließ einen schönen Schneeregen in ihren Kragen rieseln.

»Schon kapiert«, sagte Katie und schüttelte sich. »Das kannst du haben.«

Sanne und Lea machten mit, eine wilde Schneeballschlacht entbrannte. Dann wurde der Weg wieder breiter und Katie lenkte Billy direkt vor Bonnies Nase. Bevor Jola kapierte, was passierte, hatte Katie schon einen dicht mit Schnee bedeckten Zweig gepackt und ließ ihn sirrend durch die Luft schnalzen. Er stoppte jäh über Bonnies Hals und Jola bekam die gesamte Schneelast ins Gesicht. Sie quiekte und schüttelte sich, während die anderen lachten.

Als sie zu Hause ankamen, brachten sie die Pferde in den großen Stall und spendierten ihnen eine Extraportion Futter. Ihre Finger und Zehen waren klamm gefroren und schmerzten bei jeder Bewegung, aber die tief stehende Sonne auf dem Glitzerschnee war zu schön, um schon nach drinnen zu gehen.

»Hey, ich hab eine Idee!« Katie betrachtete die riesigen Schneehaufen zu beiden Seiten der Hofzufahrt. »Lasst uns ein Wettbauen machen. Ihr zwei gegen Jola und mich. Schneemann gegen Schneemann!«

»Schneemänner bauen ist doch was für Babys«, beschwerte sich Lea, aber Katie fing schon an, die erste Kugel zu rollen.

Ein warmes Gefühl kroch in Jolas Bauch. Ob sie nun reiten konnte oder nicht, sie gehörte dazu – und das war schöner als das schönste Wettreiten. Katie schubste ihr die Kugel zu und rollte eine zweite, aber dann bauten sie gar keinen Schneemann, sondern ein Schneepferd, weiß wie ein Geist, mit großen dunklen Steinaugen. Es lag auf dem Boden und sah irgendwann so echt aus, dass Jola eine Gänsehaut bekam.

»Ihr spinnt echt, ihr zwei.« Lea schüttelte den Kopf, als sie das Pferd sah. Sie und Sanne hatten klassische Schneemänner gerollt, eine kleine Familie, Mutter, Vater, Kind.

Jola betrachtete die Schneemama und fühlte einen Stich im Herzen, wie immer, wenn sie an ihre Mutter dachte. Ob sie auch Schneepferde mit ihr gebaut hatte, als sie klein gewesen war? Sie konnte sich nicht erinnern. Aber sie wusste, dass ihre Mutter all das für sie getan hätte. Und dass sie nur deshalb all die Gefühle und Empfindungen vergessen hatte, weil es so wehtat, sich daran zu erinnern.

Der Probenraum von Annas Band sah aus wie eine chaotische Musikschule für Kinder. Überall standen oder lagen Instrumente herum, Verstärker, auf denen Gläser balancierten, kleine und große Boxen, dekoriert mit Schokoriegeln und Gummibärchen, eine kaputte Bassgitarre, die als Tisch herhalten musste und auf der eine Schüssel mit Chips stand. In einer Ecke türmten sich riesige, mit buntem Stoff bezogene Sitzkissen, dazu gab es einen Barhocker, zwei umgedrehte Spezi-Kisten und drei Klappstühle, wie Jola sie vom Campen kannte.

Sie hatte erst nicht mitkommen wollen, weil ihr Vater – der am späten Nachmittag heimgekehrt war – nun ganz allein drüben in

der Wohnung hockte. Aber der hatte ihr sogar zugeredet und sie regelrecht weggeschickt. »Geh mit, los, du bist jung, das ist spannender, als mit mir rumzuhängen! Amüsier dich nur und komm nicht zu bald wieder!«

Annas Bandkollegen waren gekommen, dazu noch ein paar Freunde aus der Schule. Die meisten waren so alt wie Anna und Niko, aber sie waren nett, vor allem ein Junge namens Moritz, der Jola den ganzen Abend von seinen Stunts beim Parcours erzählte, einer Sportart, die seiner Meinung nach viel gefährlicher war als Reiten. Niko hing die ganze Zeit mit einer hübschen Blonden auf einem der Sitzkissen, und es dauerte nicht mal bis Mitternacht, da knutschten sie schon herum wie die Weltmeister. Zum Glück schien Sanne über ihn hinweg zu sein, denn sie wurde gar nicht traurig, als sie die beiden sah. Oder zumindest zeigte sie es nicht mehr so deutlich.

Lea und Katie kicherten und lachten den ganzen Abend. Erst ging es um einen Jungen, den Lea cool fand, Katie aber nicht. Dann um einen, der Katie gefiel, der aber für Lea indiskutabel war.

Katie deutete auf Jola und meinte: »Unsere Jola lässt nichts anbrennen. Rate mal, mit wem sie ein Date hat – Jonas! Die totale Geschmacksverirrung.«

»Das wird ja auch mal Zeit, dass bei Jo-Jo was geht.« Lea grinste. »So wie die im Unterricht immer rumtuscheln.«

»Bitte was? Jo-Jo?« Jola fiel fast von der Bierkiste vor Lachen. »Ihr habt sie ja nicht mehr alle. Ich gebe ihm Nachhilfe in Englisch, mehr nicht!«

»Ja klar! Deshalb kommt er auch ganz allein zu dir. Weil er so wild auf Lernen in den Ferien ist.«

»Ihr spinnt doch.« Jola schüttelte den Kopf. »Der will nur eins von mir: bei mir abschreiben.«

Sie frotzelten noch eine Weile herum, bis die Uhr plötzlich kurz vor Mitternacht zeigte. Zusammen zählten sie den Countdown herunter, stießen mit O-Saft und Sekt an und umarmten sich aufgedreht.

Einer von Annas Bandkollegen rief: »Sollen wir was spielen?«

Die anderen jubelten zustimmend, also rückten sie die provisorischen Stühle und Tische an den Rand, um in der Mitte Platz zu schaffen für eine Bühne. Annas Wangen glühten, als sie nach ihrer E-Gitarre griff, und im Nu vibrierte der kleine Raum unter dem bebenden Beat.

»Gut, dass wir hier nicht leise sein müssen«, rief Katie und klatschte begeistert mit. »Nur Knaller sind verboten. Wegen der Pferde.«

Aber niemand vermisste Silvesterknaller, wenn man ein Privatkonzert bekam. Die ersten beiden Songs kannte Jola inzwischen gut, sie waren auf der CD drauf, die Anna im letzten Sommer selbst aufgenommen hatte. Ihr gefiel der rockige Touch, und es war schön, dass es sich um eigene Songs handelte, keine gecoverten. Es gab Songs auf Englisch und auf Deutsch, einen sogar auf Französisch. Sie sang mit, bis sie keine Stimme mehr hatte.

Der letzte Song war neu, deshalb war er noch nicht auf der CD. Anna hatte ihn schon einmal gespielt, bei dem Unplugged-Konzert im Hof, und er hatte Jola schon damals gefallen, weil er so melancholisch-traurig klang, obwohl er eigentlich eine fröhliche Melodie bekommen hatte.

Mit dir hab ich die beste Zeit
Du bist zu jedem Scheiß bereit
Mit dir kann ich oft Dinge sehn
Die andre nicht im Traum verstehn
Jetzt kannst du nicht mehr bei mir sein
Ich hoffe, du bist nicht allein.

Annas Stimme sank, rutschte leicht ins Moll. Und Jola bekam eine Gänsehaut am ganzen Körper.

Du bist das Flüstern im Nebel,
das Mondlicht in der Nacht
Ein Umriss im Regen,
das Gefühl um Mitternacht
Du bist mein liebstes Geheimnis,
wildes Wolkenkind
Silberschwarzes Fernweh –
ein Schatten nur im Wind.

Ein Geist kommt selten allein

Mitternacht war lang vorbei, als die vier Mädchen flüsternd und kichernd zum Haus zurückrannten. Der Schnee knirschte unter ihren Füßen wie brüchiges Eis, und die Luft war so klar, dass man die Sterne am Himmel sehen konnte.

»Schläfst du bei uns?«, fragte Lea, als sie sich im Flur die Schuhe von den Füßen traten. »Wir erzählen uns noch ein paar Gruselgeschichten und warten, ob Katies Geist erscheint.« Sie gluckste und Katie boxte sie mit dem Ellbogen in die Seite.

»Ich würde schon gern«, sagte Jola und sah Katie an.

Die verdrehte nur die Augen. »Jola, echt. Du gehörst dazu, was soll denn das?«

Oben in Katies Zimmer bauten sie sich ein Schlaflager aus einer Klappmatratze und dem Teppich, sodass jede von ihnen eine weiche Unterlage bekam. Lea und Sanne hatten ihre Schlafsäcke mitgebracht, also lief Jola schnell hinunter in den Anbau und holte ihren eigenen von der Couch. Ihr Vater schlief schon, sie hörte sein leises Schnarchen durch die Wand.

Als sie eben wieder leise zur Tür rauswollte, wieherte Ghost plötzlich. Es war ein so klagender, hilfloser Laut, dass Jola unwillkürlich stehen blieb und lauschte. Ghost rief – nach ihr? Nein, unmöglich. Einbildung. Dennoch konnte sie nicht einfach gehen, ihn nicht einfach ignorieren. Er hatte ihr geholfen, heute, im Wald, er hatte sie auf seinem Rücken geduldet und sie sicher durch den Schnee getragen, und er hatte es geschafft, dass die Bilder zurückgekommen waren, diese wertvollen, lang vergessenen Gefühle.

Jola starrte auf den Schlafsack in ihren Händen. Ghost wieherte erneut, und auf einmal wusste sie, was sie noch mitnehmen würde. Rasch ließ sie sich auf die Knie sinken, robbte unter das Couchbett und zog die Schachtel hervor, die ganz hinten im dunkelsten Eck lag.

Das Ouija.

Lea und Katie waren mit einer Kissenschlacht beschäftigt, während Sanne ihren Schlafplatz herrichtete, den Schlafsack aufschüttelte und ihre Trinkflasche so deponierte, dass sie in der Nacht drankam.

»Wo bleibst du denn?« Ein Kissen flog auf Jola zu, aber sie fing es in der Luft. Lea kreischte und duckte sich weg.

»Los, wirf«, schrie Katie, »ich halt sie fest!«

Aber Jola warf das Kissen auf Katie, die empört aufjaulte, hinter sich langte und nun selbst ein Geschoss auf Jola abfeuerte. Jola duckte sich zur Seite, griff nach dem nächstbesten Kissen – dem von Sanne – und warf es zurück. Sanne beschwerte sich lautstark und bekam ebenfalls ein Kissen ins Gesicht, und Jola musste irgendwann so lachen, dass sie nicht mehr zielen konnte und nur noch danebenwarf.

»Ihr blöden Hühner«, kreischte Katie und warf das letzte Teil, das noch auf ihrem Bett lag.

Jola hatte das Gefühl, ihr Gesicht würde einfrieren. Das Lachen blieb ihr buchstäblich im Hals stecken und sie musste husten. Das weiße Kuschelpferd flog genau auf sie zu, also hechtete sie nach vorn und fing es in der Luft. Die anderen lachten, Jola nicht.

Sie drückte das abgegriffene Pferd so fest gegen ihre Brust, dass es schmerzte.

»Okay, Leute«, keuchte Lea und ließ sich auf Sannes Betthälfte fallen. »Zeit für Gruselgeschichten. Wer fängt an?«

Jola schob mit dem Fuß das Ouija unter ihrem Schlafsack hervor. »Ich hätte da ja eine bessere Idee.«

»Was ist das?« Sanne stand auf und griff nach der Schachtel, aber Lea kapierte schneller.

»Boah, Jola! Ein Geisterbrett? So was hab ich mal im Fernsehen gesehen. Echt unheimlich, das Zeug.«

Katie war nun ebenfalls verstummt. Sie schaute Jola beinahe bittend an und schüttelte den Kopf.

»Traut ihr euch?« Die Frage ging eher an Lea und Sanne. Bei Katie konnte man sehen, dass sie sich nicht traute. »Ich muss euch aber warnen: Das Ding funktioniert tatsächlich.«

Sanne floh zwei Schritte rückwärts. »Ich glaube, dann will ich es lieber nicht ausprobieren.«

»Jetzt kommt schon, seid nicht so langweilig!« Lea zog den Deckel ab und holte die zwei Bretthälften heraus. Andächtig legte sie sie aneinander und platzierte sie in der Mitte, genau zwischen ihnen allen.

»Lea, lass es«, sagte Katie leise. »Sanne hat Schiss, das siehst du doch.«

»Schieb es nicht auf Sanne, wenn du selber Schiss hast«, murmelte Lea und grinste über ihre Schulter zu Katie hoch. »He, was ist los mit euch? Katie, du bist doch sonst diejenige, die uns hier die Geister-Grusel-Märchen erzählt! Und Sanne, stell dich nicht so an. Wir sind doch zusammen hier, was soll schon passieren?«

»Wenn sowieso nichts passiert, warum müssen wir es dann

tun?«, piepste Sanne, aber dann siegte doch die Neugier, und sie robbte näher heran und betrachtete das Brett vorsichtig.

»Woher hast du das, Jola?« Lea besah sich die Plakette. »Von deinem Dad?«

»Nein«, gab Jola zurück. »Es gehört mir.«

Genau genommen gehörte es dem Versandhaus, weil es noch immer nicht bezahlt war. Darum sollte sie sich endlich kümmern.

Lea sprang auf, knipste Katies Nachtlicht an und verhängte es mit einem hellen Shirt. Dann löschte sie das Deckenlicht, sodass der Raum in Schatten versank.

»Also gut«, raunte sie düster und legte die Plakette oben zwischen Sonne und Mond. »Dann gebt mir mal eure Finger!«

»Stopp«, fuhr Katie dazwischen. »Welchen … Geist wollen wir denn überhaupt rufen?«

Sie sahen sich gegenseitig an, aber dann drehten alle die Köpfe, und am Ende schaute jeder auf Jola. »Äh … ich weiß nicht. Vielleicht müssen wir ja gar keinen bestimmten Geist ansprechen, sondern ganz allgemeine Fragen stellen.«

»Okay.« Lea kräuselte die Stirn. »Das ist easy. Dann machen wir es so: Jeder von uns kriegt eine Frage an das große Unbekannte. Zwischenfragen sind nur erlaubt, wenn wir alle mit dem Kopf nicken, ja?«

Sanne murmelte etwas. Sie sah aus, als würde sie am liebsten zurück auf die Silvesterparty stürmen. Katie kaute auf ihren Fingernägeln herum, aber Lea hatte ihre Fingerspitze bereits auf die Plakette gesetzt.

»Und wenn …«, fing Sanne wieder an, aber Lea zischte nur: »Sssscht!«

Jola legte ihren Finger auf die Plakette, dann erst folgten – zaghaft – Sanne und am Ende Katie. Jola schloss die Augen. Wenn sie ganz fest an Ghost dachte, an sein leuchtendes Schneefell, seine suchenden Augen, den geraden Kopf und die lange, wallende Mähne, dann half das vielleicht, und er spürte, dass er gemeint war. Oder aber die Geschichte von der Nacht der sprechenden Tiere stimmte doch. In diesem Fall würde vielleicht ein anderer Geist zu ihnen sprechen, aber ganz bestimmt nicht Ghost.

»Ähm …« Lea räusperte sich. »Gibt es wirklich einen Geist auf dem Ginsterhof?«

Katie verschluckte sich und musste husten. Sanne rutschte unruhig auf der Matratze hin und her und brachte damit das ganze Brett zum Schaukeln. Und dann spürte Jola es – ein Kratzen, ein Rutschen, das ruckelnde Schaben von Plastik über Holz. Die Plakette bewegte sich! Sie blinzelte, aber da hatte der Pfeil sein Ziel schon erreicht: Die Spitze stand genau unter der Sonne.

Ja.

»Wow«, machte Lea beeindruckt. »Abgefahren!«

»Warum bist du hier?«, fragte Katie schnell.

Wieder ruckte die Plakette, aber diesmal hatte Jola das Gefühl, die Bewegung ging von Lea aus. Oder doch nicht? Sie drückte ganz leicht dagegen, und sofort rutschte die Plakette in die andere Richtung, zum Spielfeldrand, und kippte darüber hinaus auf den weichen Untergrund.

»Ähm …« Lea griff nach der Plakette und legte sie zurück in die Mitte. »Das war wohl nichts. Nächste Frage – Sanne?«

»Hast du schon einmal hier gelebt?« Sannes Stimme bebte, aber sie legte den Finger tapfer zurück auf die Plakette.

»Muss er ja wohl«, raunte Lea. »Wie soll er sonst hierherkommen?«

»Seid doch mal ruhig!«

Als niemand mehr etwas sagte und die Plakette still lag, dachte Jola an die Frau auf dem Erinnerungsmosaik im Flur, die Frau, die angeblich all ihre Fragen beantworten konnte, weil sie hier geboren und aufgewachsen war. Ob sie eine Verbindung zu Katies Großmutter herstellen konnten? Aber wie? Konnte man einen Geist so einfach herbeirufen?

Sie schloss die Augen und sofort verschwamm das Bild der Frau und formte sich wieder zu einem Pferd. Die Plakette ruckelte, und sie versuchte, ihren Finger ganz ruhig zu halten, obwohl ihre Hände vor Aufregung zitterten.

»Hilf uns«, flüsterte sie in den Raum, ohne jemand Bestimmtes zu meinen. »Hilf uns doch!«

Ein Feuer explodierte unter ihren Fingern. Diesmal spürte sie es deutlich, es kam aus der Plakette selbst, nicht aus einer der vier Richtungen. Auf einmal zuckte sie wie verrückt über das Holz, hin und her. Jola riss die Augen wieder auf, versuchte, irgendwie die Verbindung zu halten, was gar nicht so einfach war, denn die Plakette war rutschig und flutschte regelrecht unter ihr weg – Buchstaben, welche Buchstaben? Ein L, nein, weiter, ein M. Drehung, zurück zur Sonne. Nein, wieder zu den Buchstaben, wo wollte sie hin, was passierte hier? Auf einmal schrie Sanne auf, als hätte sie sich verbrannt. Sie riss ihren Finger hoch und die Plakette schlitterte sinnlos schwankend über den oberen Spielfeldrand davon und blieb zitternd neben dem weißen Stoffpferd liegen.

Einen Moment lang sahen sie sich fassungslos an. Sanne schüttelte den Kopf, erst langsam, dann immer heftiger. »Das reicht, Leute, das reicht echt. Ich mach da nicht mehr mit!«

»Ich auch nicht«, sprang Katie ihr bei. Sie griff nach der Plakette und schleuderte sie zurück in die Schachtel. »Schluss mit dem Geisterhokuspokus. Wir erzählen uns jetzt Pferdegeschichten!«

Lea starrte auf das Brett, als würde sie die unsichtbare Spur nachzeichnen, die der Plastikpfeil gezogen hatte. Dann zuckte sie mit den Schultern und zog die beiden Hälften wieder auseinander, um sie zurück in die Schachtel zu legen.

Etwas war geschehen. Da war eine Verbindung zustande gekommen, genau wie bei ihrem letzten Versuch in der Weihnachtsnacht! Aber Antworten hatten sie nicht bekommen. Keine Buchstaben, nur sinnloses Gezucke. Jola spürte, wie enttäuscht sie war. Es war eben doch nicht so einfach, mit Geistern zu sprechen, es brauchte mehr als ein einfaches Holzbrett und ein Stück Plastik. Was hatte sie denn erwartet?

Katie hatte das Shirt von ihrem Nachtlicht gezogen und die Schatten aus ihrem Zimmer vertrieben. Sanne packte ihre Sachen und zog zu ihr aufs Bett und Katie breitete die Decke über sie beide. Sofort begannen sie, von den Pferden zu reden, von Abenteuern, die sie als Kind erlebt hatten, von Pferdestreichen und gemeinsamen Erinnerungen. Nach einer Weile warf Katie ihr einen langen Blick zu, aber Jola konnte nicht abschätzen, ob sie nun sauer auf sie war oder einfach nur genauso enttäuscht, weil nichts bei der Geistersuche herausgekommen war.

»Du«, sagte Lea leise, als sie sich in ihre Schlafsäcke kuschelten. Weil Sanne nun bei Katie schlief, hatten sie beide bequem Platz auf der Klappmatratze. »Diesen Pfeil, den hast du geschoben, oder?«

»Nein«, sagte Jola. »Ehrlich nicht. Aber ich hatte das Gefühl, du hast ihn bewegt.«

Lea presste die Lippen aufeinander. »Nee. Aber irgendwer muss ja geschoben haben. Nur hätte sich derjenige auch witzigere Antworten ausdenken können als Ja und Mmmmm.«

Aufschreiben, dachte Jola. Ich muss das aufschreiben, alles! Und wenn es nur ein Wort ist, ein Buchstabe – ganz bestimmt sind die wichtig. Sie zog den Reißverschluss an ihrem Schlafsack zu und merkte, wie die Wärme sie einhüllte, ein untrügliches Zeichen für Müdigkeit.

Bevor sie in den Schlaf glitt, angelte sie nach dem Kuschelpferd, das noch immer über ihrem Kopf hockte. Sie drückte es an ihre Wange und tastete mit dem Finger nach der Öffnung im Fell.

Der gefaltete Zettel war noch da. Er steckte tief in der Brust des weißen Pferdes wie ein gut gehütetes Geheimnis.

Lotte
1944

Sie sah die Soldaten schon von Weitem. Aufgereiht wie Zinnfiguren standen sie auf der Straße und ließen niemanden passieren. Ihre Mienen waren verschlossen, abweisend, kühl. Wie Masken. An denen führte kein Weg vorbei. Ochsenkarren, Pferdefuhrwerke und Traktoren drängten sich in langen Reihen auf der Straße, also ließ sie Wolkenherz umkehren, noch bevor sie die Sperre erreichte. Es konnte, durfte einfach noch nicht zu spät sein! Ein Stück weiter den Weg hinauf klaffte ein zerstörter Brückenpfeiler. Der Fluss hatte sich in ein reißendes, schäumendes Ungeheuer verwandelt, also trieb sie Wolkenherz an, die Straße zurück, die sie gekommen waren. Die Erde erbebte, Schüsse donnerten. Etwas schlug unweit von ihr auf den Boden auf und riss die Straße entzwei. Wolkenherz bäumte sich auf und rannte los. Sie hörte Menschen schreien, hörte die Antwort der Soldaten, aber sie sah nicht zurück. Sie klammerte sich mit aller Macht auf dem blanken Pferderücken fest und ließ sich tragen, schnell, schneller, wohin auch immer, Wolkenherz wusste es besser als sie. Ihre Augen brannten vor Schmerz. Sie blinzelte, versuchte, etwas zu erkennen. Die Sonne, längst hätte sie aufgehen müssen. Doch der Himmel blieb staubig und dunkel.

Irgendwann erreichten sie das Gut, auf dem sie die Nacht verbracht hatten. Die Menschen hatten sie freundlich aufgenommen, Wolkenherz und sie würden dort auch für eine weitere Nacht Quartier finden, nur lang genug, bis sie sich überlegt hatte, wohin sie nun gehen konnten. Doch als sie den Kopf hob, schrie sie vor Schreck auf: Das Haus, der Stall, alles stand lichterloh in Flammen. Schwarzer Rauch stieg ihr in die Nase und versperrte ihren Weg. Sie keuchte verzweifelt, während Wolkenherz zurückwich.

Wohin jetzt? Menschen, Tiere, wo waren sie hin? Die Straße war zerstört, ein Zurück gab es nicht. In die andere Richtung konnte sie nicht fliehen. Wolkenherz schnaubte nervös, sein Körper zuckte furchtsam.

Lass mich nicht allein, flehte sie – bitte, lass mich jetzt nicht allein zurück!

Aus den Flammen tauchte plötzlich ein Mann auf, mit rußigem Gesicht. Er hinkte stark, seine Kleidung hing nur noch in Fetzen an seinem Körper. Als er Wolkenherz und sie entdeckte, fing er an zu laufen.

Panik erfasste sie. Die Geschichten, die man über diese Männer hörte, die Männer in den Uniformen – aber sie hatte Wolkenherz, sie war schneller als er! Nur wohin sollte sie fliehen? Fest krallte sie ihre Finger in die Mähne, ohne den Blick von dem Mann zu nehmen, der rasch näher kam.

Sie blinzelte wieder. Der Rauch schluckte das Licht, aber die Flammen schlugen hoch, und einen Herzschlag lang sah sie sein Gesicht, jung war es, sie kannte das Gesicht, es konnte nicht sein, unmöglich, aber es musste sein, er musste es bitte, bitte sein …

Sie rutschte von Wolkenherz' Rücken, und dann schrie sie seinen Namen, sie schrie, so laut sie konnte, damit sie das Feuer und die Detonationen übertönte:

»Max!«

Gefühlschaos

Nachdem sie allesamt den Neujahrsmorgen verschlafen hatten, weckte Niko sie schließlich, indem er die Fensterläden aufstieß und lautstark einen Gockel imitierte. Katie warf ein Kissen nach ihm, aber dann standen sie trotzdem auf und gingen zum Brunch runter in die Küche.

Anna erzählte, dass ihr Bassist gestern zum letzten Mal mit ihnen gespielt hatte und dass sie noch immer niemanden gefunden hatte, der zur Band passte. »Entweder die spielen alle zu schlecht oder sie wollen gleich den Ton angeben und ihre eigenen Songs einbringen. Es ist so sauschwer, jemand Gescheites zu finden, das glaubt ihr gar nicht.«

Katie berichtete von Keira und wie toll sie gestern mitgearbeitet hatte, und Lea schwärmte von dem Ritt im Schnee und dass es voll schade war, nicht mehr so viel Zeit zum Reiten zu haben wie früher.

Von dem Geisterbrett redeten sie nicht. Wahrscheinlich war es den anderen zu gruselig, davon zu erzählen, selbst am helllichten Tag. Oder sie hatten ihr spätnächtliches Schauerspiel schon vergessen.

Nach dem Essen ging es raus. Die Schneehaufen – es schneite bereits wieder dicke, weiche Flocken – reichten nun schon bis zum Stalldach. Anna rodelte zweimal mit ihrem alten quietscheroten Bob darüber, und schon hatten sie eine prima Piste, die sie, mit Plastiktüten als Rutschunterlage, für wilde Wettfahrten nutzten.

Später spannte Katie Bonnie und Clyde vor den Holzschlitten, und sie quetschten sich, in Decken gehüllt, zu viert auf die Zweiersitzbank und fuhren in den Märchenwald hinein. Dick verschneite Äste hingen wie weiße Arme von den Bäumen, und nahe einer Schonung sahen sie sogar Rehe, die ohne Scheu ein Stück mit ihnen mitliefen. Jola überlegte fieberhaft, wie sie das Gespräch auf die Geschehnisse der Nacht lenken konnte, aber als Katie schließlich Früchtepunsch und Lebkuchen auspackte, war die Stimmung so gelöst und friedlich, dass sie lieber den Mund hielt.

Als Lea und Sanne am späten Nachmittag von Sannes Mutter abgeholt wurden, lagen sich die Mädchen seufzend in den Armen. Es hätte ewig so weitergehen können – aber Lea fuhr mit ihren Eltern zum Skilaufen, und Sanne würde die restlichen Ferien über ihre Großeltern besuchen.

»Oh, das war schön.« Katie streckte sich und seufzte. »Ich liebe diesen Winter!«

Stefan nicht, dachte Jola und schaute zu, wie Katies Vater bereits zum dritten Mal an diesem Tag seine Traktorrunde über den Hof drehte, Wege nachspurte und den Schneehaufen anwachsen ließ. Von ihrer Schlittenpiste war schon nichts mehr zu sehen.

»Wir sind kein Stück weitergekommen, Katie«, sagte Jola und rieb die klammen Hände aneinander. »Ich hab das Gefühl, wir stehen immer noch am Anfang mit unserer Suche.«

Katie legte den Kopf schräg und überlegte. »Dann müssen wir eben noch mal neu überlegen. Es muss einen Hinweis auf ihn geben, ein Zeichen, irgendwas. Wir haben nur nicht richtig gesucht!

Am besten überlegen wir ganz von vorn, dann merken wir schon, was wir übersehen haben.«

Am nächsten Tag ließ Niko sie wieder in der Reitstunde mitgehen. Die Anfängergruppe bestand aus drei jüngeren und einem älteren Mädchen, die aber alle schon länger ritten als Jola. Niko hatte sie wieder auf Billy gesetzt, und gemeinsam führten sie das übliche Kasperltheater auf: Jola zog am Zügel, Billy warf den Kopf herum. Jola wollte vorwärtsgehen, Billy machte drei Schritte zurück. Jola wollte im Trab hinter den anderen her, Billy galoppierte …

Irgendwann war sie es leid und lenkte Billy frustriert zu Niko in die Mitte.

»Warum muss ich jedes Mal Billy reiten?«, fragte sie genervt. »Der macht ja doch, was er will!«

Niko grinste. »Weißt du, Jola, es gibt eine Regel. Das Pferd ist nicht schuld, wenn es mit dem Reiten nicht klappt. In den meisten Fällen muss sich der an die Nase fassen, der obendrauf sitzt.«

»Haha.«

»Sieh es mal so: Wenn du Billy reiten kannst, kannst du auch alle anderen Pferde reiten. Auf ihm lernst du wirklich, worauf es ankommt. Wenn du zum Beispiel am Zügel reißt, stellt er sich stur. Wenn du losreiten willst und vergisst, mit der Hand nachzugeben, läuft er rückwärts. Und wenn du ihm beim Traben versehentlich Galopphilfen gibst, galoppiert er natürlich – in seinen Augen hat er alles richtig gemacht.«

Jola dachte darüber nach. Was Niko sagte, klang logisch, aber es zu machen, war gar nicht so einfach. Theoretisch wusste sie, wie das mit den Hilfen funktionierte. Aber wenn sie Billy antraben sollte, dann schaukelte das ganze Pony, und ihre Füße machten einfach, was sie wollten! Wie konnte Katie ihre Beine nur derart kontrollieren? Und überhaupt, die anderen hockten auch wie Marionetten auf ihren Ponys, sobald die Gangart Stufe zwei lautete. Machten die etwa, was sie gesagt bekamen? Nein.

Am Ende der Stunde war sie so frustriert, dass sie froh war, Billy an ein anderes Mädchen übergeben zu können. Die nächste Stunde lang würde ihn jemand reiten, der sich fortgeschritten schimpfte. Bestimmt erging es dem Mädchen besser als ihr. Vor allem, da Billy seinen Spaß bereits gehabt hatte.

Sie ging nicht mit den anderen zum Stall zurück, sondern wartete, bis alle außer Sichtweite waren, kletterte dann rasch über den Zaun und lief auf die Hengstkoppel. Sie breitete ganz leicht die Arme aus, und Ghost kam sofort zu ihr gelaufen, Schnee im Haar, den Schweif erwartungsvoll aufgestellt.

»He, mein Großer«, murmelte Jola und legte ihm die Arme um den Hals. Er war kalt, immer so kalt. Und weich. Seufzend legte sie ihre Wange an seinen Hals und schloss die Augen.

In ihrer Erinnerung schien das Pferd zu wachsen. Es wurde größer und größer, bis sie kaum noch an seine Brust heranreichte. Oder wurde sie kleiner? Das Pferd vor ihr war so unerreichbar hoch, dass sie Angst bekommen hätte, wären da nicht die Hände ihrer Mutter gewesen, die schützend auf ihren Schultern lagen.

Sie fühlte einen leisen Druck, eine Aufforderung, also trat sie näher an das Pferd heran und versuchte, sich ihre Angst nicht anmerken zu lassen. Aber das riesengroße Tier stand ganz still. Es senkte seinen Hals, berührte mit den Lippen ihr Haar, sacht, vorsichtig, als wäre sie aus Glas. Es kitzelte und sie musste kichern.

Ghost pustete in ihr Haar und sie blinzelte in das helle Schneelicht. Er war auch groß, vielleicht sogar genauso groß wie das Pferd ihrer Mutter. Dagegen war Billy nur ein kleiner Hampelmann.

»Warum klappt es mit dir?«, fragte sie Ghost leise. »Ich kann doch nicht plötzlich reiten, wenn ich auf deinem Rücken sitze.«

Ghost schüttelte seine Mähne und wieherte laut und sie musste lachen.

»Ja genau. Mach dich nur lustig.« Sie seufzte erneut und strich über seinen kühlen Hals. »Okay, wenn du mir sonst nichts zu sagen hast, gehe ich mal wieder. Mir sind nämlich schon die Ohren und Finger abgefroren, und wie sich meine Zehen anfühlen, habe ich vergessen.«

Zum Abschied küsste sie ihn auf die Nase, dann stieg sie zwischen den Zaunlatten hindurch und lief zum Haus, um sich aufzuwärmen.

Vor der Tür kam ihr Katies Großvater entgegen. Er pfiff vor sich hin, trug Holzscheite ins Haus und versuchte, nicht über Minnie zu stolpern, die sich der Länge nach im Flur ausgestreckt hatte.

»Kann ich helfen?«, fragte Jola, obwohl ihre Finger so kalt waren, dass die Wärme des Hauses schmerzte.

»Das ist lieb.« Er reichte ihr die Hälfte des Stapels und drückte mit dem Ellbogen die Tür zum Wohnzimmer auf. »So einen strengen Winter habe ich zuletzt erlebt, als ich noch ein Kind war.«

Jola ließ den Holzscheitehaufen in den großen Korb fallen, der neben dem Ofen stand. Die Hitze schoss in ihren Körper, und sofort brannten ihre Gefrierfinger wie Feuer, aber sie spürte auch, dass langsam Leben in ihre Glieder zurückkehrte.

»Ich habe noch nie so viel Schnee gesehen«, gestand Jola. »Wir waren im Winter meistens auf der Südhalbkugel unterwegs.«

Der alte Mann nickte bedächtig. »Du hast viel erlebt. Du weißt mehr als die anderen.«

»Dafür weiß ich nicht, wie man reitet.« Jola biss sich auf die Lippe. Eigentlich wollte sie nicht rumjammern, vor Katies Opa schon gar nicht, aber die Worte waren einfach aus ihr herausgerutscht.

Der alte Mann sah sie seltsam amüsiert an. »Warum willst du es denn lernen?«

»Weil ich Pferde mag«, sagte sie. »Und weil … weil meine Mutter auch reiten konnte, richtig gut sogar. Ich glaube, ich will wissen, wie es sich für sie angefühlt hat. Weil … weil ich ihr dann … irgendwie näherkomme.«

Es war völlig verrückt, was sie da erzählte, aber gleichzeitig merkte sie auch, dass es stimmte. Auf irgendeine abgedrehte Art.

»Dann wirst du es lernen«, meinte Katies Großvater leise. »Das ist ein guter Grund.«

Als ihr Vater am Abend nach Hause kam, knallte er eine Tasche mit Einkäufen auf den Tisch, fiel auf den Stuhl und legte die Beine auf den Tisch. »So, Jola. Der Job im Postamt ist passé!«

»Was?« Jola hockte sich ihm gegenüber und sah ihn entgeistert an. »Warum denn das?«

»Ich bin der neue Werbefotograf für so einen Laden in Steinbach. Die wollen einen Onlineshop aufmachen und brauchen jemanden, der ihnen ordentliche Produktfotos macht.«

»Und davon bezahlen wir unsere Miete?« Jola schaute ihn zweifelnd an. Die Sache mit Peru war noch nicht vom Tisch, sie wusste, dass er plante, dorthin auszuwandern. Auch wenn er ihr versprochen hatte, das Jahr über hierzubleiben – ihr Vater kriegte es fertig, von heute auf morgen sein ganzes Leben umzukrempeln und alles hinter sich zu lassen. Er konnte mit nur einem Rucksack in ein Flugzeug steigen und vermisste nichts. Und niemanden.

»Nein. Die bezahlen wir von meinem neuen Job: Ich fange nächste Woche beim Autohändler an. Der hat ein paar alte Bullis am Hof, die aufgemöbelt werden müssen. Damit kenn ich mich schließlich aus.«

Jola atmete erleichtert auf. Gut, das war zwar auch nur ein Job auf Zeit, aber immerhin mussten sie dafür nicht den Kontinent wechseln.

»Danke übrigens«, sagte sie und tastete nach dem zusammengefalteten Foto, das in ihrer Hosentasche steckte.

Er nickte. »Bitte schön.«

»Kannst du dich erinnern, was es für ein Pferd war?« Jola zog das Foto heraus und faltete es auseinander. Von Katie wusste sie, dass es Hunderte Pferderassen gab und es bis auf ein paar Ausnahmen ziemlich knifflig war, sie nur anhand eines Fotos zu identifizieren.

»Ein schwarzes.« Ihr Vater schaute das Foto nicht an. »Sorry, von Pferden verstehe ich nichts. Das kann ich dir nicht sagen.«

»Es sieht aus wie Ghost, findest du nicht?«

»Ist der nicht weiß?«

Jola verdrehte die Augen. »Wer könnte wissen, was für eine Rasse es war?«

Ihr Vater lachte kurz auf. »Na ja. Da fällt mir schon jemand ein, aber es dürfte schwierig werden, sie zu fragen.«

»Haha.«

»Ist doch auch nicht wichtig, oder? Das Pferd ist nicht mehr da und es wird auch nicht zurückkommen.«

Nein, dachte Jola. Natürlich nicht. Genau wie Mama. Sie faltete das Foto sorgfältig wieder zusammen und steckte es ein.

Wie kam es eigentlich, dass sie mit ihren Fragen neuerdings immer an Tote verwiesen wurde?

Sieben Leben

Am nächsten Morgen stand Jonas vor der Tür, unter dem Arm sein Englischbuch, und grinste sie an.

»Hi, Jola.«

»Komm rein.«

Sie ließ ihn eintreten. Kurz schaute er sich um, als suchte er etwas, dann folgte er ihr geradeaus ins Wohnzimmer, wo sie die Schlafcouch zusammengeschoben hatte, sodass sie nicht mehr nach Bett aussah.

»Willst du was trinken?«

Jonas, der aus dem Fenster sah, schreckte kurz zusammen. »Was? Äh, ja danke. Wasser oder so.«

Jola füllte zwei Gläser mit Leitungswasser und stellte sie auf dem Schränkchen ab, dann hockte sie sich auf die Couch.

Was hatte Lea gesagt: Jo-Jo? Pah. Jonas war zufällig ihr Nebensitzer, nur deshalb redeten sie manchmal miteinander. Das hatte überhaupt nichts zu bedeuten. Warum auch? Nur weil er ein Junge war und sie ein Mädchen?

»Du wohnst hier mit deinem Dad, oder?« Jonas setzte sich neben sie und zog die Beine auf die Couch.

»Ja. Nur wir beide.«

Er ließ den Blick durch den Raum schweifen. Der Holzboden knarzte leise, ansonsten hörte man nur das Ticken der Uhr. »Und vermisst du es nicht? Das Reisen, meine ich. Wenn ich die Wahl hätte, ob ich in die Schule gehen will oder mit dem Bus durch Australien fahre, müsste ich nicht überlegen.«

»Neuseeland«, sagte Jola und lächelte. »Well, I loved it but it's not that romantic, you know. Only parts of it. It can be stormy and cold and sometimes you get quite lonely.«

»Oh no«, stöhnte Jonas. »Das ist hardcore!«

»You're here to practice, not just for fun. Come on! New Zealand was my adventure. Tell me about yours.«

Sie unterhielten sich eine ganze Weile, über verschiedene Länder, die Jonas schon gesehen hatte (alles innerhalb von Europa), dann über den Ginsterhof und seine Bewohner und schließlich über ganz allgemeine Sachen wie Filme und Musik. Jonas fragte, ob sie Annas Band gut fand, und Jola erzählte von Silvester und dem Konzert und wie genial Anna und die anderen spielten.

»Super«, meinte Jola nach einer Weile. »Du bist ja gar nicht so schlecht.«

Jonas grinste. »Der Ernst kann halt einfach nicht so gut reden wie du.«

»Aha.« Jola verschränkte die Arme vor der Brust. »Aber jetzt kannst du es mir ja sagen, Jonas. Warum bist du wirklich hier?«

»He, was denkst du von mir?« Jonas tat beleidigt und rutschte ein Stück von ihr weg. »Ich brauche Nachhilfe, sonst rassel ich in Englisch durch. Du weißt doch, wie sehr der Ernst mich hasst.«

»Ich glaube, du hast nur keinen Bock zu lernen«, stellte Jola fest. »Du könntest nämlich viel besser sein.«

»Ich bin halt in anderen Sachen gut.« Er grinste wieder.

»Okay, so tell me about your holidays, Jonas. What did you do?«

Jonas verdrehte spielerisch die Augen. »Also gut, I mean, okay,

I went to a church and then I went to the cinema and then I went to a musical and now I went to Jola.«

Jola musste lachen. »Schon kapiert. Dir reicht's für heute. Komm mit, wir fragen Helen, ob sie noch was von ihrem Holunderpunsch übrig hat.«

Helen war zwar nicht in der Küche, aber dafür Anna, die auch wusste, wo ihre Mutter die geheimen Zutaten aufbewahrte. Jonas gab sich ungewohnt schüchtern und drückte sich an der Tür herum, während Anna Jola half, den Punsch zuzubereiten.

»Dein Freund?«, fragte sie leise.

Jola schüttelte ganz leicht den Kopf. »Nein! Nur mein Nebensitzer. Nachhilfe!«

»Ach so. Aber der ist doch ganz niedlich.«

»Anna!«

Anna kicherte und verließ die Küche, wobei sie Jonas sehr direkt angrinste. Jola sah, wie Jonas knallrot anlief und nervös von einem Bein aufs andere trat. Beinahe hätte sie gelacht. Was war denn plötzlich mit dem los? So kannte sie Mister Cool ja noch gar nicht. Aber wenn sie es sich recht überlegte, war Jonas ihr schüchtern tausendmal lieber als so obermachohaft wie in der Schule.

Sie füllte den Punsch in zwei Becher und reichte einen davon ihrem Nachhilfeschüler. Jonas hatte sich dem Bild mit den tausend Helens zugewandt und tat megabeschäftigt.

»So einen hatte ich auch.«

»Hm?«

»Einen Perser. Das war ein Riesenviech! Angeblich habe ich dem immer seine Brekkies weggefuttert und ihm dafür meine Gummibären geschenkt. Behauptet meine Mam.«

Jola musste grinsen. Sie suchte nach dem Bild, das er gemeint hatte, fand es zwischen all den anderen aber nicht.

»Ich hab ja keine Ahnung von Pferden oder so, aber dieses Katzenviech – als das gestorben ist, das war schon echt hart. Als Kind verstehst du ja gar nicht, warum das Tier so plötzlich nicht mehr da ist!«

»Ich weiß, was du …« – meinst, wollte Jola sagen. Aber das Wort blieb ihr im Hals stecken. »Jonas«, flüsterte sie, und ihre Stimme bebte. »Von welcher Katze redest du?«

Jonas sah sie irritiert an. »Von meinem Kater. Den ich als Kind hatte. Wieso?«

»Wo hast du ihn gesehen?«

»Hä?«, machte Jonas nur.

»Hier! Auf dem Bild!«

»Ach so.« Jonas grinste und wandte sich wieder dem Bild zu. Auch er musste eine Weile suchen, aber dann hatte er das Foto gefunden und zeigte mit dem Finger darauf. »Hier. Sieht aus wie ein Hochzeitsfoto. Und ganz unten, vor dem Traktor, läuft ein fetter Perser. Genauso sah meiner aus!«

Jola starrte auf das Bild. Tatsächlich war das ein Hochzeitsfoto, sie hatte angenommen, es zeigte jüngere Versionen von Helen und Stefan.

Aber das stimmte nicht. Wenn man genau hinschaute, erkannte man Katies Großvater. Und die Frau daneben sah Helen zwar ähnlich, hatte aber viel kantigere Gesichtszüge. Jola starrte auf das Foto und merkte, wie sie eine Gänsehaut bekam.

»Alles klar mit dir?« Jonas sah sie zweifelnd an. »Du kippst jetzt nicht um, oder?«

»Nein, noch nicht.« Jola sah sich um. Wo war Katie? Sie musste

Katie finden, sofort! Ohne auf Jonas zu achten, lief sie den Flur entlang und ins Wohnzimmer, wo Anna auf der Couch vor dem Fernseher fläzte. »Anna, weißt du, wo Katie ist?«

»Allerdings«, sagte Anna, ohne aufzuschauen. »Im Wald. Kann aber länger dauern.«

»Ausgeritten?«

Anna grinste. »Nee! Keira ist mal wieder abgezischt. Sie hat eines der Ponys mitgenommen und sucht nach ihr.«

Mist, dachte Jola. Ausgerechnet Keira! Alle anderen Pferde liefen heim, wenn sie im Wald verloren gingen. Mit einem untrüglichen Sinn für die richtige Richtung fanden sie alle immer wieder den Weg zurück in den heimischen Stall. Nur Keira nicht. Die Stute ließ keine Gelegenheit aus, vom Ginsterhof wegzulaufen. Und das hieß, Katie würde nicht eher zurückkommen, bis sie die Ausreißerin gefunden hatte.

Zusammen liefen sie nach draußen, um auf Katie und Jonas' Vater zu warten, der ihn mit dem Auto abholen wollte, und tranken den schnell kalt werdenden Punsch aus ihren Bechern. Jonas schaute immer wieder zurück, bestimmt wäre er lieber bei Anna im warmen Wohnzimmer geblieben.

Als sein Vater auf den Ginsterhof einbog, meinte er: »Früher hab ich immer gedacht, mein Kater kommt zurück. Weil Katzen doch sieben Leben haben.«

Jola spähte zum Waldrand. Etwas regte sich da oben, sie sah eine Bewegung, nein, zwei … rotes Fell, das sich sträubte, ein sich aufbäumendes Pferd …

»Und?«, fragte sie abgelenkt. »Kam er zurück?«

»Nee. Natürlich nicht. Mein Dad hat mir erklärt, dass es wohl sein siebtes Leben gewesen ist und er jetzt für immer tot sei.« Jola starrte ihn an, aber er lachte nur. »Danke für die Nachhilfe. War echt … äh … nice von dir!«

Als das Auto mit Jonas drin durch das Hoftor gebraust war, lief Jola los, Katie entgegen. Sie schwitzte und versuchte mit aller Kraft, die erregte Stute am Führstrick zu halten.

»Die ist echt nicht normal«, keuchte sie. »Guck mal, sie ist schweißgebadet. Bei der Kälte! Ich hab sie erwischt, als sie gerade auf die Bundesstraße zulief. Hinten beim Maierhof. Was soll ich nur mit ihr machen? Sie hergeben?«

Katie war den Tränen nahe.

Jola nahm ihr das Pony ab und sie brachten die beiden durchgeschwitzten Tiere in den Stall. Katie rieb die Stute mit Stroh ab, aber Keira reagierte überhaupt nicht auf sie, sondern tanzte wie eine Irre in ihrer Box herum, schlug mit dem Kopf und steigerte sich derart hinein, dass Katie schließlich frustriert die Tür von außen zuzog.

»Ich gebe auf. Ich gebe echt auf! Das nervt so dermaßen. Ich hab das Gefühl, mein ganzes Training bringt überhaupt nichts. Es muss doch noch was anderes für sie geben als ihre Scheißangst!«

»Vielleicht kann ich helfen«, meinte Jola und kaute auf ihrer Lippe herum.

Katie pfefferte ihre Reitkappe auf einen Heuballen und ließ sich missmutig danebensinken. »Wie denn? Willst du Ghost mit deinem Geisterspielbrett beschwören, sie in Ruhe zu lassen?«

»Ich weiß jetzt, seit wann er hier spukt.«

Katies Mund klappte auf. »Äh – wie? Was?«

»Komm mit! Ich zeig es dir.«

Sie liefen ins Haus, Katie knallte ihre schneeverkrusteten Stiefel in den Flur und folgte Jola zu dem Bild an der Wand. All die

Fotos waren die ganze Zeit über schon da gewesen und sie hatten nichts gemerkt.

Jola zeigte auf das Bild, das die Hochzeitsgesellschaft zeigte. Ein Schwarz-Weiß-Foto, viele Leute in schönen Kleidern, das Brautpaar auf dem Traktor, im Hintergrund der Hof – und ganz vorn die Perserkatze. Als Jola nun genauer hinschaute, konnte sie sogar noch eine zweite Katze entdecken, die halb versteckt durch das Labyrinth der vielen Füße huschte.

»Und? Das sind meine Großeltern. Viele Bilder von meiner Großmutter gibt es nicht, also haben wir das genommen, obwohl Mama da noch nicht auf der Welt war.«

»Es geht nicht um deine Großeltern, sondern um die Katzen! Überleg doch mal, wir haben drüber gesprochen. Gibt es Katzen auf dem Ginsterhof?«

Katie schüttelte den Kopf. Vor lauter Staunen bekam sie rote Flecken im Gesicht. »Das glaub ich jetzt nicht!«

»Katzen hauen ab von hier«, setzte Jola leise hinterher. »Genau wie Keira! Sie fürchten sich vor dem Geist. Wenn wir recht haben, Katie, wenn Ghost wirklich der Grund dafür war, dann …«

»… dann hat er erst danach angefangen, hier zu spuken!«

Neue Geschichten, alte Rätsel

Die neue Erkenntnis warf ein ganz neues Licht auf ihre Suche. Plötzlich war der Graf nicht mehr relevant, die Pferde, die es gegeben hatte, als Katies Großmutter noch ein Kind gewesen war, all die Pferde davor, von denen sie noch überhaupt nichts wussten.

»Das schränkt den Zeitraum enorm ein«, stellte Katie fest, als sie in Jolas Zimmer über der Liste saßen, die Jola einmal angefertigt hatte. »Überleg mal. Die Leute, die ihn als echtes Pferd kannten, leben vielleicht noch.«

»Eine Sache bleibt aber seltsam«, meinte Jola und kaute nachdenklich auf ihrer Lippe herum. »Wieso kann sich dann niemand an ihn erinnern? Dein Großvater, deine Mutter. Sie müssten ihn kennen! Aber keiner von ihnen hat je zuvor ein weißes Pferd wie ihn gesehen. Wie passt das alles zusammen?«

»Das verstehe ich auch nicht.« Katie wackelte mit ihrem Kopf. »Warum spukt er ausgerechnet bei uns? Er muss doch hier gelebt haben!«

»Und wenn … wenn nur deine Großmutter ihn kannte?«

»Du meinst, sie hat heimlich ein Pferd versteckt gehalten oder so?«

»Könnte doch sein. Dann wäre sie die einzige Person, die etwas von ihm wusste.«

»Und die einzige Person, die wir nicht mehr fragen können.«

Jola sprang auf. »Wann genau haben die eigentlich geheiratet? Weißt du das?«

Katie erhob sich ebenfalls. »Nee. Aber das lässt sich ja rauskriegen.«

Helen war nicht im Haus, Katies Großvater konnten sie ebenfalls nicht finden. Also liefen sie wieder nach draußen, um Stefan zu suchen.

In der Sattlerei lief laute Musik. Jola stampfte sich den Schnee von den Stiefeln und sah sich staunend um. Hier drin war sie noch nie gewesen. Auf einem großen Holztisch lagen Werkzeuge herum, an der Wand standen zwei monströse Maschinen und dahinter, sorgfältig in unterschiedlich hohe Regale sortiert, das SteWe-Leder. Es roch nach einer pferdigen Mischung aus Öl und Leder und überall hingen Zaumriemen, Hundeleinen, Halsbänder oder Lederschnüre von der Decke.

Stefan stand mit dem Rücken zu ihnen, tief über einen halb fertigen Sattel gebeugt, der auf ein Holzpferd geschnallt war. Katie räusperte sich, damit er nicht vor Schreck das Messer in sein Werk bohrte.

»Mädels. Wollt ihr mir helfen?«

»Eigentlich sollst du uns helfen.« Katie ließ sich auf einen freien Drehhocker fallen und beobachtete sein Tun. »Was machst du da eigentlich?«

»Wanderreitsattel«, sagte Stefan und lächelte stolz. »Ist er nicht schön? Besonders weich und bequem und dazu so leicht, dass man ihn kaum spürt. So kann dem Pferd mehr Gepäck aufgeladen werden. Und seht ihr diese Schraube hier? Darüber kannst du den Sattelbaum auf jedes Pferd anpassen. Falls man auf einem Wanderritt mehrere unterschiedlich gebaute Pferde mitnimmt, aber nur einen Sattel dabeihat. Ein dazu passendes Bitless Bridle gibt es auch. Alles Sonderanfertigung für einen Stammkunden.«

»Der würde mir auch gefallen.« Katie hob die Hand und strich über das weiche Sitzblatt.

Der Sattel besaß kein Horn, so wie die Sättel der kleinen Ponys, hatte dafür aber vorn einen Bogen, der bestimmt praktisch war, um zusätzliches Gepäck daran zu befestigen oder um sich bei einem langen, anstrengenden Ritt darauf abzustützen.

»Ihr seid aber doch sicher nicht wegen dem Sattel hier, oder?« Stefan räumte sein Werkzeug ins Regal.

Jola fuhr mit den Fingerkuppen über den Sattel und schloss die Augen. Das Leder verströmte einen eigenwilligen Geruch und fühlte sich an, als würde sie über ein lebendiges Wesen streicheln, weich und warm, das unter ihrer Haut pulsierte. Poch, poch. Aber es war gar nicht der Sattel, es war das Pferd, dessen Herzschlag sie spürte, das Pferd unter dem Sattel, groß und weich und schwarz, das sich bewegte, links, rechts, obwohl es angebunden war und eigentlich still stehen sollte. *Halt dich gut fest, mein Schatz,* sagte eine Stimme, irgendwo in ihrem Kopf. Sie kannte die Stimme und auch wieder nicht. Die Stimme erklang nur, wenn sie Pferde fühlte oder auf einem Pferd saß, von allein sagte sie nichts, als würde ein Schleier auf ihrer Erinnerung liegen.

»Jola? Hallo? Bist du noch anwesend?«

Jola klappte die Augen wieder auf und taumelte zwei Schritte rückwärts. »Wie – was? Ja, alles gut.«

Katie sah sie ein bisschen seltsam an, aber Stefan lächelte schon wieder. »Also, was braucht ihr?«

»Weißt du, wann Opa und Oma geheiratet haben?«

»Oha. Doch, wartet mal – das muss ... 72 gewesen sein. Ja, ich bin ziemlich sicher! Helen hat es mal erzählt. Die Hochzeit fand im Herbst statt und im Frühling darauf ist sie dann geboren.«

»Also ist sie doch mit auf dem Foto«, stellte Katie fest. »In Omas Bauch.«

»Welchem Foto?«, fragte Stefan.

»Dem Hochzeitsfoto. Das mit dem Traktor.«

»Ja, vermutlich. Warum interessiert euch das?«

»Och, nur so.«

Stefan lachte. »Glaube ich euch nicht. Geht es schon wieder um dieses Schulprojekt?«

Katie blieb ernst. »Papa, du kanntest Oma doch auch. Was meinst du: War sie eine Frau, die Geheimnisse hatte? So richtig tiefe, geheime Sachen, die sie keinem verraten hat? Also … äh, größere Sachen?«

Stefan hob die Augenbrauen. »Da kann ich euch schlecht helfen, Mädels. Ich bin doch nur ein Angeheirateter. Als ich sie kennengelernt habe, war sie eine alte, aber durchaus zufriedene Frau, die in ihrem Leben viel durchgemacht hat. Ganz bestimmt hatte sie Geheimnisse. Das hatten doch alle zu dieser Zeit.«

»Wie meinst du das – zu dieser Zeit?«

»Sie war ein Kriegskind. Aber sie war noch klein damals, und soweit ich richtig informiert bin, ist der Ginsterhof vom Kriegsgeschehen weitgehend verschont geblieben. Ich weiß zum Beispiel, dass sie zwei Brüder und ihren Vater verloren hat. Und dass ihre Mutter und sie damals allein mit dem Hof und allem klarkommen mussten.«

Katie schaute Jola an. Das hörte sich nicht unbedingt nach einer Frau an, die heimlich ein Pferd versteckt gehalten hatte!

»Fragt doch Opa«, meinte Stefan nur. »Er kam zwar erst später auf den Hof, nach dem Krieg, aber er kannte deine Großmutter schließlich am besten.«

»Wo ist der eigentlich?«, fragte Katie und sah sich um, als hätte ihr Opa sich irgendwo zwischen den Lederfetzen versteckt.

»Wahrscheinlich wieder drüben bei den Meiers. Ich habe vorhin den Traktor gehört. Mensch – die Meiers! Sepp Meier kannte sie schließlich seit seiner Geburt. Die Elfriede ist auch in der Gegend aufgewachsen.«

Katie verschluckte sich und musste husten. »Was? Die Meiers sind doch so alt wie ihr.«

»Hallo?«, entrüstete sich Stefan. »Das ist ja wohl nicht dein Ernst, die sind locker über sechzig!«

»Okay, vielleicht sind sie ein paar Jährchen älter, aber auf jeden Fall jünger, als Oma war.«

Stefan schüttelte den Kopf. »So alt wie wir … pfff …«

»Du siehst viel jünger aus, als du bist.« Katie grinste und packte Jola am Arm. »Komm, lass uns gehen.«

»Holt die Pferde rein«, rief Stefan ihnen hinterher, ehe sie die Tür zur Werkstatt hinter sich zufallen ließen.

»Puh«, machte Katie, als sie wieder draußen im Flockenwirbel standen. »Jetzt sind wir zwar nicht viel schlauer als vorher, aber immerhin haben wir eine Zahl. 1972. Irgendwann danach muss er gestorben sein.«

Jola nickte langsam. »Genau. Und deshalb muss es auch jemanden geben, der sich an ihn erinnert.«

Sie brachten die Pferde in den Stall, fütterten sie und liefen von Box zu Box, um nachzusehen, ob sie alle okay waren. Keira stürzte sich auf ihr Kraftfutter, als hätte sie den ganzen Tag nichts zu fressen bekommen. Auch die anderen waren hungrig und ausgelaugt vom vielen Toben und Spielen im Schnee.

Stefan arbeitete mit Hochdruck an seinem neuen Auftrag, deshalb übernahm Niko nach der Reitstunde das Spuren mit dem Traktor. Das riesige Gefährt knotterte friedlich durch die stille Dunkelheit und Jola schloss die Augen. Sie hörte Ghost in seinem Stall rumoren, wie so oft, wenn der Traktor fuhr … erinnerte er ihn an etwas? Geräusche, Gerüche, Gefühle. All das war so weit weg. Und konnte gleichzeitig so nah sein.

Jola rieb ihre klammen Finger aneinander. Dann lief sie in den Anbau und schloss die Wohnungstür hinter sich. Ihr Vater war noch nicht zurück und im Wohnzimmer war es kühl und dunkel, nur die Wanduhr in der Küche tickte leise vor sich hin. Sie setzte sich auf einen Küchenstuhl und zog das Foto ihrer Mutter aus der Hosentasche. Sie brauchte kein Licht, um es zu betrachten, sie kannte die Konturen und Farben bereits auswendig. Eine schöne Frau mit langem dunklem Zopf. Das Pferd neben ihr, sein Kopf halb in ihrem Schoß. Ihr Lächeln. Perfekt sahen sie miteinander aus. Einfach nur perfekt.

Ich muss es versuchen, dachte sie und schloss die Augen. *Halt dich gut fest, mein Schatz.* Sie würde sich festhalten. Aber nicht an einem Pferd, sondern diesmal nur an ihrer Erinnerung.

Sie stand auf, knipste das viel zu grelle Licht an und ließ sich vor der Couch auf die Knie sinken, um die Schachtel mit dem Geisterbrett darunter rauszuziehen. Natürlich hatte sich an seinem Zustand nichts geändert, es war noch immer kaputt. Ob es deshalb nicht mehr richtig funktionierte? Vielleicht konnte man es ja kleben. Zum Zurückschicken war es zwar zu spät, aber um noch mal einen letzten Versuch zu wagen …

Eine Tube Alleskleber war schnell gefunden, sie schleppte eine in ihrem Schulrucksack mit sich herum. Vorsichtig beträufelte sie die Kanten des Spielbretts damit und drückte sie fest aufeinander. Es hielt nicht, natürlich nicht, außerdem konnte man es so nicht mehr zusammenklappen. Was dann? Tesafilm. Der würde halten und faltbar war er auch. Aber man sah die Streifen. Ob das einen potenziellen Geist abschreckte? Wenn Tesastreifen über den Buchstaben klebten?

»Tut es nicht«, entschied Jola laut. Sie stand auf, holte Tesa aus dem Schlafzimmer und klebte die beiden Spielbretthälften damit zusammen. So. Nicht schön, aber zweckdienlich.

Sie zögerte kurz, schlüpfte dann in ihre Stallschuhe und zog die Wolljacke fest um ihren Körper. Sie warf das Ouija-Brett zurück in die Schachtel, schob den Deckel darauf, klemmte es sich unter den Arm und öffnete das Fenster. Vor lauter Schnee konnte sie die Himbeersträucher nicht mehr sehen, also sprang sie blind hinein und landete weich wie auf einer Wolke.

Ghost begrüßte sie mit einem sanften Brummeln, und sie legte ihre Hand auf seine Stirn, um ihn ausgiebig zu kraulen.

»Du altes Geheimnispferd«, sagte sie zu ihm und strich ihm übers Fell.

Sie schloss die Augen und streichelte, streichelte so lang, bis sie es fühlte. Pferdefell unter der Haut. Ein Flüstern an ihrem Ohr: *Halt dich gut fest, mein Schatz.* Ihre Hand fuhr unter die Mähne und sie lehnte sich fest an das große, schlanke Pferd. Es war so viel passiert und doch wusste sie eigentlich noch gar nichts. Weder über Ghost … noch über ihre Mutter.

»Sei bei mir, okay?« Sie flüsterte es in die weißen Pferdeohren, die ihr aufmerksam folgten. Dann trat sie aus der Box und ließ sich auf einem Strohballen nieder, ziemlich genau an der Stelle, wo sie vor nicht allzu langer Zeit mit Katie gesessen hatte. Das Brett lag nun wieder sicher und stabil. Und den Klebestreifen sah man fast gar nicht.

Jola zog die kleine Plakette aus ihrer Hosentasche und legte sie oben auf das Brett, genau zwischen Sonne und Mond. Ihr Herz klopfte wie wild, und ihr Finger zitterte, als sie ihn darauflegte. Sie konzentrierte sich nur auf das Stückchen Plastik an ihrer Haut. Ihre Stimme wurde zu einem Flüstern, aber es würde reichen, um den Geist zu rufen.

»Mama?«

Ghost schnaubte. Etwas raschelte im Stroh. Sonst blieb alles still. Sie atmete tief ein und wieder aus und schielte auf die Plakette.

»Mama? Bist … bist du da?«

Noch immer nichts. Die Plakette rührte sich nicht vom Fleck. Sie vibrierte auch nicht, so wie beim letzten Mal.

»Liebe Mama, bitte sprich mit mir!«

Jola presste die Augen so fest zusammen, wie sie konnte. Bestimmt war der Tesa schuld. Oder brauchte es zwei Finger? Vorsichtig legte sie die Fingerkuppe des anderen Zeigefingers ebenfalls auf die Plakette. Nichts rührte sich, das Geisterbrett war einfach nur ein leeres, kaputtes Stück Karton. Ein Spiel. Mehr nicht.

Ghost wieherte und sie klappte langsam die Augen auf. Es würde nicht funktionieren. Eigentlich hatte sie es von Anfang an gewusst, oder nein, nicht gewusst, aber gefürchtet. Sie konnte nicht mit ihrer Mutter sprechen, weil sie nie als Geist zurückgekommen war. Ihre Mutter war nicht mehr da. Sie war nur noch eine Erinnerung.

»Du hast es gewusst, oder?« Jola stand auf und trat an die Box. Ghost streckte den Hals lang über die Tür und drückte seine Stirn gegen ihre Schulter. Sie schlang die Arme um seinen Hals und vergrub ihr Gesicht in seiner Mähne.

»Hauptsache, du bist hier«, wisperte sie, und ihre Tränen klebten an seinen Haaren wie winzige silberschwarze Perlen.

Back to basics

Über Nacht hörte es endlich auf zu schneien. Dafür fiel die Temperatur weiter und es wurde bitterkalt. Alle Bäume und Sträucher waren von winzigen, kristallenen Eisdornen überzogen und die Hühner spazierten gackernd über den erstarrten Misthaufen und pickten sinnlos darauf herum.

Irgendwann in der Nacht hatte der Tumult im Schuppen wieder begonnen. Jola hatte sich nach ihrem missglückten Versuch mit dem Ouija ins Bett gelegt und war eingeschlafen, obwohl es noch nicht einmal acht Uhr gewesen war, als sie in das völlig ausgekühlte Zimmer – sie hatte vergessen, das Fenster hinter sich zu schließen – zurückgeklettert war. Aufgewacht war sie dann vom Wiehern und Stampfen aus dem Schuppen, das die halbe Nacht angedauert hatte.

Auch Helen war beim Frühstück genervt von Ghosts Eskapaden und knallte die Milchkanne auf den Tisch.

»Was treibt er nur die halbe Nacht, dieser verrückte Kerl? Ich kann ihn beim besten Willen nicht draußen lassen, nicht bei diesen Temperaturen.«

»Er fühlt sich halt doch einsam«, kam es von Katie.

»Zurück in den Stall darf er nicht, da kann er sich auf den Kopf stellen. Und so, wie er sich aufführt, kann ich auch keines der Ponys zu ihm stellen.«

»Hockt doch einfach Katies altes Kuscheltier zu ihm in den

Schuppen.« Anna grinste. »Vielleicht merkt er den Unterschied gar nicht.«

Katie warf mit einem Toastrand nach ihr, und Anna quietschte, als das Teil in ihren Haaren kleben blieb.

»Hört auf, ihr zwei«, rief Helen. »Das hilft uns auch nicht weiter.«

»Probiert es doch mit Colorado«, sagte Jola, ohne nachzudenken.

Alle Köpfe wandten sich ihr zu. »Wieso ausgerechnet Colorado?«

»Weil …« Jola biss sich auf die Lippe. Weil die zwei sich am längsten kennen, wollte sie sagen, riss sich aber gerade noch zusammen. Ob Helen sie wohl auslachen würde, wenn sie ihr von dem Geist in ihrem Stall erzählten?

»Ausgerechnet der altersschwache Kerl? Am Ende kriegt er einen Herzinfarkt vor Schreck.« Stefan schüttelte den Kopf. »Keine gute Idee.«

»Aber so geht das auch nicht weiter. Ich bin heute Nacht zweimal aufgewacht, weil er so einen Radau gemacht hat.« Helen schaute ihren Vater an, der tief versunken in der Zeitung las. »Was ist denn mit dir? Du musst doch halb aus dem Bett fallen bei dem Lärm.«

»Ich?« Der alte Mann schaute auf. »Ach, Helen. Ich habe dir doch gesagt, das stört mich gar nicht. Wenn ich einmal eingeschlafen bin, kriegt mich so schnell nichts wach.«

Katie fing an zu kichern. »Das stimmt! Wisst ihr noch, als wir den Hahn bekommen haben? Da sind wir alle morgens um fünf im Bett gestanden. Nur Opa nicht, der hat geschlafen wie ein Toter.«

»Na danke. So tief will ich eigentlich noch nicht schlafen.« Ihr Großvater schmunzelte und ließ seinen Blick wieder auf die Zeitung sinken. »Wegen mir lasst ihn ruhig im Schuppen stehen. Mir ist das egal.«

»Na, es wird ja nicht mehr ewig so kalt bleiben.« Stefan kippte seinen letzten Schluck Kaffee hinunter und stand auf. »So, ich muss los, ein paar Zaumzeuge und Lederleinen im Reiterladen in Steinbach abliefern. Will jemand mitkommen?«

»Ich!« Anna sprang ebenfalls auf. »Ich wollte mich mit ein paar Leuten zum Shoppen treffen.«

»Ich auch«, sagte Helen. »Dann kann ich in der Zeit noch Lebensmittel besorgen.«

»Wie lange seid ihr weg?« Katie warf Jola einen schnellen Blick zu und machte ein unbeteiligtes Gesicht.

»Sicher drei bis vier Stunden. Ihr könnt euch die Suppe von gestern warm machen, wenn ihr Hunger kriegt.«

»Alles klar. Lasst euch ruhig Zeit, wir haben hier alles voll im Griff.«

Helen lächelte. »Ich weiß, Katie. Die Reitstunde habe ich übrigens abgesagt, zum Draußenreiten ist es heute schlichtweg zu kalt.«

Minnie verkroch sich in ihren Riesenkorb, sobald klar war, dass Helen sie nicht mitnehmen würde.

Katie hockte sich zu ihr und kraulte ihr den Kopf. »Sei nicht traurig. Wir bleiben bei dir und passen auf dich auf.«

Als die Erwachsenen und Anna weg waren, drehte Katie sich zu Jola um. Sie sah auf einmal sehr ernst aus.

»Jola? Ich hab mir was überlegt.«

»Wegen Ghost?«

»Hm.«

»Willst du das mit dem Ouija doch noch mal versuchen?«

Katie schüttelte heftig den Kopf. »Nee. Das sicher nicht. Ich will ihn reiten.«

Jola riss die Augen auf. »Was? Aber deine Mutter …«

»Jetzt überleg doch mal«, unterbrach Katie sie aufgeregt. »Kannst du dich erinnern, was passiert ist, als ich ihn beim letzten Mal geritten habe? Heimlich, oben am Reitplatz, mit der Longe?«

Jola blies die Backen auf. Natürlich konnte sie sich daran erinnern. Katie hatte Niko überredet, die Longe zu lösen, und dann war Ghost völlig durchgedreht. Er war urplötzlich über die Umzäunung gesprungen und zum Hof zurückgerannt. Katie hatte sich gerade so von seinem Rücken fallen lassen können, und zum Glück war niemandem was passiert, aber Helens Donnerwetter, das wollte sie nicht noch mal erleben.

»Du hast gesagt, wir stehen immer noch ganz am Anfang mit unserer Suche«, sagte Katie ruhig. »Darüber habe ich ewig gegrübelt. Was war denn am Anfang? Was hatten wir?« Sie schaute Jola abwartend an.

»Ihn«, erwiderte Jola. »Ghost.«

»Genau!«

»Und deshalb …«

»… deshalb lassen wir ihn reden. Aber nicht durch ein Geisterbrett. Er ist ja gar kein Geist mehr. Es könnte doch sein, dass es deshalb nicht funktioniert hat, oder?«

Jola kratzte sich am Kopf. »Es hat funktioniert, Katie. Irgendwas haben wir gespürt.«

Katie verdrehte die Augen. »Sorry, Jola. Das ist mir zu gruselig. Ich mach lieber das, was ich kann, und das ist Reiten. Er hat nämlich versucht, uns was mitzuteilen, an diesem Tag da oben. Das war kein schlechtes Benehmen, kein Ungehorsam, auch kein Erschrecken oder Fluchtinstinkt, das kenne ich doch zur Genüge von Keira, und glaub mir, das fühlt sich ganz anders an. Nein, der wusste genau, was er macht. Er hatte ein Ziel, er ist nicht kopflos davongestürmt.«

Das gleiche Gefühl hatte ich damals auch, dachte Jola. Aber wir haben sofort einen Dämpfer von Helen gekriegt und gar nicht weiter darüber nachgedacht, was an dem Tag eigentlich genau geschehen ist.

»Vielleicht hast du recht«, sagte sie langsam. »Aber du weißt, es ist nicht ungefährlich, was du vorhast.«

»Weil er wieder durchdrehen könnte? Ach, egal. Was soll mir schon passieren?« Katie machte eine wegwerfende Handbewegung. »So leicht falle ich nicht vom Pferd.«

Jola biss sich auf die Lippen. Sie konnte Katie schlecht vorwerfen, dass sie den Hengst reiten wollte – immerhin tat sie es diesmal nicht für ihre eigenen Zwecke, sondern um seinetwillen. War sie auch so selbstlos gewesen?

»Ich muss dir noch was sagen«, murmelte sie und spielte an ihren Ärmeln herum. »Ich habe ihn auch schon mal geritten. Zweimal sogar. Heimlich.«

Katie klappte vor Überraschung der Mund auf. »Was? Du? Wann?«

»Ganz am Anfang … das war, als … also, als ich angefangen habe, mich an meine Mutter zu erinnern. Das war so real mit ihm, er hat all die Bilder zurückgebracht, er hat es geschafft, dass ich es wieder fühlen kann …«

Sie stockte. Dann griff sie in ihre Hosentasche und zog das zusammengefaltete Foto heraus, das sie von ihrem Vater bekommen hatte.

»Sie sind sich ähnlich«, flüsterte sie gegen den Kloß in ihrer Kehle an. »Ghost und … ihr Pferd. Vielleicht habe ich mich deshalb an alles erinnert.«

Katie starrte das Foto lange an. »Das ist deine Mam? Wow. Was für eine schöne Frau. Die langen dunklen Haare, die hast du von ihr.«

Jola presste die Lippen aufeinander und nickte nur.

»Du hast recht, die Pferde haben tatsächlich Ähnlichkeit miteinander! Der lange, schmale Kopf, die großen, weit auseinanderliegenden Augen … auf jeden Fall eine edle Rasse.« Katie faltete das Foto wieder zusammen und gab es Jola zurück. »Und? Was hat er gemacht? Ghost, meine ich.«

»Nichts.« Jola überlegte, ob sie vielleicht etwas übersehen hatte. Vor lauter alten Bildern und Gefühlen. »Er hat mich nur getragen, sonst nichts.«

»Keine Reaktion? Kein Kopfwerfen, Wiehern, Losrennen?«

»Nein.«

»Hm.« Katie legte den Kopf schräg. »Also macht er das nur bei mir. Oder nur an diesem Tag, als zufällig ich auf seinem Rücken gesessen habe. Oder … weil … etwas … hm.« Sie holte tief Luft und sah Jola fest in die Augen. »Ich finde trotzdem, wir müssen bei ihm beginnen. Er ist der Anfang. Nur er kann uns die Antwort geben.«

Jola nickte. »Dann machen wir es.«

Sie schlüpften in die wärmsten Stiefel, wickelten dicke Schals um ihre Hälse und zogen die Jackenkragen bis ganz oben zu. Ein eisiger Wind fauchte ihnen entgegen, kaum hatten sie die Haustür aufgemacht. Minnie wedelte hoffnungsvoll mit der Rute, aber Katie schüttelte den Kopf.

Diese Mission mussten sie allein durchziehen.

High Noon

Sie holten Ghost vom Auslauf und brachten ihn in den Stall, wo sie ihm mit einer weichen Bürste übers Fell strichen und die angefrorenen Schneeklumpen aus seinen Hufen klopften. Der Hengst stand völlig still, und Jola hatte das Gefühl, er genoss die ungeteilte Aufmerksamkeit. Seine Ohren kippten von Katie zu ihr und wieder zurück, je nachdem, wer von ihnen gerade etwas sagte.

»Was ist mit deinem Großvater?«, fragte Jola und schlug den Staub aus der Bürste. »Wird er uns nicht sehen?«

Katie zuckte mit den Schultern. »Und wennschon. Der verpfeift uns nicht. Er hat mir immer geholfen, wenn Mama mal was nicht erlaubt hat. Ich wette, als er jung war, hat er auch lauter verbotene Sachen gemacht.«

»Soll ich den Sattel holen?«

Katie nickte eifrig, dann schlug sie sich mit der Hand vor die Stirn. »Verdammt, der Sattel.«

»Was ist damit?«

»Na, Papa hat ihn doch aufgepolstert. Jetzt kann ich ihn nicht mehr für Ghost verwenden.«

»Keiras Sattel?«

Katie nickte. »Das letzte Mal haben wir ihren Sattel genommen. Die von den Hafis sind viel zu breit, die von den Ponys zu eng. Ich könnte natürlich ohne Sattel reiten. Oder … hm.«

»Oh, oh«, machte Jola, weil sie ahnte, was kam. »Nein, Katie. Das gibt richtig, richtig Stress!«

Katie legte den Kopf schräg. »Das merkt doch niemand. Bleib du bei ihm, ich bin gleich wieder da.«

»Ich kann dich nicht mal bitten, dich zu benehmen«, flüsterte Jola dem Hengst zu, während sie warteten. »Lieber wäre es mir, du zeigst uns endlich, warum du hier bist.«

Katie kehrte mit dem nigelnagelneuen Wanderreitsattel aus der Werkstatt ihres Vaters zurück. Sie grinste, als sie ihn Jola in die Arme drückte, um eine saubere Schabracke aus der Kammer zu holen. »Den kann ich supergenau auf seinen Rücken einstellen. Sonst wissen wir nie, ob er nur ausflippt, weil der Sattel zwickt.«

»Und was ist das?« Jola deutete auf das Zaumzeug, das von Katies Schulter baumelte. Es sah aus wie die, mit denen sie bisher auf Billy geritten war – nur das Gebiss fehlte.

»Ein Bitless Bridle. Damit hab ich mehr Einwirkung als mit einem normalen Halfter und kann trotzdem gebisslos reiten. Schon vergessen? Er wollte das Eisending nicht im Maul haben.«

Jola sah zu, wie Katie ihm das ungewöhnliche Zaumzeug anlegte. Tatsächlich hatte Ghost nichts dagegen einzuwenden, er stand ganz still. Gedankenverloren strich sie dem Hengst übers Fell und stockte plötzlich, als ihre Finger über die unsichtbare Verwirbelung strichen, das Brandzeichen, das so tief verborgen in dem weißen Fell saß, dass sie es nur mithilfe greller rosaroter Farbe hatten sichtbar machen können. Das Brandzeichen hatte ihn davor bewahrt, von Betrügern abgeholt zu werden. Es verriet, welcher Rasse er angehörte und welches Blut in seinen Adern floss. Oder verriet es womöglich noch mehr?

»Fertig!« Katie trat einen Schritt zurück und begutachtete

Ghost, der fertig gesattelt und aufgezäumt mitten im Stallgang stand. »Wow. Das helle Braun steht ihm mega, findest du nicht?«

»Also, das ist wohl gerade total egal.«

Katie grinste. »Schon. Trotzdem sieht er toll aus!« Sie stülpte sich ihren Helm auf den Kopf, dann griff sie nach dem Zügel und schnalzte mit der Zunge. Ghost schnaubte und folgte ihr ohne Widerstand.

Draußen war es so kalt, dass Jola schnell noch mal zurücklief und sich eine Pferdedecke aus der Sattelkammer holte und unter den Arm klemmte. Der Wind schien sie von den Füßen pusten zu wollen. Sie stemmte sich mit aller Kraft dagegen und stapfte hinter Katie und Ghost her. Obwohl kein Schnee mehr fiel, war die Luft weiß und verschleierte die erstarrten Bäume und Büsche ringsum.

Katie betrat den überdachten Reitplatz und machte das Tor hinter sich zu. Nun stand sie genau an der Stelle, wo sie nur wenige Wochen zuvor schon einmal auf seinen Rücken gestiegen war, als noch Herbstlaub auf den Feldern lag und Niko dabei gewesen war. Aber Niko hatte sowieso nichts ausrichten können, nicht gegen Ghost. Also brauchten sie ihn auch nicht für ihr Vorhaben.

»Bereit?« Katie machte ein beinahe feierliches Gesicht.

»Musst du doch sagen.« Jola wickelte die Pferdedecke fest um ihren zitternden Körper und lehnte sich gegen die Umzäunung. »Ich bin nur Zuschauer.«

»Du musst auf ihn achten«, wies Katie sie an und stellte sich den Steigbügel ein. »Wenn er irgendwie komisch guckt oder dir was an der Umgebung auffällt, musst du mich sofort warnen.«

»Geräusche, Gerüche, Gestalten«, meinte Jola. Ihr Herz klopfte wie verrückt. Ghost reagierte oft auf Dinge, aber sie hatten bislang kein Muster in seinem Verhalten gefunden. Ob sich das heute endlich ändern würde?

»Solange du kein Motorengeräusch hörst und die Gestalten nicht meine Eltern sind, ist alles cool.« Katie lachte kurz auf, dann zog sie sich mit einem geschmeidigen Satz auf den Pferderücken.

Die Zeit erstarrte, genau wie die Landschaft um sie herum. Katie saß so still, dass Jola einen kurzen Moment lang glaubte, sie wäre festgefroren. Dann erhob der Wind wieder seine eisige Stimme und blies wispernd durch Ghosts Mähne. Als hätte jemand auf einen Schalter gedrückt, setzte er sich in Bewegung, schnell, federnd, leichtfüßig. Sein Kopf ruckte, aber sein Hals wurde lang, und seine Hufe wirbelten den feinen Schneestaub auf, der sich an der offenen Seite des Platzes angesammelt hatte.

»Oh, wow.« Katie strahlte übers ganze Gesicht. »Das ist wie auf Wolken reiten!« Mit jeder Runde, die sie um den Platz drehten, entspannte sich ihr Körper ein wenig mehr. Alles sah so leicht aus, so spielend. Wie sie die Zügel locker mit einer Hand hielt. Wie ihr Körper jede Bewegung aufnahm und sanft mitschwang, wie ruhig ihre Beine an seinem Bauch anlagen und wie gerade ihr Kopf blieb, obwohl Ghost nun scheinbar ohne ihr Zutun in einen weichen, fließenden Trab fiel. Katie lächelte und Ghost prustete zufrieden.

Jola scannte die Umgebung. War irgendetwas ungewöhnlich, anders als sonst? Nein, im Gegenteil. Die Pferde tummelten sich im Paddock, weit, weit entfernt von ihnen. Keines sah zu ihnen herüber, sie waren alle damit beschäftigt, an dem Heu zu knabbern, das Helen unter dem Vordach verteilt hatte. Rauch stieg vom Kamin auf. Eine einzelne Amsel flog im Obstbaum von Ast zu Ast. Stille, stumme Welt.

Sie zog die Pferdedecke fester zusammen und merkte, dass sie ihre Finger kaum noch spürte. Wie lange ritt Katie schon? Sie hatte jedes Zeitgefühl verloren, im Schnee, in der Stille. Nur das bitterkalte Ziehen in ihrer Brust verriet, dass schon mehr Zeit vergangen sein musste, als es den Anschein hatte.

»Schau ihn dir an«, rief Katie ihr im Vorbeireiten zu. »Er ist die Ruhe selbst.«

»Dann haben wir uns getäuscht.« Jola bibberte. »Es hat nichts mit dem Reiten zu tun. Und auch nicht mit dem Reitplatz oder damit, dass gerade du auf seinem Rücken sitzt.«

»Er ist zum Hof gerannt«, überlegte Katie. »Kannst du dich erinnern, wer damals dabei war?«

»Leas Vater«, sagte Jola nachdenklich. »Der Polizist.«

»Und Colorado.« Katie ließ Ghost anhalten. »Ob es doch was mit dem alten Kerl zu tun hatte?«

»Aber als wir uns begegnet sind, haben sie sich begrüßt wie alte Freunde«, warf Jola zitternd ein.

»Sie sind ja vielleicht sogar Freunde«, sinnierte Katie. »Er wollte uns das eben nur zeigen, aber wir haben ihn ja gar nicht an ihn rangelassen …«

Sie sahen sich an. Katie ließ die Zügel fallen und glitt langsam vom Pferd.

»Bringen wir sie zusammen«, sagte Katie. »Vielleicht ist das ja unsere Spur.«

Jola öffnete das Tor und Katie führte den Hengst hindurch. Der Schnee quietschte unter ihren Schritten, als würden sie über eine Eisfläche gehen. Die Amsel flog aus ihrem Baum und drehte einen Kreis über ihren Köpfen, bevor sie von der weißen Luft verschluckt wurde.

Ghost verspannte sich, als sie die Biegung am Ende des Weges erreichten, links sein Schuppen, rechts der tief verschneite Ententeich. Mit einem Ruck blieb er stehen und warf den Kopf hoch.

Was?, dachte Jola. Was ist es, was?

Ein Geräusch drang an ihre Ohren, fern, nein, gar nicht fern, ziemlich nah, ein Motor, der sich rasch näherte.

»Scheiße«, keuchte Katie und packte die Zügel fester. »Nein, bitte, bitte nicht jetzt!«

Jola biss sich auf die Lippe. »Was soll ich machen?«

»Wir müssen sie aufhalten! Hilf mir, Jola, bitte, lenk sie ab, ich muss irgendwie Ghost auf die Koppel kriegen und den Sattel zurückbringen!«

Das Auto fuhr nun durch den Torbogen. Seine Reifen sanken dumpf in die dichte Schneedecke, dann blieb es stehen und der Motor erstarb. Eine Autotür wurde geöffnet, dann noch eine.

Sie sahen sich an. Jola nickte und rannte los. Im Laufen überlegte sie sich, was sie zu Helen und Stefan sagen könnte, um sie vom Stall und vom Schuppen wegzulenken, irgendwas über den Ofen vielleicht, aber nein, sie trug ja immer noch die Pferdedecke um ihren Körper, die sie ohnehin beim Laufen behinderte – schnell ließ sie das eine Ende los, die Decke fiel um ihre Beine und umwickelte sie wie der Schwanz einer Meerjungfrau. Sie verlor das Gleichgewicht und fiel der Länge nach in den Schnee. Schon hörte sie Schritte in Richtung Stall, gleich würden sie Katie entdecken, und es war ihre Schuld, weil sie nicht schnell genug gelaufen und über die blöde Decke gestolpert war! Aber ihre Glieder waren so steif gefroren und bewegten sich so träge, dass sie sich gleich noch mal verhedderte und in einem herabbaumelnden Riemen hängen blieb.

Jemand stand plötzlich neben ihr, packte sie bei den Schultern und half ihr auf. Der Duft nach Kaminfeuer hüllte sie ein. Jola warf Katies Großvater einen dankbaren Blick zu und ließ die Pferdedecke einfach liegen, dann rannte sie um die Ecke der Werkstatt auf den Hof.

Das Auto, das dort parkte, war weiß, aber es hatte keine aufgemalten Zebrastreifen. Außerdem war es viel flacher als der Geländewagen der Webers. Es dauerte trotzdem einen ellenlangen Moment, bis Jola kapierte, dass gar nicht Helen und Stefan auf den Stall zumarschierten, sondern eine Frau und ein Mädchen, das ungefähr in ihrem Alter war.

»Hallo?«, rief sie hinter den beiden her und blieb stehen. Ihre Lunge schmerzte und die kalte Luft tat ihr im Rachen weh.

Die Frau drehte sich zu ihr herum. »Oh. Wir dachten schon, es ist gar niemand hier.«

»Wen suchen Sie denn?« Jola schaute zum Durchgang hinüber. Von hier aus konnte man ein winziges Stück der Hengstkoppel sehen, genau den Teil, wo sich das Tor befand. Sie wollte Katie signalisieren, dass keine Gefahr bestand, entdeckte sie aber nirgends.

Die Frau sah sich irritiert um. »Wo ist denn Niko?«

Niko? Ach so, deshalb waren die hier.

Jola schüttelte den Kopf. »Heute findet keine Reitstunde statt. Helen meinte, sie hat allen abgesagt.« Wo blieb nur Katie? Wenn sie es der Frau erklärte, würde es weniger Missverständnisse geben.

»Oje. Mein Handyakku ist leer, die Nachricht habe ich nicht bekommen.« Sie wandte sich dem Mädchen zu, das Jola nun so enttäuscht anschaute, als wäre sie allein für das Wetter verantwortlich. »Kann man nichts machen. Dann sind wir wohl umsonst hier rausgefahren.«

»Tut mir leid«, setzte Jola noch an, aber in dem Moment kam Katie aus dem Durchgang gestürmt, Stefans Wanderreitsattel über dem Arm.

»Hallo, Frau Wieseneck, sorry, wir mussten für heute absagen. Viel zu frostig!«

»Kann ich verstehen«, sagte die Frau und lächelte versöhnlich. »Ich war sowieso nicht begeistert davon, bei dem Wetter zum Reiten zu fahren. Aber Julia hat mir keine Ruhe gelassen.«

»Nächste Woche wieder«, tröstete Katie und marschierte mit dem Sattel Richtung Werkstatt. »Tschüs, Frau Wieseneck, tschüs, Julia!«

»Na komm.« Frau Wieseneck fasste ihre Tochter am Arm und öffnete die hintere Tür ihres Wagens. »Nicht traurig sein.«

Julia erwiderte etwas, aber Jola hörte schon nicht mehr hin. Ein Pferd wieherte, laut und durchdringend.

Ghost.

Beunruhigt hob sie den Kopf und lauschte. Das Wiehern klang flehend und verzweifelt, so wie immer, aber etwas war trotzdem anders als sonst. Im nächsten Moment kam der Hengst auch schon auf den Hof galoppiert, mit wehenden Zügeln, und stieg vor ihnen in die Höhe. Frau Wieseneck und ihre Tochter wichen erschrocken zurück, nur Katie reagierte blitzschnell – sie warf den Sattel in den Schnee und griff so geschickt nach den Zügeln, dass die wirbelnden Hufe ihr nichts anhaben konnten.

»Hooo«, sagte sie und legte ihm besänftigend eine Hand auf den Hals. »Ist ja gut, beruhig dich mal.«

Julia flüsterte etwas und ihre Mutter riss erstaunt die Augen auf. Katie versuchte, Ghost zu halten, aber der Hengst tanzte wild im Kreis und schlug wie verrückt mit dem Kopf, bis ihr die Zügel wieder entglitten und sie unsanft im Schnee landete.

»Sollen wir … helfen?«, fragte Frau Wieseneck zaghaft und drückte sich mit dem Rücken gegen ihr Auto. Ghost galoppierte in den Durchgang und verschwand hinter dem Haus.

»Nein, alles okay«, keuchte Katie und rappelte sich hoch. »Er ist nur erschrocken, weil …« Plötzlich veränderte sich ihre Miene. Ihr schien etwas einzufallen, denn ohne ein weiteres Wort machte sie kehrt und rannte Ghost hinterher.

Eine Sekunde lang stand Jola wie erstarrt. Die Eisluft schien noch kälter zu werden, noch ungemütlicher. Es war tödlich, länger hier herumzustehen. Der nächste Schrei kam von Katie und er riss Jola aus ihrer Starre. Sie ließ die Frau ebenfalls stehen und lief los.

Ghost scharrte im Schnee und vor ihm kniete Katie. Sie hockte seltsam verkrümmt da, und einen kurzen, schrecklichen Moment dachte Jola, Ghost hätte sie verletzt, aber dann sah sie die Gestalt, die reglos auf dem kalten Boden lag und blicklos in den Himmel starrte.

Sie sah aus wie tot.

Lotte
1944

Der Himmel spannte sich endlos über ihnen. Sie wäre gern hinaufgeklettert, mitten in die nebligen Winterwolken, um sich daraufzukuscheln und endlich, endlich wieder zu schlafen. Die Wolken sahen gemütlich aus. Silberweiß. Die Wolke unter ihr war silberschwarz, und sie war stark genug, sie zu tragen. Ewig.

Sie blinzelte und drehte den Kopf. Um sie herum war alles erstarrt. Wie das Eis, über das sie nun schon seit Stunden liefen. Wie ihre Finger, die fest mit der silberschwarzen Mähne verwoben waren. Wie der Körper der Frau, die neben ihrem Wagen lag und mit weit geöffneten Augen in den leeren Himmel starrte.

Es gab noch mehr Körper.

Sie sah nicht hin, sie sah wieder auf ihre Hände, die sie kaum mehr spürte. Hätten sie nicht längst an einer Markierung vorbeikommen müssen? Der Mann hatte es zu ihr gesagt. Der Mann in der Soldatenuniform. Zuerst hatte sie gedacht, er wäre Max, er hatte ausgesehen wie Max oder aussehen sollen wie Max – aber es war nicht Max, es war nur irgendein Mann, der sie auf das Eis geschickt hatte.

»Fackeln«, hatte er gekrächzt und sie zurück auf Wolkenherz' Rücken gehoben. »Folge den Fackeln. Sie führen dich über das Haff.«

Es gab keine Fackeln. So wie es keinen anderen Weg gegeben hatte. Die Nehrung war eine Erfindung des Soldaten, sie liefen immer weiter aufs Meer hinaus, bis auch sie erstarrten.

Wieder drehte sie den Kopf, sah hoch zu den Wolken. Wie ein

Schwarm Vögel tauchten Flugzeuge daraus, flogen auseinander, formierten sich neu. Es sah fast aus wie ein Herz. Ein silberschwarzes Herz in den Wolken.

Müde schloss sie die Augen und drückte ihre Stirn gegen den Hals des Pferdes. Sie könnten hier und jetzt sterben. Seltsamerweise machte sie das gar nicht traurig. Irgendwann fühlte sie nichts mehr, nur die Wärme unter ihrer Brust, das Schlagen eines anderen, sehr viel stärkeren Herzens.

Gesellschaftsspiel

Der Rettungswagen fuhr mit Blaulicht und Sirene auf den Hof. Auf dem platt gefahrenen Schnee schlitterten seine Reifen ein Stück, und noch bevor er stand, wurden die hinteren Türen aufgestoßen. Zwei Männer in grellorange leuchtenden Jacken sprangen heraus, eine lange Trage zwischen sich.

»Wo ist er?«, rief der eine hastig.

Jola deutete zum Durchgang, dorthin, wo Katies Großvater noch immer im Schnee lag. Sie hatten die Pferdedecke über seinen kalten Körper gebreitet, ansonsten aber nicht gewagt, ihn anzurühren.

Die Männer ließen die Trage fallen und schlugen unsanft die Decke zurück. Einer von ihnen griff nach dem Arm des alten Mannes und redete auf ihn ein, der andere knöpfte in Windeseile seinen Mantel auf. In dem Moment wieherte Ghost hinter ihnen so laut, dass beide erschrocken zusammenfuhren.

»Könnt ihr mal das Pferd da wegholen?«, fuhr der eine Sanitäter sie an.

Jola warf einen Blick zu Katie, aber die kniete wie erstarrt neben ihrem Großvater und streichelte seinen Kopf, also trat sie auf den Hengst zu und breitete die Arme aus, genau so, wie sie es auf der Koppel immer tat. Ghost warf nervös den Kopf herum und tanzte auf der Stelle.

Schnell griff sie nach seinen Zügeln.

»Ssssscht«, machte sie leise. »Komm schon. Die helfen ihm, es ist alles gut. Lass uns gehen, nun komm, wir gehen!«

Aber Ghost dachte nicht daran, sich von ihr wegführen zu lassen. Er stemmte sich mit allen Hufen in den Schnee und wich nicht von Katies Seite, also blieb Jola neben ihm stehen und tat, als hätte sie alles im Griff.

Die Sanitäter kümmerten sich nicht weiter um sie. Ihre Mienen waren ernst und konzentriert und sie verständigten sich mit wenigen Worten.

»Ansprechbar?«

»Nichts.«

»Defi?«

»Ja. Schnell.«

»Nehmen wir ihn mit.«

»Was ist mit ihm?« Katie schluchzte, als sie ihn packten und auf die Trage hievten. Sie sprang auf und sah hilflos zu, wie sie ihren Großvater festschnallten.

»Wahrscheinlich ein Herzinfarkt«, sagte der zweite Sanitäter, ohne sie anzusehen. »Wir müssen ihn ins Krankenhaus bringen.«

Sie hoben die Trage hoch und stapften über den gefrorenen Boden zurück zum Hof. Katie versuchte, mit ihnen Schritt zu halten, und Jola hatte alle Hände voll mit Ghost zu tun, der noch immer an ihrer Seite klebte.

Inzwischen war der Notarzt ebenfalls angekommen. Er sprang hinter der Trage in den Rettungswagen und schlug die Türen zu. Durch das halb blinde Milchglas der Scheiben konnte Jola die beiden Sanitäter und den Notarzt hektisch hantieren sehen. Noch immer blinkte das Blaulicht, sein gespenstisches Flackern ließ die Hauswand aufleuchten.

»Er atmet wieder.« Der erste Sanitäter streckte seinen Kopf zur Tür heraus. »Seid ihr beiden Angehörige?«

»Sie ist seine Enkelin.« Jola zeigte auf Katie, die erneut zu schluchzen begann.

»Du kannst mitfahren, wenn du willst.« Der Sanitäter hielt ihr die Tür auf. »Aber beeil dich, uns bleibt nicht viel Zeit.«

Katie zuckte zusammen und warf Jola einen Hilfe suchenden Blick zu. »Ich … aber … meine Eltern …«

»Geh schon«, sagte Jola zu ihr und schob sie auf das wartende Auto zu. Der Motor lief bereits und der zweite Sanitäter befestigte irgendwelche Schläuche am Arm von Katies Großvater. »Fahr mit, los. Ich sag denen schon Bescheid!«

Katie zögerte. Sie schien Angst zu haben, vielleicht Angst davor, ihren Großvater in diesem Krankenwagen sterben zu sehen. Der Sanitäter machte Anstalten, die Hecktür zu schließen, da überlegte sie es sich doch noch anders und hechtete in letzter Sekunde hinein.

Um ein Haar wäre auch Ghost hinterhergesprungen. Jola musste sich mit aller Kraft in die Zügel stemmen, um zu verhindern, dass er seine Nase zwischen die sich schließenden Flügeltüren klemmte. Der Rettungswagen fuhr einen Bogen, schlitterte und fuhr mit lautem Sirenengeheul vom Hof, gefolgt von dem Notarzt.

»Soll ich dich auch ins Krankenhaus fahren?«, fragte Frau Wieseneck, die noch immer neben ihrem Auto stand und inzwischen schon halb erfroren aussah. Jola hatte ihre Anwesenheit komplett vergessen.

»Nein«, sagte sie leise. »Danke. Ich warte lieber hier auf die Webers.«

»Ist denn niemand hier? Wo sind deine Eltern?« Frau Wieseneck sah sich suchend um.

»Arbeiten«, erklärte Jola knapp. »Ich rufe sie gleich an.«

»Soll ich mit dir hier warten? Oder brauchst du Hilfe mit dem Pferd?«

Jola schüttelte den Kopf. Sie wollte nicht unhöflich sein, aber sie wollte auch, dass die Frau verschwand und sie allein ließ. »Ich komme schon klar, vielen Dank.«

Frau Wieseneck sagte noch etwas, tröstende, aufmunternde Worte, dann stieg sie zu ihrer Tochter ins Auto und fuhr davon.

Jola lauschte, bis das Geräusch ihrer Reifen auf dem Schneeboden verklungen war. Stille senkte sich über den Hof, ließ den flüsternden Wind verstummen und verschluckte sogar ihren leisen Atem. Auf einmal konnte sie die Einsamkeit fühlen, das Fehlen von Menschen um sie herum. In Neuseeland hatte sie oft an einsamen Orten campiert, aber nirgendwo hatte sie die Stille so erdrückend empfunden wie hier, in diesem Moment.

Sie schaute zu Ghost, sah in seine Augen. Ein Schleier lag darin, als hätte man Milch hineingekippt. Und plötzlich hatte sie Angst. Angst um Katie, ihren Großvater, um die Webers und um Ghost, der mit dem Ginsterhof so tief verbunden war und dessen Schicksal von etwas abhing, was sie nicht verstand. Sie legte die Hand auf seine Stirn, aber sein Fell war kalt, eiskalt, wie alles um sie herum.

Erstarrt.

»Das ist nicht gut für dich«, sagte Jola viel zu laut, aber sie musste die Stille übertönen, hier draußen und in ihrem Kopf. »Du darfst nicht allein bleiben, niemand sollte allein bleiben!«

Es war nicht schwer, Ghost zu seinem Schuppen zu bringen. Er lief neben ihr wie ein dressiertes Hündchen, den Kopf tief über dem Boden. Alle Energie schien aus seinem Körper gewichen zu sein. Es hatte schon wieder nicht geklappt! Vielleicht waren sie ganz knapp davor gewesen, etwas herauszufinden, aber dann – dann war wieder alles anders gekommen.

Das schlechte Gewissen packte Jola, weil sie an ihre Suche dachte, während Katies Großvater womöglich im Sterben lag. Wie mochte es Katie gerade gehen? War sie jetzt dort, im Krankenhaus? Saß sie mutterseelenallein im Flur vor einer dieser schrecklichen, blind verglasten Türen, auf denen stand »OP – Zutritt nur für Fachpersonal«?

Sie musste Helen anrufen, sofort. Auch Katie durfte nicht länger allein bleiben.

Sie stieß die Tür zum Schuppen auf und führte Ghost hinein. Es gab kein Wasser mehr im Eimer und die letzten Halme Heu klebten platt getrampelt am Boden.

»Ich bin gleich wieder bei dir«, versprach sie und schloss die Tür, aber Ghost schien es egal zu sein. Er ließ den Kopf hängen wie ein Aufblastier, aus dem man die Luft rausgelassen hatte.

Im Haus sprang Minnie auf sie zu und winselte, bis Jola ihr die Hand auf den Kopf legte. Bestimmt hatte Minnie die Schreie auch gehört und den Tumult und die Panik in Katies Stimme. Sie verhielt sich ganz ähnlich wie Ghost, und Jola fragte sich, ob sie verstand, was vor sich ging, oder einfach nur spürte, dass etwas Schlimmes geschehen war.

Das Telefon klingelte vergeblich. Helen ging nicht an ihr Handy und Stefan hatte seines ausgeschaltet. Jola wollte schon aufgeben, da fiel ihr Anna ein, und sie suchte im Telefonspeicher, bis sie ihre Nummer gefunden hatte.

Anna meldete sich beinahe sofort. »Ich weiß Bescheid«, rief sie in den Hörer. »Bin schon auf dem Weg in die Klinik.«

»Ist Helen bei dir?«

»Nee. Die sind schon vorgefahren. Irgend so eine Reitschülermama hat sie angerufen und ihr alles erzählt. Ich sitz im Bus. Du, was war denn eigentlich los?«

»Weiß ich auch nicht genau. Er war allein, als es passiert ist. Katie und ich haben mit dieser Frau Wieseneck geredet, und dann kam Ghost um die Ecke galoppiert und hat gewiehert, aber da lag er schon auf dem Boden und …«

»Okay«, murmelte Anna leise. »Schöner Scheiß. Danke, dass du mich angerufen hast, Jola. Ich muss gleich aussteigen. Versorgst du die Pferde heute? Wer weiß, wann wir nach Hause kommen.«

»Na klar«, versicherte Jola schnell. »Macht euch keine Sorgen.«

»Zumindest nicht um die Pferde.«

Jola hielt das Telefon noch eine ganze Weile in der Hand und starrte darauf. Was war geschehen? Und was wäre geschehen, wenn Ghost nicht auf den Hof gerannt und Katie gewarnt hätte? Er hatte regelrecht um Hilfe gewiehert – oder dichtete sie ihm da was an? Aber genau so war es abgelaufen. Sie hätte mit der Frau geredet und Katie in aller Ruhe den Sattel weggeräumt. Sie hätten viele Minuten verbummelt, Minuten, die bei einem Herzinfarkt lebensrettend sein konnten.

»Mir ist ganz schlecht«, sagte sie zu Minnie und ließ sich auf einen Hocker sinken. Minnie legte ihre dicke Schwammnase auf ihren Schoß und sah sie traurig an. »Keine Angst, Minnie. Bestimmt kommt er gesund zurück. Die werden ihm schon helfen, die schaffen das. Und wir gehen jetzt raus und bringen die Pferde in den Stall, ja? Hilfst du mir?«

Minnie wedelte zaghaft mit dem Schwanz. Okay, sie hatte vielleicht nicht jedes Wort verstanden. Aber sie wusste genau, dass sie nun endlich mit hinausdurfte, denn sie war vor Jola an der Tür und schaute ungeduldig vom Türgriff zu ihr und wieder zurück.

Dichte graue Wolken ballten sich zu Nebelbergen am Horizont und fraßen das Tageslicht wie riesige Mäuler. Die Schneedecke schien sich zu verfärben, von Glitzerweiß zu Silberschwarz, ein düsterer, unheilvoller Spiegel des Himmels, und Jola war froh, dass der Hund bei ihr war und sie nicht allein hinausmusste.

Inzwischen hatte sie oft genug geholfen, die Pferde in den Stall zu holen. Zum Glück musste sie dafür nicht auf die Koppel gehen und jedes einzeln hineinführen. Die Pferde tummelten sich auf dem Paddock und boxten sich gegenseitig in die Seiten, um nur ja als erstes durch die Tür zu kommen. Sie brauchte nur die Boxen aufzumachen und dann die Stalltür weit zu öffnen (und sich dahinter in Sicherheit zu bringen) und schon liefen alle von selbst hinein. Es gab eine kleine Rangelei, als Billy und Justin gleichzeitig hineinwollten und im Torrahmen stecken blieben, aber Minnie sprang laut bellend dazwischen und scheuchte Justin rückwärts wieder raus, sodass Billy mit stolz erhobenem Kopf zuerst in seine Box marschieren konnte. Keira war die Einzige, die nicht freiwillig in den Stall gelaufen kam. Minnie rannte hinaus und trieb sie vor sich her, aber die nervöse Stute floh immer wieder in die entgegengesetzte Richtung.

Irgendwann hatte Minnie keine Lust mehr. Sie setzte sich mit hängender Zunge in den Schnee und warf der Stute einen bösen Blick hinterher. Jola fürchtete schon, sie würde sie nun draußen lassen müssen, da kam ihr plötzlich eine Idee.

Sie ließ das Stalltor weit offen stehen, kletterte über den Zaun und lief zum Schuppen. Ghost legte den Kopf schräg, als sie ihm das Halfter anlegte und einen Strick daran befestigte. Seltsam, dass sie vor einem Pony wie Billy zurückwich, während ihr dieser riesige Hengst überhaupt keine Angst machte. Ob Helen ihr erlauben würde, ihn zu reiten? So richtig offiziell? Nein, vermutlich nicht. Und ihr Vater ganz bestimmt auch nicht.

Als sie mit Ghost am Paddock auftauchte und Keira den Hengst erblickte, warf sie den Kopf hoch und floh mit fliegendem Schweif in den hell erleuchteten Stall. Minnie lief hinter ihr her und bellte laut, so als wäre es nur ihr zu verdanken, dass die Stute endlich parierte, und Jola musste lachen.

»Danke«, sagte sie zu Ghost. »Manchmal bist du wirklich praktisch.«

Sie schlang den Strick um einen Pfosten und lief schnell in den Stall, um die Box hinter Keira zu verschließen. Ihre Hände waren schweißnass vor Aufregung. Rasch verteilte sie Äpfel und Karotten in die Eimer und wollte eben das Licht löschen, als ihr etwas einfiel. Sie ging noch mal zurück, bis sie vor Colorados Box stand. Einen Moment zögerte sie, dann machte sie die Tür auf und lockte das Pony zu sich.

»Wir machen jetzt ein Spiel«, sagte sie zu ihm. »Du spielst die Gesellschaft für jemand anderen. Okay?«

Colorado schnoberte an ihren Taschen herum, also lief sie schnell zur Futterkiste und holte eine Handvoll Müsli heraus. Damit lockte sie das Pony aus dem Stall ins Freie.

»Ich führ dich nicht«, sagte sie zu ihm. »Wenn du nicht magst, kannst du jederzeit zurück in deinen Stall gehen.«

Vor Ghost blieb sie stehen und ließ das alte Pony Müsli aus ihrer hohlen Hand schlecken. Dann machte sie das Gatter auf, weit, sodass ein Fluchtweg blieb, knotete den Strick los und führte Ghost zurück zum Schuppen. Einmal warf sie einen Blick über die Schulter und sah, dass Colorado ihnen auf den Weg gefolgt war, nun aber unsicher stehen blieb. Sie zwang sich, mit ruhigen Schritten weiterzugehen. Im Schuppen nahm sie Ghost das Halfter ab, füllte seinen Eimer mit Wasser und warf einen Armvoll Heu in seine Box.

»Tut mir leid«, murmelte sie, als sie fertig war. »Anscheinend hat er auch Angst vor dir.«

In dem Moment hörte sie das leise Trappeln von Hufen im Schnee, im nächsten streckte Colorado seine Nase zur Tür herein. Seine Ohren flackerten, dann wieherte er leise, wie zur Begrüßung.

Jola trat zur Seite. Die zweite Box war dick eingestreut und Colorado ließ sich seufzend auf alle viere nieder und wälzte sich erst einmal ausgiebig. Dann stand er auf, schüttelte sich und hob prüfend die Nase über die Trennlatten. Ghost tat auf der anderen Seite dasselbe und beide Pferde schnaubten friedlich.

Rasch machte Jola die Tür hinter Colorado zu. Sie würde Ärger mit Helen kriegen, wenn das Experiment schiefging, aber das riskierte sie einfach. Ihr Gefühl sagte ihr, dass es richtig war, Ghost nicht allein zu lassen. Sie fütterte und tränkte das Pony und schaltete das Licht im Schuppen aus.

Draußen hatte die Wolkenwand den Ginsterhof erreicht. Es schien, als würde sich der düstere Himmel über das Dach legen und das Haus verschlucken. Jola rief nach Minnie und war heilfroh, als ihr schrumpeliges Gesicht aus dem Nebel auftauchte.

Geisterwetter, dachte sie.

Niemand sollte in dieser Nacht allein bleiben.

Geheimniszeichen

Stefan kam am späten Abend zurück, aber nur, um ein paar Sachen für Helen zu holen. Katie und Anna waren immer noch im Krankenhaus und warteten auf Neuigkeiten der Ärzte.

»Er liegt in einem künstlichen Koma«, berichtete Stefan steif und fuhr sich mit beiden Händen durch die Haare. »Der Arzt hat gesagt, dass er noch lebt, hat er euch zu verdanken. Wenn ihr ihn nur etwas später gefunden hättet …« Er ließ den Satz unbeendet und schüttelte immer wieder den Kopf. »Mein Gott. Und wir waren nicht hier.«

»Du kannst doch nicht immer auf ihn aufpassen«, meinte Jola leise. »Hast du nicht zu mir gesagt, man darf alte Menschen nicht wegsperren?«

Stefan lächelte ganz leicht.

»Ja, das habe ich tatsächlich gesagt. Weißt du, Jola, manchmal vergesse ich einfach, wie gut wir es haben. Wir alle hier. Mir wird das erst bewusst, wenn etwas Schreckliches passiert. Ist das nicht traurig?«

Jola biss sich auf die Lippe. »Ich glaube, das ist ganz menschlich.«

Stefan kam zu ihr und nahm sie in den Arm. Sie zuckte ein wenig zusammen, weil es so unerwartet kam, aber dann schlang sie die Arme um seinen Bauch und schloss für einen Moment die Augen. Stefan hatte einen kleinen Bierbauch, aber nicht schlimm.

Er war groß und kräftig, und es tat gut, von ihm gedrückt zu werden. Fast, als würde sie zur Familie gehören.

»Danke, Jola«, sagte er. »Danke, dass ihr auf ihn aufgepasst habt.«

Eigentlich war das Ghost, wollte sie sagen – aber im letzten Moment verkniff sie sich den Kommentar. Nein, davon musste Stefan nun wirklich nichts erfahren. Die Sache mit Ghost und dem heimlichen Reiten blieb Katies und ihr Geheimnis.

»Dein Vater ist übrigens auch im Krankenhaus«, sagte Stefan entschuldigend, als er schon an der Tür war. »Er wollte die Mädels nicht allein lassen. Helen ist bei ihrem Vater, aber es durfte immer nur einer zu ihm, deshalb hat Jan angeboten, dort zu warten.«

»Kein Problem«, meinte Jola nur. »Minnie und ich haben hier alles voll im Griff.«

Stefan lächelte wieder, aber seine Augen blieben traurig. Jola sah ihm nach, wie er das Zebraauto wendete und einen Bogen fuhr, aber plötzlich bockte der Wagen, weil ein Reifen an einem Hindernis hängen blieb.

Stefan bremste und stieg aus. Die Scheinwerfer des Autos beleuchteten die Szene, und noch bevor er das Hindernis aus dem Schnee zog, noch bevor er sich bückte, wusste Jola, was er ins Licht halten würde.

»Oh Scheiße, oh nein, verdammt, Minnie, den hab ich ja total vergessen!« Jola fiel auf die Knie und vergrub ihr Gesicht in Minnies Fell. Als sie wieder hochschaute, sah sie Stefans fassungsloses Gesicht. Er starrte den zerschrammten Wanderreitsattel an und hoffte bestimmt, gleich würde jemand »April, April!« schreien. Aber niemand schrie und der Sattel blieb zerstört.

Ganz kurz sah er zu Jola in der offenen Tür herüber. Ihre Finger krampften sich ineinander. Was zur Hölle sollte sie bloß sagen, wie das alles erklären? Sie dachte daran, wie er sie gerade noch in die Arme geschlossen hatte, und fühlte sich gleich noch mal so mies. Aber Stefan kam nicht zurück, und er sagte auch nichts, sondern lud den Sattel nur auf den Rücksitz, stieg wieder ein und schlug die Tür zu.

Dann brauste er davon.

Helen blieb das ganze Wochenende im Krankenhaus und Anna und Katie teilten stillschweigend die Arbeit im Haus unter sich auf. Jola übernahm das Kochen, weil sie die Einzige war, die mehr als Kartoffelbrei mit Fischstäbchen zustande brachte, und weil sie sich nicht gar so überflüssig fühlen und auch ihren Teil beitragen wollte.

Stefan erwähnte den Sattel nicht. Er hängte ihn nur zurück in seine Werkstatt, allerdings machte er es so, dass Katie ihn dabei beobachten konnte. Dann wartete er einfach ab. Katie hatte ein megaschlechtes Gewissen, aber sie traute sich auch nicht, ihrem Vater die Wahrheit zu sagen. Sie schlich eine ganze Weile um ihn herum, als sie am Sonntag aus dem Krankenhaus zurückkamen, bis Jola es schließlich nicht länger mit ansehen konnte und ihm kurzerhand die ganze Geschichte beichtete.

»Ihr wisst, wie lange ich für das Ding gebraucht habe?« Stefan zog die Brauen hoch und sah kurz Jola, dann seine Tochter an.

»Ja, und es tut mir auch so leid, Papa, ehrlich! Wir hätten ihn doch nie da liegen lassen, wenn das mit Opa nicht passiert wäre, wir haben nur … ach, Scheiße.«

»Ihr hättet ihn gar nicht nehmen dürfen, Katie, das ist der

Punkt. Das Pferd übrigens auch nicht, aber das ist eine andere Geschichte.«

»Wir ersetzen ihn dir«, sagte Jola schnell. »Oder … oder wir helfen dir, einen neuen zu machen!«

Stefan lachte bitter. »In einer Woche? Niemals. Ich muss ihn irgendwie reparieren, sonst kann ich meinen Auftrag vergessen.«

»Du musst auch nichts machen, gar nichts, am Hof, meine ich – wir kümmern uns um alles allein!« Katies Augen schwammen in Tränen. »Sei nicht böse, bitte. Es tut mir so leid, Papa, ich mach das bestimmt nie wieder!«

Stefan sah sie streng an. »Ich will keine Lügen mehr, Katie. Vor allem, wenn es um dieses Pferd geht. Ist das klar?«

Katie nickte zaghaft und tauschte einen raschen Blick mit Jola. Was nun? Beinhaltete dieses Versprechen auch, dass sie Stefan von seinem … Geheimnis erzählen mussten?

»Er hat ihn gerettet«, sagte Jola schnell. »Deinen Schwiegervater! Er hat ihn gefunden. Wäre Ghost nicht draußen gewesen, dann … dann hätten wir ihn vielleicht viel zu spät entdeckt.«

»Keine Lügengeschichten mehr. Und keine Heimlichkeiten«, beharrte Stefan. Dann lächelte er ganz leicht und nickte Katie zu. »Und jetzt erzähl schon: Wie hat es sich angefühlt, mein Meisterstück?«

Am Montag ging die Schule wieder los. Auf dem Weg zum Bus rutschte Jola zweimal aus und fiel aufs Steißbein, weil die Straße sich während der Nachtstunden in eine gefährliche Rutschbahn verwandelt hatte.

Vom Bus aus sah Jola, dass der Schnee rings um die Straße in langen Bächen dahinschmolz. Es war wärmer geworden, aber die angetaute Soße auf Straßen und Waldwegen würde in der Nacht wieder festfrieren und lauter Eisfelder bilden.

Der Bus schlingerte, als er vor dem Schulhaus hielt. Ein zorniger Wind blies und wirbelte ihnen die Haare durcheinander. Es gab ein großes Wiedersehen mit Lea und Sanne, die beide sofort nach Katies Großvater fragten und sich alles haarklein erzählen ließen, vor allem die Sache mit Ghost und dem Sattel im Schnee, die zumindest Lea zum Lachen brachte.

Im Klassenzimmer war es kühl, so als hätte sich die Eiseskälte der vergangenen zwei Wochen hier eingenistet. Jola behielt ihre Wolljacke vorsichtshalber an und rutschte näher zum Tisch, damit Jonas hinter ihr vorbeigehen konnte.

»Hey, Jo-Jo«, rief einer seiner Kumpels. »Na, wie war euer Date? Habt ihr fleißig gelernt?«

Das letzte Wort setzte er in Anführungszeichen, die er in die Luft malte. Die anderen lachten johlend. Jetzt guckten wirklich alle zu ihnen herüber.

»Haltet die Klappe«, gab Jonas nur zurück, grinste aber. Und Jola hätte ihn am liebsten aus dem Fenster geschubst.

Herr Ernst rauschte in den Raum und drehte erst einmal sämtliche Heizungen auf. Er trug einen dicken Schal und schnäuzte sich permanent, aber das schien ihn nicht weiter zu stören, denn er zog sofort einen Stapel Arbeitsblätter heraus und verteilte sie in den Reihen.

»Hat der auch nur eine Sekunde Ferien gemacht?«, murmelte Jonas genervt. »Der Kerl hat kein Privatleben, das ist sein Problem.«

»Vielleicht hast du nur keine Ahnung von seinem Privatleben«, knurrte Jola. »Nicht alle hängen das an die große Glocke.«

Jonas lachte leise, wurde aber sofort wieder still, als Herr Ernst ihnen einen strengen Blick zuwarf. Die Arbeitsblätter waren leer bis auf eine kurze Anweisung, die ganz oben stand: »Gehe in die Bibliothek und suche dir ein englischsprachiges Werk aus. Lies das Buch und gib den Inhalt in eigenen Worten wieder. Was lässt sich über den Autor oder die Autorin sagen? Wann ist das Werk entstanden, Hintergründe, evtl. Verfilmung, etc.? Recherchiere, referiere.«

»Apropos Privatleben«, schimpfte Jonas und klebte sich an Jolas Seite, als sie geschlossen hinter Herrn Ernst zur Bibliothek marschierten. »Der spinnt doch komplett!«

»Ist eine super Übung, wenn du englische Bücher liest«, gab Jola zurück. »So hab ich damals Portugiesisch gelernt.«

»Portugiesisch kannst du auch noch?« Jonas pfiff durch die Zähne.

»Als ich klein war, sind wir mal ein paar Monate durch Brasilien gereist.«

Lea vor ihr stieß die Tür zur Bücherei auf und warf Jola einen vielsagenden Blick zu. »So langsam kannst du dir mal eine neue Masche einfallen lassen, Jonas. Oder willst du jetzt auch Nachhilfe in Portugiesisch haben?«

Jonas feixte und schloss dann schnell zu seinen Jungs auf, die bereits in die Reihe mit den Comic-Büchern einbogen.

Lea kicherte. »Der traut sich ja doch nicht, dir zu sagen, dass er dich gut findet.«

Die Bibliothekarin räusperte sich vernehmlich und Lea legte schnell den Finger auf ihre Lippen und nickte artig. Dann hüpfte sie hinter Katie und Sanne her, die sich durch die Buchrücken englischer Kinderbücher lasen.

Jola lief in den nächsten Gang und stand allein vor einer kleinen Reihe englischer Romane. Sie hatte keine Panik davor, ein Buch auf Englisch zu lesen. Aber mit ihren Gedanken war sie immer noch bei Ghost.

Immerhin einen kleinen Erfolg gab es zu verbuchen und der ging ausnahmsweise allein auf ihr Konto: Seit der Nacht, als Colorado bei Ghost im Schuppen geschlafen hatte, gab der Hengst keinen Mucks mehr von sich. Kein Wiehern, kein Stampfen, kein wildes Schlagen mit den Hufen. Endlich herrschte wieder Ruhe auf dem Ginsterhof, aber es war eine gespenstische Ruhe, die nichts Friedliches an sich hatte. Eher so was wie die Ruhe vor einem neuen Sturm.

Sie entschied sich für einen Roman mit dem Titel »The Horse Whisperer«, weil es nach Pferdebuch klang und dazu noch ziemlich dick war. Ablenkung für viele Stunden also. Weil die anderen noch durch die Reihen streiften und leise miteinander flüsterten, beschloss sie, die Gelegenheit zu nutzen und nach weiteren Pferdebüchern zu suchen. Aber keine Geschichten, sondern Fachliteratur. Vielleicht gab es ja dabei etwas, was sie auf neue Ideen brachte.

Sie stieg die Treppe rauf zur Galerie, wo verschiedene Fachgebiete in Regale sortiert waren. Architektur, Akustik. Nein, weiter hinten. Forensik, Genetik. Auch nicht, noch weiter. Sie musste fast bis zum Ende laufen, bis sie endlich vor dem Schild mit der Aufschrift »Zoologie« landete. Hier gab es Fachbücher über alle möglichen Tierarten.

Beim Buchstaben P stieß sie auf eine breite Auswahl an Büchern: »Physiologie des Pferdes«, »So verdient man sich die Sporen«, »Pferderassen aus aller Welt«, »Die Tellington-Methode und der T-Touch«, »Zahngesundheit für Pferde und Ponys«. Jola fuhr mit dem Finger die Buchrücken entlang, bis er plötzlich in eine Kuhle fuhr, zu einem Buch, das so tief zwischen den anderen stand, als hätte jemand es dort versteckt. Sie zog es heraus und stellte überrascht fest, dass sie das Buch kannte, auch wenn es ihr, genau wie beim ersten Mal, nichts weiter sagte.

Es war das Buch mit den Hieroglyphen. Den Brandzeichen der Pferde.

Sie wollte es schon ins Regal zurückschieben, aber etwas ließ sie innehalten. Beim Putzen letztens hatte sie wieder an das Brandzeichen gedacht, diesen seltsamen Fellwirbel, der Ghost vor Charly gerettet hatte – Charly hatte nämlich Papiere für einen Hannoveraner besessen, aber das Brandzeichen für Hannoveraner sah ganz anders aus als das von Ghost. Vielleicht konnte so ein Brandzeichen ja noch mehr verraten? Vielleicht war das die Spur, nach der sie so verzweifelt suchten?

Jola ließ sich auf einen freien Stuhl sinken und legte das Buch vor sich auf den Tisch. Dann schlug sie es auf und blätterte so lange, bis sie die Seite mit dem richtigen Brandzeichen gefunden hatte: die doppelte Elchschaufel, der Brand der Trakehner. Eine ganze Weile starrte sie auf das Zeichen und die kurze Beschreibung daneben.

Edle Warmblutpferderasse mit viel arabischem und englischem Vollblut, die bereits seit dem 18. Jahrhundert in Ostpreußen gezüchtet wurde. Die korrekte Bezeichnung des Trakehner Pferdes lautet: Ostpreußisches Warmblut Trakehner Abstammung.

Dann fiel ihr etwas auf, aber ganz sicher war sie nicht, ob ihre Erinnerung nicht täuschte. Sie ließ das Buch aufgeschlagen liegen und stand auf, um unten nach Katie zu suchen.

Sanne und Katie amüsierten sich gerade über das Buch, das Lea aus dem Regal gefischt hatte, also zupfte Jola nur kurz an Katies Ärmel und zog sie ein Stück von den anderen weg.

»Hier, guck mal.« Stolz hob Katie ihr Fundstück hoch, ein Buch mit dem Titel »Peter Pan«. Sie grinste. »Das kenn ich auswendig. Da kann ich mir das Lesen sparen! He, was ist denn?«

»Hast du noch dieses Bild auf deinem Handy, das wir im Herbst von dem Brandzeichen gemacht haben? Das mit der Sprühfarbe?«

Katie runzelte die Stirn und nickte dann. »Ja klar.« Sie holte ihr Handy aus der Tasche und tippte darauf herum.

»Kein Telefon in der Bücherei!« Die Bibliothekarin hinter dem Tresen zog die Brauen hoch und deutete mit spitzem Finger auf ein Schild, das über der Tür hing.

»Ich telefonier ja nicht, ich schau doch nur schnell was nach«, regte Katie sich auf.

»Dann mach das doch bitte draußen.« Die Bibliothekarin verschränkte die Arme vor der Brust, bis Katie ihr Handy murrend zurück in die Tasche steckte.

»Komm mal mit.« Jola lief voran, die Treppe rauf, und führte Katie zu dem aufgeschlagenen Buch. Katie schaute sie verständnislos an, aber dann zog sie klammheimlich das Handy wieder hervor.

»Das Foto von seinem Brandzeichen«, flüsterte Jola ungeduldig.

»Jaja«, sagte Katie nur und warf einen prüfenden Blick nach unten. Die Bibliothekarin blaffte gerade ein anderes Mädchen an, das ebenfalls auf seinem Handy herumspielte.

Katie legte das Handy auf den Tisch. Auf dem Foto, das sie

jetzt heranzoomte, erkannte man nur rosafarbenes Fell. Es sah so fürchterlich aus, dass Jola sich fragte, wie Helen ihnen je verzeihen konnte, was sie mit Ghost gemacht hatten – rosa Sprühfarbe auf weißem Grund. Weißem Pferd, um genau zu sein.

Jola legte den Finger auf die Buchseite und fuhr damit bis zu dem Absatz, wo das Brandzeichen für Trakehner abgebildet war: zwei Elchschaufeln, auf der einen Seite geschwungen, auf der anderen gezackt, spiegelbildlich zueinander.

»Und?« Katie zuckte mit den Schultern. »Ich weiß nicht, worauf du rauswillst.«

Jola griff nach dem Handy und zoomte das Rosa-Fell-Foto noch näher heran. »Schau es dir genau an.«

»Hab ich.«

»Noch genauer!«

»Ich erkenne keinen Unterschied, sorry.«

»Okay.« Jola hob den Daumen und legte ihn über das Zeichen im Buch, bis er die Hälfte davon verdeckte.

Katie starrte einige Sekunden lang darauf. »Es ist nur die Hälfte davon zu sehen. Das hab ich mir damals auch gedacht, aber könnte es nicht sein, dass wir nur das halbe Zeichen angesprüht haben? Vielleicht hat die Farbe nur für den rechten Teil gereicht.«

»Das dachte ich zuerst auch. Aber guck dir mal das Foto an, wie weitflächig wir gesprüht haben! Die andere Hälfte müsste dann zumindest an den Kanten sichtbar geworden sein.«

Katie ließ sich auf den Stuhl fallen und nahm Jola das Handy aus der Hand. Sie legte es neben das Brandzeichen im Buch und verglich die beiden miteinander.

Jolas Herz schlug schneller vor Aufregung. Eine Spur, endlich eine neue Spur!

»Was bedeutet das?«, fragte sie, ohne den Blick von der Abbildung zu nehmen. »Wo ist der Unterschied zwischen einem halben und einem ganzen Zeichen?«

Katie blätterte langsam die Seite um. »Jola, halt dich fest. Hier steht: ›Nur Pferde, die auf dem Hauptgestüt Trakehnen geboren wurden, erhielten als Brand die einfache Elchschaufel auf den rechten Hinterschenkel.‹«

»Trakehnen«, wiederholte Jola langsam und beugte sich vor. »Wo liegt das?«

»Ist ganz egal.« Katie hob ihr Handy hoch und fotografierte die Seite mit dieser neuen Information. »Du bist genial, Jola! Es macht echt einen Unterschied, ob da eine Elchschaufel zu sehen ist oder zwei! Weißt du, was das heißt?«

Jola schüttelte den Kopf. Sie fühlte sich ganz duselig.

»Wir wissen endlich, wo er herkommt!« Katie grinste zufrieden. »Jetzt müssen wir nur bei diesem Hauptgestüt anrufen und nach weißen Hengsten fragen. Dann kriegen wir schon raus, wie er zu uns auf den Ginster…«

»Soso, die Damen haben also ihr Buch gefunden«, sagte eine barsche Stimme über ihnen. Erschrocken fuhren sie zusammen und guckten in Herrn Ernsts zusammengekniffene Augen. »Seltsam nur, dass es hier oben gar keine englischsprachigen Bücher gibt. Wie wäre es mit etwas mehr Arbeitseinsatz, Katie? Es reicht wohl nicht, dass deine Versetzung gefährdet ist?«

Katie riss ihr »Peter Pan«-Buch in die Höhe. »Ich hab doch schon längst was gefunden!« Mit der anderen Hand versuchte sie, klammheimlich ihr Handy verschwinden zu lassen, aber der Lehrer bemerkte es und griff so blitzschnell nach dem Gerät, als wäre es ein Hunderteuroschein.

»Aber …«, protestierte Katie schwach.

»Deine Eltern können es bei mir abholen«, sagte Herr Ernst mit scharfer Stimme. »Bei der Gelegenheit besprechen wir dann auch gleich dein Lernverhalten.«

Geisterland

Katie stapfte missmutig zurück ins Klassenzimmer und sagte kein Wort, als Lea sie fragte, was los war. Herr Ernst lief durch die Reihen und nahm die Bücher, die sie sich ausgesucht hatten, eines nach dem anderen in die Hand. Bei manchen nickte er nur, bei manchen runzelte er missbilligend die Stirn und manche legte er wortlos zurück auf den Tisch. Jola war die Erste, die ein Lächeln erhielt, das aber sofort wieder vom Gesicht des Lehrers verschwand, als er Jonas' Bücherwahl in die Finger bekam.

»›Asterix and Obelix‹? Soll das ein Scherz sein, Jonas?«

»Überhaupt nicht«, entrüstete sich Jonas. »Die unterhalten sich das ganze Heft über auf Englisch, ernsthaft!«

Herr Ernst seufzte abgrundtief. Dann bekamen sie alle den Auftrag, bis zum Ende der Stunde zu lesen.

»In einem Monat will ich Ergebnisse sehen«, verkündete er, bevor ihn ein neuer Niesanfall durchschüttelte und ihm endgültig die Stimme raubte.

Jola versuchte die ganze Zeit, mit Katie Blickkontakt herzustellen. Wie sollten sie sich jetzt auf das Lesen konzentrieren, wo es doch viel Wichtigeres zu tun gab? Aber Herr Ernst hatte Katies Handy einkassiert, sie konnten sowieso nichts machen. Ob sie bei Lea auf dem Handy danach suchen konnten? Katie reagierte nicht auf ihre Blicke, sie starrte nur grimmig in ihr Buch und tat, als würde sie darin lesen.

Als Herr Ernst zum Schnäuzen vor die Tür ging, hielt Jola es schließlich nicht mehr aus. Sie stieß Jonas in die Seite.

»Au! Was 'n?«

»Kannst du mir mal dein Handy leihen?«

»Äh … no way. Sorry. Wenn der Ernst dich damit erwischt, ist es futsch.«

»Ich mach ganz schnell, bitte!«

»Was brauchst du denn so dringend?«

»Ich will nur was suchen. Komm schon, ich hab dir auch geholfen.«

Jonas legte den Kopf schräg und grinste. »Okay, Jo. Aber dafür krieg ich noch eine Nachhilfestunde, abgemacht?«

Jola nickte ungeduldig und streckte die Hand aus. Es schien ewig zu dauern, bis Jonas endlich seinen Code eingegeben und den Browser angeklickt hatte. Er schielte zur Tür, reichte ihr schließlich das Handy.

»Unter dem Tisch«, zischte er. »Und wenn er zurückkommt, sofort ausmachen, klar?«

»Klar.« Jola senkte das Handy auf ihren Schoß und begann zu tippen: »Gestüt Trakehnen«. Sofort erhielt sie Treffer, jede Menge sogar. Ein Wikipedia-Eintrag, ganz oben. Sie las die Zeilen in der Vorschau und zog irritiert die Brauen zusammen. Da stimmte was nicht, aber Jonas räusperte sich bereits, also scrollte sie schnell weiter. Auch ein paar Bilder wurden eingeblendet, sie alle zeigten ein herrschaftliches Gutshaus, vor dem die Bronzeskulptur eines edlen Pferdes stand. Die Fotos wirkten alle, als stammten sie aus dem vorigen Jahrhundert. Verwirrt schob sie den Text weiter nach oben. Und da wusste sie, was sie eben so gestört hatte. *Trakehnen war … das frühere Trakehnen … Mythos Trakehnen …* Jonas boxte sie unsanft in die Seite und sie klickte willkürlich einen der Links an.

Trakehnen heißt heute Jasnaja Poljana und liegt im russischen Teil des ehemaligen Ostpreußen …

»Jola!«, zischte Jonas und riss ihr das Handy aus den Fingern, genau in dem Moment, als Herr Ernst zurück ins Klassenzimmer trat und seinen prüfenden Blick in die Runde schickte. Jola tat, als würde sie ganz versunken in dem Roman lesen, und der Lehrer guckte wieder in eine andere Richtung.

»Mann, echt. Das war knapp«, knurrte Jonas leise. »Hast was gefunden?«

Jola schüttelte den Kopf. »Trotzdem danke«, murmelte sie. Ihre Gedanken wirbelten wild durcheinander.

Dieses Gestüt, von dem Ghost anscheinend stammte, das konnten sie nicht mehr anrufen, denn es war nicht mehr da. Es gab nicht mal mehr die Stadt, in der es gelegen hatte. Wie es aussah, stammte das Geisterpferd aus einem Geisterland!

Und ihre ganze blöde Hoffnung war mal wieder umsonst gewesen.

Nach der Schule wartete Helen auf dem Busparkplatz und holte Katie und Anna ab, um gemeinsam ins Krankenhaus zu fahren. Jola tingelte allein mit dem Schulbus zum Ginsterhof zurück. Reitstunden gab es bis auf Weiteres keine, weil der Weg zu den Reitplätzen nur mit Schlittschuhen begehbar war, und so lag der Hof wie ausgestorben unter dem blassen Winterhimmel.

Jola pfefferte ihren Rucksack ins Wohnzimmer und nahm sich einen Apfel aus der Schüssel. Es war seltsam, keine Geräusche aus dem Haupthaus zu hören, keine Helen, die zum Essen rief, kein Geschirrgeklapper und Stühlerücken. Kein Duft nach frischen Pfannkuchen. Oder Schupfnudeln mit Sauerkraut. Minnie musste bei Stefan in der Werkstatt sein, also klemmte Jola sich ihren Roman unter die Achsel und stapfte damit raus zum Stall, wo sie es sich draußen auf der Heuraufe gemütlich machte. Die Pferde tummelten sich alle im Paddock, keines durfte bei dem Gletscherwetter hoch auf die Wiese.

Eine Weile konnte sie ungestört lesen, doch schon nach kurzer Zeit schnoberten die ersten Ponys an ihr herum. Als Billy schließlich nach ihrem Hosenbein schnappte und sie beinah von der Raufe zog, wurde es ihr zu bunt. Sie warf das Buch in den Stall und bückte sich unter dem Stromzaun durch, um zu Ghost zu gelangen. Auch er durfte bei dem Tauwetter nicht auf die Weide, also hatte Stefan ihm ein Stück des Paddocks abgetrennt und eine eigene, provisorische Heuraufe für ihn gezimmert.

»He, du«, lockte Jola ihn sacht und breitete ihre Arme aus. Aber Ghost reagierte nicht wie sonst. Er kam weder gelaufen, noch hob er den Kopf. Er stand nur da und regte sich nicht.

»Du merkst, dass alle traurig sind, was?«

Jola trat zu ihm und legte ihm sanft die Arme um den Hals. Sein Fell glänzte feucht und fühlte sich kalt an, so kalt, als hätte man ihn eben aus der Gefriertruhe geholt.

»Es gibt Neuigkeiten«, erzählte Jola ihm, während sie sich langsam auf der rechten Seite an seinem Körper entlang nach hinten tastete, bis sie den seltsamen Wirbel in seinem Fell fühlen konnte. Ganz vage nur. Eine Geisterspur zu einem Geisterland. »Wir wissen jetzt, woher du stammst«, flüsterte sie ihm zu. »Von einem wunderschönen Gestüt namens Trakehnen!«

Sie blinzelte, aber Ghost rührte sich nicht. Wie sollte er auch?

Er war ein Pferd. Bestimmt konnte er mit Ortsnamen nichts anfangen.

»Wie bist du nur hierhergelangt? Wenn du so ein Rassepferd bist, muss es doch Aufzeichnungen darüber geben, oder nicht? Hast du keine Papiere? Wo sind die? Hebt man so was nicht auf?«

Ghost schnaubte und ließ den Kopf auf die Tauschneedecke sinken. Jola streichelte seinen Hals, ging in die Knie und fuhr mit den Fingern die feinen Linien an seinem Kopf nach. An ein Pferd wie ihn würde man sich bestimmt erinnern. Außer natürlich, alle, die ihn kannten, waren bereits tot. So wie der Ort, aus dem er kam.

Ein Rinnsal aus Schmelzwasser floss von der Koppel herunter und schlängelte sich in winzigen Bächen über den Paddock. Morgen früh würden die alle zu einer für Pferdehufe äußerst gefährlichen Rutschbahn gefrieren.

Jola ließ Ghost allein und lief zurück in den Stall. Sie kehrte die letzten Strohkrümel von der Stallgasse, verteilte frisches Heu in den Boxen und prüfte alle Selbsttränken. Nur eine zickte, die in Keiras Box, weshalb die Stute meistens einen zusätzlichen Wassereimer bekam. Auf der Stallgasse blieb Jola stehen und ging in die Hocke. Genau hier war der seltsame Hufabdruck im Boden, der entstanden sein musste, als der Stall neu betoniert worden war. Aber was bedeutete das? Geister wurden dann zu Geistern, wenn ihr richtiges Leben vorbei war. Doch wo war Ghost zu dieser Zeit gewesen?

Kopfschüttelnd rieb sie sich die Stirn. Von der vielen Grübelei bekam sie richtige Kopfschmerzen. Wo war der Fehler? Ghost schien keine Verbindung zum Ginsterhof zu haben. Die bislang einzige Spur führte zu diesem alten Gestüt, das nicht mehr existierte. Hatte er dort gelebt? Und wieso spukte er dann hier, auf dem Ginsterhof?

»Ich muss mehr über dieses Trakehnen herausfinden«, sagte Jola laut. Sie sammelte ihre Englischlektüre wieder ein und verließ den Stall durch das große Tor. Zum ersten Mal wünschte sie sich doch, sie besäße ein Handy. Dann hätte sie nun einfach nachgucken können, was es damit auf sich hatte.

Anno dazumal

»Bin ich froh, wenn dieser Wahnsinnsschnee endlich weggetaut ist.« Helen lenkte das Zebraauto aus dem Unterstand und fuhr mit Anlauf durch die Pfützen. Der halbe Hof stand unter Wasser, kreuz und quer floss es über den Kies. Die Schneeberge waren zu eisharten Minigletschern zusammengeschmolzen und boten keinen besonders schönen Anblick mehr. »Schaut euch das an. Das Wasser weiß ja gar nicht mehr, wo es hinsickern soll.«

Sie fuhren durch den Torbogen und die Allee zur Landstraße hinunter. Jola lehnte sich ans Fenster und starrte trübsinnig hinaus. Auch auf den Feldern und Wiesen stand das Schmelzwasser, der viele Tauschnee konnte gar nicht schnell genug in den harten Boden dringen.

Sie hatte am Abend noch versucht, mit Katie zu sprechen und ihr von dem Gestüt zu erzählen, aber recht schnell hatte sie gemerkt, dass Katie ihr gar nicht wirklich zuhörte. Immer wieder trübten sich ihre Augen und sie starrte ins Leere. Eine Weile war sie einfach nur neben ihr sitzen geblieben und hatte ihr Gesellschaft geleistet. Sie hatten gar nichts mehr geredet, kein Wort. Aber irgendwie hatte Katie das wohl geholfen, denn sie war nicht davongestürmt, so wie sonst, wenn sie wütend oder traurig war. Und dann hatte sie endlich geweint, stumm und still und ohne die Tränen abzuwischen. Und Jola hätte am liebsten mit ihr mitgeheult.

Helen hatte ihr später erzählt, was geschehen war. Katies Großvater lag immer noch im Koma. Die Ärzte hatten keinen Einfluss darauf, was weiter mit ihm geschah, und genau so sagten sie es Helen auch. Es war möglich, dass er aufwachte und ganz normal weiterleben konnte. Es war möglich, dass sein Herz ab sofort Unterstützung brauchte, um weiterzuschlagen. Und ebenso war es möglich, dass er nie wieder aufwachte.

Das Auto schlingerte, als es über ein Eisfeld rutschte, und Helen fluchte leise und umklammerte das Lenkrad fester. »Kinder, am besten hole ich euch heute Mittag auch wieder ab. Ich wollte sowieso noch mal ins Krankenhaus.«

Gemeinsam mit Helen stapften sie ins Schulhaus. Auch die Treppenstufen zum Eingang waren glitschig, und man musste ganz am Rand gehen und sich am Geländer festhalten, um gefahrlos hinaufzugelangen.

Helen blieb stehen und schnaufte, als sie die Aula betraten und ihnen das riesige Plakat entgegenleuchtete, das Anna inzwischen mit Neonfarben ausgemalt hatte und an dem ein neuer Haftnotizzettel klebte, der Datum und Uhrzeit eines offiziellen Castings bekannt gab.

»Du liebe Güte. Muss das jetzt wirklich sein?«

»Sie sucht schon ewig nach einem Bassisten, Ma. Lass sie doch, sie braucht das!«

Helen seufzte und schüttelte resigniert den Kopf. »Ich wünschte nur, ihr zwei würdet die Schule ein bisschen ernster nehmen. Annas Klassenlehrer hat mich auch schon zu einem Gespräch gebeten.«

Katie murmelte etwas, was Helen wohl besser nicht verstehen sollte. Sie durchquerten die Aula, und Katie schien es ein bisschen peinlich zu sein, dass ihre Mutter bei ihr war, denn sie hielt auf einmal etliche Schrittlängen Abstand.

Vor dem Klassenzimmer blieben sie stehen, und Katie drückte ihr Ohr an die geschlossene Tür, um zu lauschen, was Helen mit Herrn Ernst beredete.

»Was sagt er?«, wollte Jola wissen.

Katie zuckte mit den Schultern. »Nichts. Sie redet noch, aber so leise, ich versteh kaum was.«

»Meinst du, sie gibt dir das Handy wieder?«

»Schwer zu sagen. Wenn er sich ziemlich über mich beschwert, wohl nicht. Mit Reitverbot braucht sie mir bei dem Kackwetter ja nicht zu …« Katie verstummte abrupt und presste ihr Ohr fester gegen das Holz. »Dieser Blödmann! Katie träumt im Unterricht … Katie lässt sich leicht ablenken … in Englisch und Geschichte auf der Kippe … blablabla.«

»Geschichte«, sagte Jola nachdenklich. Sie wusste selbst nicht, warum. Das Wort war irgendwie kleben geblieben.

»Ach, ich steh voll auf der Vier, weiß gar nicht, was der sich so aufregt. Oh, warte, ich glaube, sie kommt!«

Katie konnte gerade noch von der Tür wegspringen, als sie auch schon geöffnet wurde und Helen zurück in den Flur trat. Sie sah ihre Tochter streng an, dann streckte sie die Hand mit dem Handy aus und reichte es Katie.

»Äh … danke!« Verblüfft schob Katie ihr Handy ein.

»Lass es ausgeschaltet, bis die Schule aus ist«, sagte Helen leise. »Über die Sache mit deinen Noten sprechen wir noch.«

Katie nickte schnell. »Bis später, Ma! Und sag … sag Opa alles Gute von mir, sag ihm … sag ihm, ich denk an ihn.«

Der Unterricht zog schleppend langsam an Jola vorbei. Sie war mit ihren Gedanken so weit weg, dass sie hinterher nicht mal hätte sagen können, wovon Herr Ernst die ganze Stunde lang geredet hatte. Zum Glück ließ er sie in Ruhe, weil sie in Englisch sowieso auf Eins stand und es ihm peinlich war, dass sie die Sprache besser beherrschte als er. Jonas kritzelte die ganze Zeit irgendwas in sein Heft und versuchte anscheinend, ihre Aufmerksamkeit zu erregen, aber für Jonas hatte sie heute nicht einen müden Gedanken übrig. Als endlich die Doppelstunde um war, trat sie nach vorn ans Lehrerpult.

»Herr Ernst?«

Der Lehrer räumte fahrig seine Sachen zusammen. »Jola. Was gibt es?«

»Ich hätte eine Frage.«

Erstaunt schaute er auf, so als wäre es völlig abstrus, dass sie eine Frage stellte.

»Nicht wegen Englisch. Es geht um Geschichte.«

Jetzt war er neugierig, denn er ließ sein restliches Zeug liegen und hockte sich mit dem halben Hintern aufs Pult, die Hände im Schoß verschränkt.

»Du meinst, den Geschichtsunterricht?«

Jola zog die Schultern hoch. »Nein, eigentlich nicht. Eher so allgemein. Herr Ernst, haben Sie den Namen Trakehnen schon mal gehört?«

Hinter ihr lief jemand vorbei, jemand, der plötzlich stockte und stehen blieb, sodass sie sein Schnaufen dicht hinter sich hören konnte. Sie drehte sich nicht um.

»Trakehnen?« Der Lehrer hob überrascht die Brauen. »Aber natürlich.«

»Ja?« Jola biss sich auf die Lippe. »Was hat es damit auf sich?«

»Trakehnen«, wiederholte Herr Ernst. »Dabei handelte es sich um einen Ort oder einen Bezirk in Ostpreußen. Wenn du es genau wissen willst, müsste ich es nachschlagen. Meines Wissens gehörte das ganze Gebiet zu einem riesigen Gut.«

»Einem Gestüt«, verbesserte Jola. »Pferdezucht.«

Herr Ernst nickte. »Trakehner Pferde, genau. Die Anlage muss riesig gewesen sein, ich meine sogar, mal etwas von einem Schloss gelesen zu haben. Interessiert es dich wegen der Pferde? Oder will dein Vater dorthin?«

Irritiert starrte Jola ihn an. Was sollte ihr Vater in Trakehnen wollen? Dann fiel es ihr ein. Herr Ernst wusste, dass ihr Vater Fotograf war und viel herumreisen musste. Bestimmt fürchtete er, Jola wollte ihn nach einer Beurlaubung fragen oder würde für unabsehbare Zeit verschwinden.

»Nein, nein, das ist es nicht. Es ist – wegen der Pferde. Ich, äh, habe mich nur gefragt, was aus dem Gestüt geworden ist.«

Herr Ernst lächelte besänftigt. Er rutschte vom Pult und begann wieder, herumliegende Mappen in seine Aktentasche zu räumen. »Ach so. Weißt du, Pferde sind ja weniger mein Fachgebiet. Ich nehme an, die Anlagen sind nach all der Zeit ziemlich verfallen. Die meisten der Gebiete, die damals unter sowjetische Verwaltung gestellt wurden, sind von den Russen nur sehr spärlich besiedelt worden. Ich glaube nicht mal, dass viele der alten Häuser noch stehen.«

Also tatsächlich ein Geisterland, dachte Jola. Sie schluckte. »Meinen Sie, es gibt jemanden, der noch darüber Bescheid weiß? Über die Pferde und all das, meine ich. Jemand … jemand, der dort war?«

Herr Ernst klappte seine Aktentasche zu und sah sie nachdenklich an. »Nun ja, rechne mal zurück. Ostpreußen wurde 1945 kurz vor dem Ende des Zweiten Weltkriegs von der Roten Armee eingenommen. Wenn ihr in Geschichte aufgepasst habt, wisst ihr doch grob über das Dritte Reich Bescheid. Wer konnte, verließ das Land und brachte sich in Sicherheit. Das Problem war, dass Flucht lange Zeit unter Strafe stand, sogar die Vorbereitung darauf konnte geahndet werden, weshalb viele Ostpreußen regelrecht von der Front überrannt wurden. Ein Zeitzeuge, der damals auf dem Gestüt gearbeitet hat, müsste heute über neunzig Jahre alt sein.«

Zweiter Weltkrieg … Flucht … Zeitzeuge. In Jolas Kopf drehte sich alles, ein nebliger Haufen an wirren Gedankenfetzen.

»Was ist mit den Leuten passiert?«, wollte sie wissen. »Und mit den Pferden?«

»Mit denen, die es in den Westen geschafft haben? Na ja. Viele kamen völlig mittellos hier an. Sie hatten alles zurücklassen müssen, ihr Haus, ihren Hof, all ihren Besitz. Es gibt etliche Zeitzeugenberichte zu dem Thema. Wer Verwandtschaft hatte, kam dort unter. Alle anderen mussten ganz von vorn anfangen.« Der Lehrer trommelte mit den Fingern auf die Tischplatte. »Soweit ich weiß, hat es damals Flüchtlingstrecks gegeben, Leute, die in Pferdewagen den Weg in den Westen bewältigt haben. Es muss demnach auch Pferde geben, die von Ost nach West gelangt sind.« Er lächelte ganz leicht. »Nur wirst du kein Glück haben, wenn du eines dieser Pferde suchst, Jola.«

»Warum?«, fragte sie gedankenverloren und drehte sich um. Katie stand hinter ihr und guckte sie mit großen Augen an.

»Weil keines davon noch leben kann«, flüsterte sie. »Pferde werden keine siebzig Jahre alt.«

»Exakt«, stimmte Herr Ernst zu, klemmte sich seine Aktentasche unter den Arm und wandte sich zum Gehen. »Es sei denn, ihr seid einem Geist auf der Spur.«

Lotte
1944

Am Horizont flimmerte etwas Dunkles. Es sah aus wie eine riesige Schlange, die quer über das Eis kroch. Sie blinzelte, aber der Himmel war diesig und verhangen, und vielleicht spielten ihre Augen auch langsam verrückt.

Wolkenherz war die ganze Nacht durch gelaufen. Er schien weder müde zu werden noch vom Weg abzukommen, doch seit einiger Zeit rutschte er immer häufiger aus. Sie spähte nach unten. Das Eis veränderte sich. Seine Hufe traten in Pfützen voller wässrigem Eisschlamm, und an manchen Stellen war die Oberfläche so blank, dass sie fürchtete, er würde ausrutschen und sich alle Knochen brechen. Aber Wolkenherz fiel nicht. Er wusste genau, wo er hintreten durfte und wo nicht, er wusste es tausendmal besser als sie, also ließ sie ihn laufen und störte ihn nicht.

Die Schlange kam näher. Oder ritten sie darauf zu? Schwarz und bedrohlich sah sie aus. Ein Glucksen und Zischeln drang aus ihrem Bauch.

Sie blinzelte erneut. Was tat eine Schlange auf dem Eis? Noch dazu eine so große? Es würde schwierig werden, über sie hinwegzuklettern. Wolkenherz trat in ein Wasserloch, und auf einmal wusste sie, was die Schlange war: eine Fahrrinne, mitten durch das Eis.

»Nicht«, schrie sie, wollte sie schreien, doch aus ihrer Kehle kam nur ein Wispern. »Zurück! Nicht dahin, das ist gefährlich!«

Wolkenherz spürte nun selbst, dass etwas nicht stimmte. Er mach-

te zwei Schritte rückwärts, aber diesmal glitschten die Hufe unter ihm weg, und er schlug hart mit dem Brustkorb aufs Eis. Sie hatte keine Kontrolle mehr über ihren Körper, spürte nur, wie sie über glatten Boden schlitterte und Eiswasser an ihre Glieder drang. Es fraß sich durch die Wolle und alles, was sie am Körper trug, es fraß ihren Verstand, ihren Atem. Sie keuchte und schnappte nach Luft. Die Schlange war unter ihr, nein, sie war in ihr, die Schlange war Wasser, schwarz und glucksend und – tödlich kalt.

»Nein!« Auf einmal konnte sie wieder schreien. Und sich bewegen. Sie strampelte und tastete wild mit den Händen, bis sie eine Kante spürte, die sie umklammern konnte. Sie zog und zerrte, robbte, bis sie wie ein Fähnchen auf einer schaukelnden Eisscholle hing.

Wolkenherz, wo bist du?

Er hing noch immer an der Kante und versuchte verzweifelt, wieder auf die Hufe zu kommen. Wenn er so weitermachte, würde er in das schwarze Wasser rutschen, und dann wäre er verloren, weil sie nie und nimmer die Kraft hätte, ihn da wieder herauszuholen. Er musste dort verschwinden, sie musste zu ihm, schnell! Aber wie? Ihre Eisscholle schwankte, trieb ein Stück von ihm weg, sie würde fallen!

Nein, dachte sie und biss die Zähne zusammen. Ich falle nicht.

Für Angst war keine Zeit, für Angst war es viel zu kalt. Wind kam auf. Die Kälte stach sie wie hundert Messer, aber sie streckte trotzdem die Hände ins Wasser und ruderte, so lange, bis ihr Eisschollenschiffchen eine Drehung machte und sie auf den harten, glatten Boden hechten konnte, direkt vor seine Hufe.

»Ich helfe dir«, keuchte sie und rappelte sich hoch. »Beweg dich nicht!«

Sein Blick ruhte auf ihr und dann lag er still wie ein gestrandeter Wal. Hinter sich hörte sie die Eisschollen knacken und das Wasser leise glucksen, aber sie achtete nicht darauf. Sie musste das Pferd von der Fahrrinne fortschaffen, egal, wie!

»Ruhig«, sagte sie zu ihm und schob sich auf die Knie hoch. Ihr war so kalt, so kalt, trotzdem glitt sie aus ihrer Wolljacke und schnitt den triefend nassen Stoff an einer scharfen Eiskante zuerst in zwei, dann in vier Teile. Je eines wickelte sie um die Hufe und fixierte sie mit den losen Wollfäden.

»Fertig«, schnaufte sie und robbte ein Stück von ihm weg. »Versuch es!«

Wolkenherz sammelte all seine Kraft, sie sah es an dem Ruck, der durch seinen silberschwarzen Körper lief. Dann hob er die Vorderbeine an und stemmte sich zitternd darauf. Als er merkte, dass er Halt fand, wurde er mutiger und zog die Hinterbeine an. Er kämpfte, bis er endlich auf allen vier Beinen stand.

»Gut«, flüsterte sie und schob ihn rückwärts, zurück auf dickes, festes Eis. Weit weg vom Wasser. Er prustete und zog die Hufe hoch, ungewohnt waren die seltsamen, feuchtkalten Schuhe. Aber daran würde er sich schon gewöhnen.

Der Wind zerrte an ihren nassen Sachen, die Kälte fraß sich durch ihre Haut. Sie hob den Blick. Überall Wasser, so weit sie gucken konnte. Die Schlange würde sie nicht durchlassen.

Sie mussten einen anderen Weg finden.

Geisterschatten

Am Wochenende stiegen die Temperaturen zum ersten Mal im neuen Jahr über zehn Grad. Die letzten Eisklumpen tränten im wolkenbleichen Sonnenlicht vor sich hin, und Katie wagte einen ersten, zaghaften Ausritt in den Wald, mit Billy, weil der sich nicht so anstellte, wenn es einmal rutschig unter den Hufen wurde.

Jola lief mit Minnie ein Stück nebenher, aber reiten wollte sie auf dem glatten Boden nicht. Denn im Wald, wo die Bäume dicht beieinanderstanden, hielten sich die Eisfelder länger als auf den offenen Wegen, und Jola fand es schon schwierig, mit nur zwei Füßen darauf zu laufen, ohne auf die Nase zu fallen.

»Ich hab gestern Nacht noch über dieses Ostpreußen recherchiert«, berichtete Katie und zog den Reißverschluss an ihrer Jacke ein Stück auf. »Das ist im Krieg total untergegangen. Dahin konnte keiner zurück, und die Leute, die dortgeblieben sind und ihre Häuser und Höfe nicht verlassen wollten, die wurden nach Kriegsende vertrieben oder gefangen genommen.«

»Was ist wohl mit diesem Gestüt passiert?« Jola zog sich die Mütze vom Kopf und stopfte sie in ihre Jackentasche. Die Wärme war ungewohnt und irgendwie auch unpassend, genau wie der viele Schnee es am Ende gewesen war.

»Vor allem müssen die versucht haben, ihre Zuchtbücher zu retten«, sinnierte Katie. »Die waren doch irre wertvoll. Ach so, ein paar der besten Hengste hatte man schon vorher außer Landes geschafft, mit dem Zug.«

Jola blieb stehen. »Meinst du, Ghost war einer von denen? Von diesen wertvollen Hengsten, die man weggeschickt hat?«

»Puh.« Katie blickte runter zum Ginsterhof. »Warum sollte ein Zuchthengst ausgerechnet hierher auf einen Bauernhof gebracht werden? Außerdem wäre das ein ziemliches Ereignis gewesen, meinst du nicht? Da müsste sich doch jemand dran erinnern.«

»Und wenn …« Jola verstummte, überlegte. Die Geschichte stimmte so nicht, sie machten einen Denkfehler, einen ganz entscheidenden! »Wenn er heimlich hergeschafft wurde und niemand das wissen durfte, also, dass er hier war – wenn man ihn hier versteckt hat, vor dem Krieg, um ihn zu schützen oder so?«

»Auch dann müsste er doch auf dem Ginsterhof gesehen worden sein.«

»Und wenn sie ihn angemalt haben?«

Katie gluckste. »Was?«

»Na, angemalt. Um ihn zu tarnen!«

»Das kannst du mal kurz machen. Aber doch kein Pferdeleben lang!«

»Dann fällt mir jetzt auch nichts mehr ein.« Jola griff nach Minnies Halsband und zog daran. »Wir gehen zurück. Passt auf, dass ihr euch nicht alle Beine brecht!«

»Billy fällt nicht hin, keine Sorge!« Katie schnalzte mit der Zunge und Billy fiel in einen raschen Trab. Sie zockelten am Waldrand entlang, halb im Gestrüpp, wo die Sonne den Boden aufgeweicht hatte, und Jola schaute ihnen nach, bis sie um eine Kurve verschwunden waren.

Zurück auf dem Ginsterhof schnappte sie sich das Ouija-Brett und verzog sich damit in den Schuppen. Sie stellte es auf einem Heuballen auf, den sie wie in der Weihnachtsnacht als Tisch in die Mitte rutschte, und setzte sich im Schneidersitz auf den kalten Boden. Es gab so viele Rätsel, die noch immer nicht gelöst waren, so viele Spuren, die alle nirgendwohin führten – was, wenn die Lösung doch vor ihrer Nase lag? Wenn das Geisterbrett nun doch den entscheidenden Schlüssel liefern konnte?

Sie atmete tief ein und wieder aus. Konzentrierte sich. Sie durfte nicht nur an Ghost denken. Möglicherweise konnte sie Kontakt zu einem anderen Geist aufnehmen, jemandem, der ihn kannte oder gekannt hatte, irgendjemandem, der mehr wusste als sie. Entschieden schloss sie die Augen und legte blind ihren Finger auf die Plakette, die sie zwischen Sonne und Mond positioniert hatte. Dann tat sie nichts weiter, sondern blieb reglos sitzen und versuchte, an gar nichts zu denken.

Zuerst dachte sie, ihr Arm wäre eingeschlafen. Es fühlte sich an, wie wenn man zu lange auf einer bestimmten Stelle gelegen hatte und die Finger anfingen zu kribbeln. Es begann aber in allen Fingern gleichzeitig, wie Ameisen, dann wie Heuschrecken, die ihren Arm hochkrabbelten, schneller, immer schneller. Die Plakette unter ihren Fingern erzitterte. Sie schlug keinen Bogen, sie ratschte nicht über das Spielfeld, sie bebte nur, so als würde ein Zug neben ihr vorbeifahren. Jola wagte nicht, sich zu rühren. Die Energie, die unter ihrem Finger entstand, war nun greifbar in dem kleinen Raum. Sie versuchte, mit ihren Sinnen danach zu greifen, fühlte Taumel, Hunger, Schmerz, hörte das Heulen des Windes, roch … schmelzenden Schnee, Kälte, einen salzigen Hauch. Dann war der Moment vorüber und die Plakette lag wieder still. All seine Energie erstarb, als hätte jemand den Stecker gezogen.

Jola schlug die Augen auf. Sie saß noch immer im Stall, aber das Spielbrett war an den Rand des Heuballens gerutscht. Die Plakette hatte sich tatsächlich nicht bewegt, aber durch die veränderte Position des Ouijas lag sie nun auf dem M, nicht mehr zwischen der Sonne und dem Mond. Sie rückte das Brett gerade, stellte alles wieder auf die Anfangsposition und versuchte es noch mal. Genau wie eben: Augen zumachen, Gedanken loslassen, stillhalten. Doch nichts geschah. Kein Zittern, kein Kribbeln, kein Rutschen und keine seltsamen Gerüche. Die Energie kehrte nicht zurück. Enttäuscht packte sie das Spielbrett zusammen und ließ die Plakette zurück in die Packung gleiten.

Sie verließ den Schuppen und warf die Packung durch das angelehnte Fenster über den Himbeersträuchern ins Zimmer, hörte, wie es auf der Schlafcouch aufschlug. Sie sollte das Brett loswerden. Es führte ja doch zu nichts.

Dann fiel ihr etwas ein. Der Gedanke kam so plötzlich, dass sie stolperte und mit den Knien im Matsch aufschlug. Schmerz zuckte durch ihren Körper, und wieder spürte sie den Hunger, die Kälte und die Einsamkeit, genau wie eben.

M, dachte sie und rappelte sich wieder auf. M hatte das Brett schon mal ausgespuckt, bei ihrem allerersten Versuch. Und auch in der Nacht mit den Mädchen! Sie hatten nicht darauf geachtet, weil es ihnen nicht weitergeholfen hatte, das tat es auch diesmal nicht, und trotzdem war es eine Spur, eine Botschaft: M.

Am Abend kehrte die Kälte zurück, und am nächsten Tag war es so glatt auf den Straßen, dass im Radio davor gewarnt wurde, vor die Tür zu gehen. Der Verkehr kam zum Erliegen, Veranstaltungen wurden abgesagt. Wäre nicht Sonntag gewesen, hätten sie bestimmt schulfrei bekommen. Es war so glatt auf dem Hof, dass sie nicht einmal wagten, die Pferde auf die Koppel zu führen. Und da die Sonne an dem Tag nicht schien, sondern hinter einer dichten Nebelwand verborgen blieb, wurde es auch am Nachmittag nicht besser.

Stefan verbrachte den Tag, so wie jeden anderen auch, in seiner Werkstatt, Anna schloss sich in ihrem Probenraum ein, und Helen tigerte wie ein eingesperrtes Tier auf und ab, weil sie nicht ins Krankenhaus zu ihrem Vater fahren konnte. Sie konnten gar nichts tun, nur warten, darauf, dass die Schneeschmelze vorüber war und wieder Normalität einkehrte, darauf, dass sich der Zustand von Katies Großvater änderte, darauf, dass – etwas geschah. Alles schien zu warten, das Wetter, die Natur, die Tiere und die Menschen.

Mit dem Januar verabschiedete sich die Nachtkälte. Die Tage wurden ein wenig länger und die Temperatur stieg stetig an. Endlich schluckten die Wiesen und Felder das letzte Schmelzwasser und die Eisfelder verwandelten sich in matschige Pfützen. Doch der Himmel blieb blass und wolkig, und schließlich begann es zu regnen, tagelang, aber niemand beklagte sich darüber, alle waren froh, dass man sich wenigstens wieder gefahrlos draußen bewegen konnte.

Katie fing wieder an, Keira zu reiten. Jeden Morgen trainierten die beiden eine halbe Stunde vor dem Frühstück und jeden Abend band Katie sie im kühlen Februarlicht draußen an und putzte und kraulte ausgiebig ihr Fell. Jola beobachtete die zwei heimlich und sah, wie Keira ihren Kopf an Katies Bauch lehnte und die Augen schloss, sich von ihr die Ohren kraulen ließ und ihr nachschaute, wenn sie einmal kurz die Putzstelle verließ. Aber dann gab es immer wieder diese Momente, da riss die rote Stute nervös den Kopf hoch und bockte und wehrte sich gegen den Strick, als würde er ihr körperliche Schmerzen bereiten. Katie verbrachte viel Zeit mit ihr, aber jeden Abend kehrte sie niedergeschlagen ins Haus zurück.

Niko konnte endlich wieder Reitstunden auf dem Platz geben. Dressurkurs, Springstunden, Trailparcours. Der Regen war ihm egal, und oft genug ritt er selber mit und zeigte den Schülern, worauf sie achten sollten. Das sorgte für gute Laune unter den Reitschülern und sie vergaßen ihre klammen Finger und durchgeweichten Reithosen schnell.

Helen aber lief rum wie ein Zombie. Sie versalzte die Kartoffeln, ließ Pfannkuchen anbrennen und goss versehentlich Wein ins Blumenwasser, was ihrem Weihnachtsstern gar nicht schmeckte. Immer öfter sah man sie im Wald verschwinden, zu Fuß mit Colorado oder auf einem der Haflinger, im strömenden Regen, tief unter ihrer Regenhaube versteckt. Sie schien Abstand zu brauchen, Zeit für ihre Gedanken.

Es tat Jola weh, sie so zu sehen. Sie hätte Helen gern geholfen, wusste aber auch nicht, was sie tun konnte.

Der Regen hörte nicht auf, sondern wurde immer stärker. Binnen weniger Tage schüttete es so heftig, dass Flüsse über die Ufer traten und sich auf den schneewassersatten Wiesen riesige Teiche bildeten.

Wenn es einmal nicht regnete, blieb die Luft feucht und kühl, und Dampf stieg aus den Wiesen hoch wie Geisterschatten. Genau wie der Schnee fiel der Regen zu schnell, zu heftig und zu unerbittlich. Das Wasser lief die Waldkoppel herunter und sammelte sich überall, als würde es nur darauf warten, den ganzen Ginsterhof fortspülen zu können.

Weil es ohnehin nichts zu tun gab, saßen sie abendelang vor dem Laptop und sahen sich alte Dokumentationen an, Filme über den Zweiten Weltkrieg und Sequenzen über Ostpreußen und – wenn sie welche fanden – über die Pferde, die in langen Märschen das Land verlassen hatten. Katie hoffte, in einem der Filme zufällig auf Ghost zu stoßen, auf ein Pferd, das ihm ähnlich sah, aber viele Aufnahmen gab es nicht, und außerdem waren die alle zu grobkörnig und aus zu großer Entfernung gemacht, um wirklich Einzelheiten zu erkennen.

»Und wir beschweren uns über den Regen.« Katie gähnte und kuschelte sich fester in ihre Decke. »Diese Leute sind tagelang durch den Schneesturm gestapft und wussten nicht mal, ob sie überhaupt wo ankommen. Kannst du dir das vorstellen?«

»Sie waren verzweifelt«, sagte Jola. »Wenn man verzweifelt ist, tut man vieles.«

»Die sind über das Eis gegangen, über das zugefrorene Meer! Bei Schnee und tiefsten Temperaturen. Und wer kein Pferd hatte, musste laufen.« Katie schüttelte sich. »Ich bin so froh, dass ich nicht damals gelebt habe, echt.«

Es knackte im Kamin und eine Hitzewelle schwappte in den Raum. Jola schloss ihre Hände um die Tasse mit warmem Tee.

»Katie«, sagte sie leise. »Dieser Schneesturm … mit Ghost. Ich bin doch einmal mit ihm zwischen den Obstbäumen gelandet, kannst du dich erinnern?«

Katie nickte langsam. »Ja, er kam allein in den Schuppen gelaufen. Ich hab mich noch gewundert, aber da war doch diese Lawine, die wir wegschaufeln mussten.«

»Das ist jetzt nur so dahingesponnen, aber kannst du dir vorstellen … also, dass ich irgendwie … in seinem Kopf gelandet bin?«

Katie starrte sie verständnislos an.

»Ich hab da Schatten gesehen, ich hab was gehört und gerochen, was nicht da war, und es hat sich angefühlt wie – wie verloren gehen im Schneesturm, dabei war ich nur ein paar Meter weg von euch! Ich weiß, das klingt verrückt, aber das ist mir in letzter Zeit öfter passiert, immer nur kurz, aber es war wie … wie die Erinnerungen von jemand anderem sehen. Oder fühlen.«

»Das bildest du dir doch ein«, flüsterte Katie. Der Bildschirm war vergessen, ihre Augen starrten nur noch Jola an. »Wie soll er das denn gemacht haben?«

»Weiß ich doch auch nicht!« Jola stellte die Tasse weg, weil ihre Hände vor Aufregung ganz zittrig wurden und sie nichts verschütten wollte. »Ich hab dir doch erzählt, dass ich manchmal, wenn ich bei ihm bin, meine Mutter sehe. Nein, stimmt nicht, ich sehe sie nicht, ich fühle sie, höre ihre Stimme. Ich erinnere mich an sie! Und vielleicht … also, vielleicht kann ich deshalb auf ihm reiten. Vielleicht sieht er das auch, sie, meine Mutter. Wir schicken uns gegenseitig diese Bilder und etwas – etwas passiert dann mit uns. Klingt das zu verrückt?«

Katie atmete langsam ein und wieder aus. »Ja«, sagte sie dann. »Ziemlich verrückt sogar.«

»Du glaubst mir also nicht.«

»Ich hab dir schon geglaubt, dass er ein Geist ist!«

»Diese Gedanken, die waren nicht schön. Es fühlte sich an wie … Verzweiflung. Wie hungrig und durstig sein. Wie Einsamkeit. Wie …«

»Wie das, was wir hier eben gesehen haben.« Katie schaltete den Laptop aus. »Du, Jola – da bin ich aber doppelt froh, dass der Schnee vorbei ist. Stell dir vor, du wärst wirklich mit ihm in einen Schneesturm geraten, nur damit du irgendwelche Bilder empfängst.«

Jola lächelte ganz leicht. »So war das nicht, ich war ja nicht wirklich in Gefahr, glaube ich. Das waren doch nur Erinnerungsfetzen.«

Aber etwas an dem, was Katie gesagt hatte, schnürte ihr die Kehle zu. Wirklich nur Erinnerungen? Es war mehr gewesen. Die Verzweiflung hatte sie tatsächlich gespürt, das Eis wirklich gerochen! Was davon spielte sich nur in ihrem Kopf ab? Wann wurde die Erinnerung lebendig?

Ungnade

In der zweiten Februarwoche packte Stefan seine neuen Sättel in den Kofferraum des Zebraautos und verabschiedete sich mit einem langen Kuss von Helen, um zu einem Stammkunden nach Passau zu fahren. Die Regenschleier zogen sich hinter dem Auto wie ein Vorhang zusammen, und einen Moment sah es so aus, als würde der graue Himmel es einfach verschlucken.

Am nächsten Tag fiel die Schule aus. Über Nacht war der Keller vollgelaufen, und nun wurde versucht, mit riesigen Schläuchen das Wasser zurück in den Fluss zu pumpen.

Katie verschwand gleich nach dem Frühstück im Stall und tauchte den ganzen Vormittag nicht mehr auf. Jola verzog sich in ihre Wohnung und büffelte für die anstehende Mathearbeit. Die simple Logik half ihr, auf andere Gedanken zu kommen, und für ein paar Stunden war es wie damals, in Neuseeland, und sie hörte das Prasseln der Regentropfen gar nicht mehr. Die Umgebung verschwamm zu Buchstaben und Zahlen.

Am Nachmittag machte sie Wiener mit Kartoffelbrei und deckte den Tisch für sich und ihren Vater. Als er endlich zur Tür reinkam, trieften seine Schuhe vor Nässe, und das Wasser lief ihm aus Haaren und Ohren.

»Willst du vielleicht erst mal duschen?«, fragte sie, während er behutsam seine Kameratasche aus der wasserdichten Hülle schälte.

»Nein, geduscht habe ich heute schon genug. Jola, setzt du dich mal zu mir?«

Jola verteilte die warmen Wiener auf die Teller und kippte Ketchup daneben. Ihr Vater schaute sie die ganze Zeit über an, und sie merkte, wie sie eine Gänsehaut bekam.

»Was ist denn los?«

»Setz dich mal hin.«

»Gleich!« Sie holte noch den Kartoffelbrei – fertiger Brei aus der Tüte, weil der ihr einfach am besten schmeckte – und stellte den Topf auf den Tisch. Dann ließ sie sich auf ihren Stuhl fallen.

»Ich muss mit dir reden.«

Oh nein. Nicht schon wieder!

»Bitte nicht weggehen«, sagte Jola leise, aber ihr Vater machte ein so ernstes Gesicht, dass ihr ganz komisch wurde. Sie verstummte und schaute ihn nur an.

»Ich hab heute einen Brief bekommen.« Er zog die Brauen hoch, aber als sie nicht reagierte, griff er in die Kameratasche und zog ein gefaltetes Kuvert heraus. Jola sah den Stempel, las den Absender – und ihr wurde kalt vor Schreck.

»Die schicken mir eine Mahnung für ein Spiel, das ich angeblich gekauft habe. Ein sogenanntes Ouija-Brett.«

Jola sagte noch immer nichts. Sie schaffte es immerhin, ihm weiter in die Augen zu sehen.

»Ich habe zuerst gedacht, da liegt ein Irrtum vor, wollte schon anrufen. Aber dann habe ich nachgeschaut, was so ein Ouija-Brett eigentlich ist – und seitdem glaube ich nicht mehr, dass es sich um einen Irrtum handelt. Oder, Jola?«

»Tut mir leid«, flüsterte sie mit belegter Stimme. »Ich wollte es gleich zurückschicken, aber dann ist es kaputtgegangen, und ich konnte es nicht zurückgeben, und dann hab ich es wohl einfach vergessen.« Sie biss sich auf die Lippe. »Ich bezahle es natürlich, irgendwie. Ich suche mir einen Job, Zeitungen austragen oder so …«

»Darum geht es doch gar nicht, Jola.« Ihr Vater sah sich im Zimmer um, wahrscheinlich suchte er nach dem Brett. »Ein Spiel, mit dem man Geister rufen kann?«

»Es ist kein Spiel«, sagte sie schnell. »Es funktioniert wirklich.«

»Jola!« Ihr Vater stand auf, kam um den Tisch herum und schlang die Arme um sie. »Ich weiß, dass sie dir fehlt, ich weiß es, weil es mir ganz genauso geht. Aber das bringt sie nicht zurück! Du kannst nicht mit ihr sprechen wie mit einem weit entfernten Menschen am Telefon. Sie ist tot, Jola, tot!«

Er ließ die Arme sinken und verbarg das Gesicht in den Händen.

»Oh Gott, das alles wäre nie passiert, wenn wir nicht auf diesem verdammten Pferdehof gelandet wären. Diese Viecher verdrehen dir doch völlig den Kopf!«

»Was?« Jola sprang auf. »Nein! Papa, das … das stimmt nicht! Ich hab das Brett nicht wegen Mama gekauft. Ich wollte damit …« Sie suchte nach Worten, überlegte, wie viel sie preisgeben wollte. »Auf dem Ginsterhof lebt ein Geist. Ein echter Geist! Wir wollten rauskriegen, was er hier will. Wirklich, deshalb habe ich es besorgt.«

Er ließ die Hände sinken und legte den Kopf schräg. »Und das soll ich dir glauben? Ein Geist? Du hast nicht versucht, damit nach Mama zu rufen?«

Schuldbewusst guckte Jola zu Boden. »Hm, na ja, also, doch, habe ich schon. Aber es hat nicht geklappt.«

Ihr Vater schaute sie lange an. »Man kann nichts loslassen, wenn man sich daran festklammert«, sagte er langsam. »Deshalb wollte ich auch nicht auf dem Ginsterhof bleiben. Die Pferde sind nicht gut für dich.«

»Die Pferde sind meine einzige Verbindung zu ihr!«, rief sie laut und merkte, wie ihr die Tränen kamen. »Du zerrst mich in der ganzen Welt herum, aber nirgendwo hab ich mich zu Hause gefühlt. Seit Mama weg ist, fühlt sich einfach jeder Ort falsch an, kannst du das nicht verstehen?«

»Doch. Weil zu Hause kein Ort ist, sondern dort, wo die Menschen sind, die du liebst. Deshalb kann ich nicht hierbleiben, Jola. Für mich sind Pferde keine Verbindung zu ihr, sondern der Grund für ihren Tod. Ich bin nur wegen dir hier. Und wenn ich merke, dass es dir nicht guttut, dass die Erinnerung zu stark wird – dann packen wir unsere Sachen und verschwinden von hier, schneller, als du gucken kannst.«

Jola schluckte schwer. Tränen liefen ihr übers Gesicht, und die Wiener auf ihren Tellern war bestimmt längst kalt, aber sie hatte sowieso keinen Hunger mehr. Ihr Vater streckte die Hand nach ihr aus und nach ein paar Schmollsekunden warf sie sich in seine Arme und drückte sich fest an seine Brust.

»Willst du wissen, was ich heute gemacht habe?«, fragte er dumpf in ihre Haare. Sie nickte, und er löste sich von ihr, holte die Kamera aus ihrer Hülle, schaltete sie an und hielt ihr das Display unter die Nase.

»Ist das in Steinbach?«, fragte sie erschrocken und griff nach der Kamera, um die nächsten Bilder anzusehen.

»Der Fluss ist zu einem reißenden Strom geworden, der alles überspült hat. Guck dir das an, da stehen ganze Straßen unter

Wasser, Bäume, Häuser – die Feuerwehr ist im Dauereinsatz. Glaube kaum, dass ihr morgen wieder in die Schule könnt.«

»Und du? Willst du wieder dorthin?«

Ihr Vater grinste. »Na klar. Morgen ist mein Bild auf der Titelseite der Tageszeitung! Ich habe geniale Aufnahmen machen können. Der Typ von der Feuerwehr hat mich auf der Drehleiter mitgenommen. Dafür habe ich fünf Stunden lang Sandsäcke geschleppt.«

Am Abend waren sie sogar Thema in den überregionalen Nachrichten. Anscheinend hatte es Steinbach und die nähere Umgebung besonders schlimm getroffen, doch auch an anderen Orten wurde der fortwährende Regen langsam, aber sicher zum Problem. Leute mussten ihre Häuser räumen, Keller und Erdgeschosse wurden überflutet. Eine Katze ertrank und zwei Kinder gerieten beim Spielen in eine Sackgasse und wurden vom Wasser eingeschlossen. Glücklicherweise konnten sie sich auf einen Baum retten und dort ausharren, bis Hilfe kam.

Auch am nächsten Tag schüttete es. Das Regenwasser auf der Waldkoppel lief in Sturzbächen den Hang hinab. Die Pferde, die draußen auf dem Paddock standen, störten sich nicht daran. Nur Ghost lief unruhig hinter seinem Zaun auf und ab, auf und ab, immer wieder.

Jola beobachtete ihn vom Wohnzimmerfenster aus, aber auch diesmal fand sie keinen Zusammenhang, keine Erklärung für sein Verhalten. Sein Fell schimmerte im Regen, milchig und trüb, nein, nicht trüb, eher – wässerig? Sie drückte ihre Nase an die Scheibe, um besser sehen zu können, aber die dicken Tropfen verschleierten alles, und außerdem, was sollte anders sein mit seinem

Fell als sonst? Es war nass und er war weiß. Nasse Schimmel sahen eben so aus.

Am späten Vormittag kam Niko vorbei. Er war von Steinbach aus zum Ginsterhof getrampt und dabei ausgerechnet im Auto von Jonas' Vater gelandet. Netterweise halfen er und Jonas dann auch noch dabei, Stroh und Steine in große Jutesäcke zu stopfen und alles rund um den Stall aufzuschichten. Mit etwas Glück lief das Wasser daran entlang die Straße hinunter und würde so nicht den Stall überfluten. Sie schufteten und schwitzten, aber die Arbeit ging ihnen gut von der Hand, und nach nicht einmal zwei Stunden hatte der Stall einen brauchbaren Schutzwall bekommen.

Helen lud anschließend alle zu einer Runde Apfel-Zimt-Schnecken ein, aber Jonas' Vater lehnte höflich ab, und auch Niko wollte lieber wieder zurück nach Steinbach, um Freunden und Nachbarn beim Sichern ihrer Häuser zu helfen. Jolas Vater schloss sich an, er wollte unbedingt noch ein paar Bilder schießen. Nur Jonas blieb noch und machte sich mit reichlich Appetit über die Hefeschnecken her.

»Kommst du mit reiten?« Katie deutete mit dem Kopf auf ihren hungrigen Gast und grinste. »Oder willst du lieber mit Jonas abhängen?«

Helen, die ahnte, was Katie vorhatte, sprang auf. »Aber du bleibst auf dem Hof, Katie. Kein Waldritt heute! Im Radio bringen sie schon die ganze Zeit Gewitterwarnungen.«

»Auch das noch«, murrte Katie, schlüpfte aber trotzdem in ihre Stiefel. »Hört das denn nie mehr auf?«

»Ich bin dann mal drüben«, verkündete Anna und lief ebenfalls zur Tür. »Wir haben doch heute unser Online-Casting.«

Jonas schaute ihnen mit enttäuschter Miene hinterher, und Jola brachte es nicht über sich, ihn einfach so sitzen zu lassen.

»Geh du«, sagte sie zu Katie. »Ich leiste ihm Gesellschaft.«

Sie blieben im Wohnzimmer der Webers, wo der Ofen knisterte und eine wohlige, trockene Wärme verströmte. Jola sah zu, wie Jonas vor dem Bücherregal stehen blieb und die Titel studierte und dabei immer wieder den Kopf schüttelte.

»Gibt's hier nur Pferdezeug?«

»Du bist auf einem Pferdehof, Jonas.«

Er grinste. »Das hab ich gemerkt, danke. Wegen eurem Pferdestall habe ich bestimmt noch drei Tage lang Muskelkater in den Armen.«

Jola lachte und schaute dabei zum Fenster raus. Das Lachen blieb ihr im Hals stecken.

Was … war das? Sie stürzte an die große Scheibe und drückte ihre Nase gegen das Glas.

Ghost stand mitten auf der Wiese. Nicht auf dem Paddock, nein – mitten auf der Wiese. Er beobachtete Katie – sah sie ihn denn nicht? Diesmal täuschte sie sich nicht: Etwas stimmte nicht mit seinem Fell! Es verwässerte. Wie Wasserfarben, wenn die Farbe zu dünn war. Sie konnte sogar das Wogen und Tanzen der Ginsterbüsche erkennen hinter ihm – nein, anders … eher … durch ihn hindurch?

Sie keuchte auf, als ihr klar wurde, was sie da sah. Ghost verschwand, er löste sich auf! Deshalb war er auch auf die Wiese gelangt, er wurde wieder zum Geist!

»Jo… he, was ist los?« Jonas trat neben sie, schaute ebenfalls raus. Irgendwo hinter ihr klingelte etwas. Dann sah sie Katie, die vom Reitplatz aus zur Koppel galoppiert kam, mitten durch den strömenden Regen. Sie hatte ihn auch gesehen, es war keine Einbildung!

»Nein«, flüsterte Jola, »noch nicht, bitte, noch nicht!«

Sie wirbelte herum, prallte gegen Jonas und stolperte. Fluchend rappelte sie sich hoch, rannte weiter, rannte vor die Tür, bis ihr einfiel, dass es regnete und sie weder Schuhe noch Jacke trug. Was sollte sie nur tun, wie sollten sie ihn aufhalten? War seine Zeit schon abgelaufen? Würden sie das Rätsel jetzt nie mehr lösen?

Jonas starrte sie entgeistert an, als sie auf nassen Socken zurück in den Flur keuchte und fahrig in ihre Schuhe trat. Aus den Augenwinkeln sah sie Helen, die wie erstarrt am Treppengeländer lehnte und den Telefonhörer an ihr Ohr presste. Dann rannte sie hinaus, ohne Jacke, ganz egal. Sie würde ihn nicht gehen lassen, jetzt noch nicht!

»Ghost«, schrie sie, aber Katie war schneller. Sie hatte Justin einfach vor dem Zaun stehen lassen und lief schon über die Koppel. Ghost ließ sie bis auf wenige Schritte herankommen, dann stieg er hoch in die Luft, wirbelte herum und galoppierte mit trommelnden Hufen davon. Katie sah ihm fassungslos hinterher.

Jola sprang über den Zaun und rannte zu ihr. »Hast du das gesehen?«

Katie drehte ihr den Kopf zu. »Er muss ausgebrochen sein. Haben wir Stromausfall?«

Jola starrte sie an. »Katie, er war durchsichtig, wie ein richtiger Geist!«

»Ach, komm schon, das sah von drinnen nur so aus.«

Ghost kam in einem Bogen zurückgeschossen und wirbelte Dreck und Grashalme auf. Regenwasser prasselte in langen Fäden auf sein Fell, das nun wieder klar und weiß glänzte, genau wie immer. Katie marschierte mit entschlossenen Schritten los, aber Jola hielt sie zurück.

»Kapierst du nicht? Er hat seine alte Form wieder angenommen, gerade eben. Ich schwöre dir, er ist durchsichtig geworden. Wir verlieren ihn, wir müssen uns beeilen!«

Katie atmete heftig, aber dann nickte sie. »Okay, schon gut. Ist ja auch egal, wie er rausgekommen ist, Hauptsache, wir kriegen ihn wieder zurück …«

»Ghost«, rief Jola. Sie streckte die Hände nach ihm aus, aber der Hengst kam nicht. Etwas schien an ihm zu reißen, denn mit einem Satz wirbelte er wieder herum und galoppierte davon.

»Den kriegen wir so nicht«, rief Katie. »Ich mach von unten den Paddock auf, dann wird er schon zurücklaufen.« Sie schaute Jola an und riss erschrocken die Augen auf. »He, spinnst du, hier draußen ohne Jacke rumzurennen? Geh rein, Jola. Du bist ja schon total durchgeweicht!«

Erst jetzt merkte Jola, wie sehr sie fror. Das Wasser lief ihren Rücken hinunter und sammelte sich in ihrer Unterhose. Alles an ihr klebte und triefte. Sie lief trotzdem ein Stück weiter in die Koppel hinein, suchte in dem dichten Regen nach weißem Fell. Wo war er hingerannt? Was war mit ihm geschehen? Immerhin, er hatte wieder ganz normal ausgesehen. Vielleicht gab es ja noch eine Chance. Er durfte doch nicht einfach so verschwinden!

Als sie ins Haus zurückkehrte, stand Helen gegen die Treppe gelehnt im Flur und heulte. Das Telefon hielt sie fest umklammert, und Jonas stand wie vom Donner gerührt daneben und wusste anscheinend nicht, was er tun sollte.

»Helen!« Jola stürzte zu ihr und griff nach ihren Armen, schüttelte sie sacht. »Was ist passiert?«

Helen sah auf. Ihre Augen waren rot vom Weinen. Jola ahnte, was passiert war, aber sie hoffte, dass sie sich täuschte.

»Er ist aufgewacht«, berichtete sie mit brüchiger Stimme. »Er … er hat nach mir gerufen, aber ich war nicht da, ich war nicht bei ihm!«

Jola biss auf ihre Lippe, so fest, dass sie Blut schmeckte. Sie sagte nichts, wartete nur ab, bis Helen weitersprechen konnte.

»Sein Herz hat so schnell geklopft, dass er sofort wieder das Bewusstsein verloren hat. Sie glauben … oh Gott!« Schluchzend schlug sie die Hände vors Gesicht. »Sie glauben, dass er diese Nacht nicht überlebt!«

Aber er ist ein alter Mann, dachte Jola. Er darf sterben! Sofort schämte sie sich für den Gedanken. Er war Helens Vater, wie würde es ihr gehen, wenn ihr Vater starb – ganz egal, in welchem Alter das passierte?

Helens Schluchzer verebbten plötzlich. Sie schniefte noch einmal, dann wischte sie mit der Hand die Tränen weg.

»Ich muss zu ihm, Jola. Jetzt sofort!«

Gewitterhimmel

Helen telefonierte zuerst mit der Taxizentrale und danach mit Stefan. Dann trommelte sie alle in der Küche zusammen und verteilte Anweisungen, wieder ganz die alte Helen.

»Ich bleibe die Nacht im Krankenhaus, wenn es sein muss. Papa ist auf dem Handy erreichbar, Jolas Vater müsste in den nächsten zwei Stunden zurück sein. Die Hühner sind im Stall, die brauchen nur ihr Futter. Holt die Pferde rein. Auf dem Paddock haben sie keinen richtigen Unterstand. Und dann bleibt im Haus, wenn das Unwetter schlimmer wird. Ihr findet genug zu essen und ich rufe euch jede Stunde an und …«

»Ma«, riefen Anna und Katie zeitgleich. »Wir sind nicht zum ersten Mal allein zu Hause.«

»Ja, ich weiß.« Helen stopfte fahrig ein paar Dinge in ihre Umhängetasche. »Es ist nur alles so viel im Moment, der Regen, die Überschwemmungen und jetzt auch noch …«

»Mama.« Anna nahm ihre Mutter in den Arm. »Mach dir um uns keine Sorgen. Du kümmerst dich jetzt nur um Opa. Wir passen schon auf alles hier auf.«

Minnie hob den Kopf, kurz darauf hupte es draußen auf dem Hof. Helen schlüpfte in ihre Regenjacke und sah sie der Reihe nach ernst an.

»Es wird alles gut gehen«, murmelte sie noch, dann öffnete sie die Tür und lief hinaus in den Regen.

Der Taxifahrer streckte seinen Kopf zum Fenster raus. »Sie wissen schon, dass die Fahrbahnen zum Teil unter Wasser stehen? Ich kann Ihnen nicht garantieren, dass wir bis zum Krankenhaus durchkommen.«

»Das schaffen Sie schon«, hörten sie Helen antworten. »Ich muss da nämlich hin. Es geht um Leben und Tod!«

Jola zog sich um und wickelte notdürftig ein Handtuch um ihre durchnässten Haare. So richtig warm wollte ihr nicht werden, aber da sie sowieso gleich noch mal vor die Tür musste, um die Pferde in den Stall zu bringen, war das auch egal. Im Flur stand Jonas und tippte auf seinem Handy herum.

»So ein Mist. Ich kann meinen Dad nicht erreichen. Der hat sein Handy aus.«

»Ist doch nicht schlimm, er weiß doch, wo du bist.«

Jonas lächelte unsicher. »Ja, aber … na ja, ich stör doch hier nur. Ihr habt jetzt andere Probleme.«

»Du kannst ja helfen, anstatt zu stören.« Sie griff nach seinem Arm und zog ihn mit sich. Katie und Anna standen noch immer in der Küche und unterhielten sich leise. »Jonas hilft uns, die Pferde in den Stall zu bringen.«

»Alles klar.« Katie nickte. Sie trug noch immer ihre Reitstiefel und den Wachsmantel und unter ihren Füßen hatte sich bereits eine stattliche Pfütze gebildet. »Gehen wir.«

»Ich füttere die Hühner«, verkündete Anna. »Ihr schafft das mit den Pferden ja auch allein.«

Wind war aufgezogen und blies die Wolken dichter zusammen. Regen prasselte unerbittlich auf ihre Köpfe, und Jola war froh, diesmal eine Kapuze zu haben, unter der sie sich verkriechen konnte. Der Himmel verdunkelte sich unter den grauen Wolkenbergen und in der Ferne grollte dumpfer Donner.

»Eklig«, rief Anna durch den Sturmwind. »Zum Glück dürfen wir gleich wieder rein. Na, dann los!«

Sie rannten über den Hof zum Stall und Katie schob das schwere Tor auf. Anna verschwand nach links zum Durchgang, von wo aus man in den Hühnerstall gelangte.

»Was soll ich machen?«, fragte Jonas unsicher. »Ich hab echt null Ahnung von Pferden.«

»Keine Angst, bei dem Sauwetter laufen die ganz von allein in den Stall!«

Katie drückte auf den Lichtschalter und verschwand im Gebäude. Das Licht flackerte und irgendwo knarrte eine Tür, dann pfiff der Wind durch die Balken und ein schauriges Heulen erklang.

»Voll der Spukstall«, raunte Jonas hinter Jola. »Ihr könntet Gruselfilme drehen.«

Sie musste lachen. »Keine Angst, es gibt keine Geister hier. Nicht mehr.«

»Haha.«

»Ehrlich!«

Katie kam mit ein paar Stricken zurück und reichte Jola zwei davon. »Wir müssen sie außen rumführen, wegen unserem Wall kriege ich die Tür nicht auf.«

Sie rannten in den Durchgang und warteten dort auf Anna, die gerade aus dem Hühnerstall kam.

»Was ist?«, schrie sie gegen den Sturm an. »Gibt's Probleme?«

»Wir müssen sie holen«, rief Katie zurück. »Die Säcke versperren die Tür!«

Anna warf einen nervösen Blick auf ihre Armbanduhr. »Unser Online-Casting fängt gleich an. Meinst du …«

»Na klar, die laufen sowieso zum Stall.« Katie zog ihre Kapuze tief in die Stirn und zog die Kordel unter dem Kinn fest. »Du musst nicht hier draußen rumstehen. Ich lass sie nur schnell rein, wir sind gleich zurück!«

»Okay.« Anna nickte dankbar. »Dann sehen wir uns später im Haus.«

»Schaut euch mal den Himmel an«, rief Jola. »Der ist schon richtig schwarz geworden.«

»Dann beeilen wir uns besser.« Katie sah Jonas an, der abwesend wirkte. »Bleib hier stehen, und pass auf, dass keines der Pferde Richtung Tor abhaut, schaffst du das? Wenn eines abdreht, wedelst du einfach mit beiden Armen und schreist ganz laut.«

»Äh … was?« Jonas wirkte verunsichert. »Die rennen mich doch über den Haufen!«

»Du musst nur genug rumhampeln, dann klappt das schon!«

Sie rannten los, hinaus in den Regen. Jola hatte das Gefühl einzusinken, als würde sie durch ein Moor rennen. Immer wieder trat sie in Wasserlöcher und kalter Schlamm schwappte in ihren Stiefelschaft. Nach ein paar Schritten schaute sie zurück zu Jonas, der sich dicht an die Wand drückte. Er hatte tatsächlich Schiss! Und Katie? Wollte sie ihn absichtlich ärgern? Die Pferde brauchten keinen Aufpasser, die liefen sowieso in den Stall, das hatte sie oft genug miterlebt.

»Wo sind sie?« Katies Regenkapuze drehte sich wild in alle Richtungen. »Ich seh sie nicht!«

Jola stieg auf die unterste Latte und schirmte die Augen gegen den prasselnden Regen ab. Ein See hatte sich auf dem Paddock gebildet, sie sah den Stromzaun, der quer über den Boden hing, halb im Wasser, sah die Tropfen wie schwere Hagelkörner in der Riesenpfütze aufschlagen, aber die Pferde entdeckte sie nicht, nicht eines von ihnen.

»Der Zaun«, kreischte Katie auf. »Da! Er hängt voll durch, verdammt, bestimmt war das Ghost, der hat ihn eingerissen. Oh nein, die sind sicher nach oben abgehauen, weil sie da den Unterstand haben!«

»Können sie da nicht bleiben?«

»Nein!« Katie wurde mit einem Mal sehr zappelig. »Wenn das Gewitter herzieht, ist das viel zu gefährlich. Der Baum steht völlig frei. Weißt du, was passiert, wenn die Pferde da auch nur in der Nähe sind und der Blitz einschlägt? Meine Oma hat immer gesagt, Eichen sind die gefährlichsten Bäume bei Gewitter.«

Jola warf einen prüfenden Blick in den Himmel. Noch waren keine Blitze zu sehen, aber die dunklen Wolkenberge sahen bedrohlich aus. »Dann los, treiben wir sie runter.«

Sie machten das Gatter weit auf, und Katie stellte es so ein, dass die Pferde nur in eine Richtung laufen konnten: zum Durchgang, genau auf Jonas und den Stall zu.

Es fühlte sich absolut unheimlich an, durch das Wasser zu waten, das mit jedem Schritt weiter anstieg. Außerdem schien es sich zu bewegen, auf sie zu, wie ein feuchtkaltes Tier, das lautlos durch die Dunkelheit kroch, und Jola war froh, dass sie das Licht im Stall und am Haus angelassen hatten. Die Lampen würden sie zurück ins Trockene lotsen und die Pferde wären sicher im Stall.

Dann fiel ihr plötzlich etwas ein, was sie völlig vergessen hatte.

»Wo ist eigentlich Ghost?«, rief sie Katie zu, aber die hörte nichts in dem Regensturm, also tippte sie ihr auf die Schulter und rief noch einmal: »Wo ist Ghost?«

Katie legte den Kopf schief und suchte mit den Augen die Weide ab. »Ich find ihn nirgends!«

Jola wurde ganz kalt vor Angst. Sie hatte sich das nicht eingebildet vorhin, Ghost hatte anders ausgesehen, irgendwie – durchschimmernd. Ob er fort war? Auf der Koppel war er nirgends zu entdecken, und man hätte ihn sehen müssen, er war so weiß, er hätte leuchten müssen wie eine Fackel! Selbst Bonnies Fell war deutlich vor dem düsteren Hintergrund zu erkennen, genau wie Colorados Flecken.

Ghost, rief sie in Gedanken. Ghost, wo bist du?

Katie lief auf den ersten Schatten zu, der sein Hinterteil gegen den Wind gedreht hatte und graste. Hier war der Boden sumpfig, aber der leichte Anstieg reichte aus, und das Wasser floss ab. Im Nu hatte Katie die Stricke wie Zügel links und rechts am Halfter eingeklinkt und schwang sich ohne Vorwarnung auf seinen Rücken.

Billy machte einen empörten Satz und schlug einmal nach hinten aus, aber Katie lenkte ihn im Kreis und drückte die Fersen gegen seinen Bauch. Schon verschwanden sie hinter der Hügelkuppe und scheuchten die versprengt stehenden Pferde auf.

Jola versuchte, Ghost hinter der Kuppe zu erspähen. Aber von weißem Geisterfell war weit und breit nichts zu sehen. Stattdessen jagten drei Ponys im gestreckten Galopp auf sie zu, und sie brachte sich schnell in Sicherheit, um nicht umgerannt zu werden. Die Ponys liefen auf das offene Gatter zu, aber plötzlich verschluckte das schwarze Wasser ihre Hufe. Erschrocken drehten sie wieder ab und rasten zurück, in den hinteren Teil der Koppel.

»Die sind total durchgeknallt! Jola, hilf mir doch mal!«

Katie stieß ein lautes Geheul aus und jagte die Ponys erneut zum Tor.

Jola starrte auf die Stricke in ihrer Hand. Bei Ghost hätte sie sich getraut, ohne Sattel und Zaumzeug aufzusteigen. Aber auf eines der verrückten Ponys? Sie lief auf das erstbeste Pferd zu – es war Bonnie – und erwischte es am Halfter. Jetzt die Stricke einklinken, so wie Katie es gemacht hatte! Aber die sonst so liebe Bonnie tänzelte wie ein Fohlen um sie herum und riss sie beinahe von den Füßen. Sie würde nie und nimmer auf ihren Rücken kommen, wenn dieses verückte Vieh nicht stillhielt! Keira stürmte an ihr vorbei, was Bonnie noch mehr in Wallung brachte. Sie sprang zur Seite und Jola ließ sie rennen.

Katie hatte es endlich geschafft, die ganze Herde in Bewegung zu setzen. Mit donnernden Hufen pflügten die Pferde durch das Wasser. Der Wind heulte und ließ ihre Mähnen flattern. Sie sahen aus wie Wildpferde. Katie lenkte Billy auf Jola zu.

»Er ist nicht hier«, rief sie atemlos. »Hab alles abgesucht!«

Jola war zum Heulen zumute. Vielleicht heulte sie sogar, in all dem Regen konnte sie das gar nicht so genau sagen. Wo war Ghost, wo konnte er nur sein? Katie steuerte Billy an Keiras Seite, um sie hinter den anderen herzutreiben, aber plötzlich war da ein Flackern, ein Knistern mitten unter ihnen, und auf einmal rannten nicht zwei, sondern drei Pferde im prasselnden Wind um die Wette. Oder bildete sie sich das nur wieder ein? Nein, Keira hatte ihn auch gesehen! Sie stoppte mitten im Lauf, warf den Kopf herum und schlitterte auf dem matschigen Boden gegen Billy, der prompt nach ihr ausschlug. Katie konnte sich gerade noch auf seinem nassen Rücken halten. Sie zerrte an den Stricken, aber

Billy ließ sich nicht anhalten, also drehte sie sich zu der Stute um, rief etwas –

Mit einem Schlag ging das Licht aus, im Stall, am Haus, in Annas Probenraum über dem Durchgang. Alles wurde dunkel, wie der Himmel, und einen Moment lang schien die Zeit stillzustehen, nur um gleich darauf mit doppelter Geschwindigkeit weiterzulaufen.

»Keira«, schrie Katie, aber es war bereits zu spät. Ein roter, schneller Blitz zuckte über den Himmel und Keira verschwand mit wilden Galoppsprüngen im Wald.

Im Dunkel die Angst …

Jola starrte der Herde hinterher, unfähig, sich zu rühren. Ihre Kapuze war verrutscht und der Regen lief ihr übers Gesicht. Sie war so sicher, ihn gesehen zu haben.

Aber das weiße Pferd war verschwunden, so plötzlich, wie es aufgetaucht war.

»Jola!« Katie trieb Billy in wildem Galopp auf sie zu. »Ich muss ihr nach, ich muss sie zurückholen!«

»Nicht!«, rief Jola ihr hinterher. »Das Gewitter … Das ist zu gefährlich! Sie kommt schon zurück, wo soll sie denn hin?«

»Kapierst du nicht?« Katie ließ Billy einmal im Kreis tanzen. »Sie kommt nicht zurück, sie kommt nie freiwillig zurück! Ich muss sie finden, jetzt sofort!«

»Katie! Nein!« Jola rannte ein paar Schritte hinterher, aber Billy war viel zu schnell für sie. Katie und er tauchten in den Wald ein und ein heftiger Donnerschlag ließ die Erde erzittern.

Jola presste die Fäuste gegen ihre Schläfen und versuchte, ruhig zu atmen. Was jetzt, was sollte sie machen? Die Pferde – die Pferde mussten in den Stall! Sie wirbelte herum und rannte los, aber schon nach wenigen Schritten rutschte sie aus und fiel auf die Knie. Etwas schimmerte dort, hell, glänzend, wie – Eis? Nein, kein Eis. Wasser. Sie streckte die Hand aus und die Kälte raubte ihr für eine Sekunde den Atem. Schnell rappelte sie sich wieder hoch und sprang über die Wasserrinne hinweg. Es musste aufhören zu regnen, aufhören, so dunkel zu sein, und vor allem musste Katie zurückkommen, Katie konnte doch nicht bei diesem Regen allein im Wald herumsuchen, das war Wahnsinn, purer Wahnsinn!

»Jola!« Jemand schrie ihren Namen.

Jonas! Den hatte sie total vergessen.

Er kam ihr entgegengerannt und schaute sich suchend um. »Wo ist Katie?«

»Die sucht nach Keira. Sind die Pferde …«

»In den Stall gelaufen«, keuchte er und gestikulierte wie wild in die Richtung. »Alle, wie ihr gesagt habt. Ich hab die Türen zugemacht.«

»Was ist mit Ghost?« Jola schüttelte ihre Kapuze aus und stülpte sie zurück über ihren Kopf. Sie war innen nass geworden, aber das war ihr im Augenblick egal. »Der große weiße Hengst – ist der auch dabei?«

Jonas hob die Schultern. »Keine Ahnung, ich hab doch nicht auf die Farben geachtet.«

»Aber dann muss er doch …« Jola lief los, in den Durchgang. Auch hier stand das Wasser, lief weiter in den Hof und bildete dort eine gewaltige Pfütze. Sie folgte Jonas in den Stall und hastete an den Boxen vorbei zum anderen Ende. Ohne Licht sah man nicht viel, meist nur Umrisse und schimmernde, angstvoll aufgerissene Augen. Aber ein weißes Pferd hätte man auch im Dunkeln erkannt. Kein Ghost, nicht hier im Stall. Ob er Katie und Keira gefolgt war? Aber warum hatte sie ihn dann nicht mehr gesehen?

»Wo ist Anna?«

»Im Haus. Das Telefon hat geklingelt. Aber dann ist der Strom ausgefallen …«

Jola lief zum Lichtschalter, drückte wie wild darauf herum. Nichts passierte. Auch das noch! Katie war ganz allein da draußen im Dunkeln, es schüttete wie verrückt, und es war kein Erwachsener hier, der wusste, was zu tun war. Sie konnte doch nicht hier herumstehen und Däumchen drehen und darauf warten, ob Katie heil zurückkam! Und überhaupt, was war mit Ghost geschehen? Wenn er ihnen gefolgt war, wenn er ihnen nur gefolgt war …

Wieder grollte Donner, dumpf und weit entfernt, aber es hörte sich dennoch bedrohlich an. Wie das Knurren eines riesengroßen Tiers.

»Kannst du Traktor fahren?«

Jonas musste husten. »Was, ich? Nee. Sorry!«

»Anna kann das bestimmt. Wir müssen sie holen, los, komm!« Jola vergewisserte sich, dass alle Boxen verriegelt waren, dann machte sie die Stalltür hinter sich zu. Die Pferde waren in Sicherheit, wenigstens ihnen konnte nichts mehr passieren.

Draußen prasselte der Regen ohne Pause auf sie nieder. Der Wind heulte nur so durch die Zweige der alten Kastanie, und ein wütender Sturm blies ihnen ins Gesicht, gerade so, als wollte er sie am Weiterlaufen hindern.

»Da muss der Blitz irgendwo eingeschlagen haben«, rief Jonas ihr zu. »Deshalb ist der Strom weg!«

Vor dem Haus flackerte etwas. Jola dachte schon, der Strom wäre zurück, aber das Flackern kam nicht von der Lampe, eher von etwas davor, etwas ziemlich Großem …

»Was ist das?« Jonas blieb abrupt stehen. »Scheiße, Jola, siehst du das auch?«

Jola starrte auf die Stelle. Konnte es möglich sein – nein, oder? Wieder war es, als ginge ganz kurz ein Licht an, dann gleich wieder aus. Ein Licht, das nicht da war. Ein Licht mitten im Nichts, mitten im Regen. Ein weißes Licht. So groß wie ein Pferd.

»Gibt's hier Gespenster?« Jonas machte ein paar Schritte von dem seltsamen Leuchten weg.

»Nur eines«, flüsterte Jola. Sie streckte die Hand aus und trat auf das seltsame Flackern zu. Ghost, dachte sie. Sollte sie ihn rufen? Sie breitete die Arme aus, genau so, wie sie ihn sonst immer zu sich gelockt hatte …

Das helle Flackern erlosch, wie eine Kerze, die man ausblies. Genau in dem Moment rannte etwas um die Kurve, ein grauschwarzer Schatten, der überhaupt nicht leuchtete und ziemlich real war. Er schlug wie wild mit dem Kopf und stieg genau vor ihnen steil in die Luft.

»Billy!« Jola sprang auf ihn zu. Diesmal hatte sie keine Angst, nicht mal vor seinen wirbelnden Hufen. Sie griff nach den Stricken, aber sie entwischten ihr. Beim zweiten Anlauf klappte es, und sie zog und zerrte, bis das aufgebrachte Pony endlich Ruhe gab und mit allen vier Hufen auf dem Boden stehen blieb.

»Billy«, beschwor Jola ihn. »Wo ist Katie? Was ist passiert?«

Billy schüttelte wieder und wieder den Kopf und versuchte, sich von Jola loszureißen, aber diesmal war sie darauf gefasst und ließ nicht locker. Ein Teil von ihr hoffte, dass Katie gleich um die Ecke stürmen und fuchsteufelswild vor sich hin meckern würde, aber ein anderer, viel lauterer Teil von ihr schrie ihr zu, dass etwas geschehen sein musste. Katie fiel nicht so leicht vom Pferd, auch nicht ohne Sattel – irgendwas stimmte nicht. Sie durfte Katie nicht im Stich lassen, auf keinen Fall!

»Wir müssen sie suchen«, schrie sie Jonas zu, der respektvollen Abstand hielt. »Katie!«

»Okay.« Jonas schaute zweifelnd auf Billy. »Was machen wir mit dem?«

Nur eine winzige Sekunde lang zögerte sie. Dabei wusste sie im gleichen Moment, dass es nur diese eine Möglichkeit gab. Ein Blitz ließ den Himmel aufleuchten, grell und ungestüm. Sie musste Katie finden, ehe das Gewitter losbrach!

»Los, hilf mir mal.« Jola packte Jonas am Ärmel und drückte ihm den Strick in die Hand. Dann holte sie tief Luft, nahm Anlauf und krallte sich mit beiden Händen in Billys Mähne, bis sie auf seinem Rücken saß.

»Bist du irre?« Jonas ließ Billy los und ging rückwärts zum Haus. »Warte, okay? Ich hol Anna! Wir machen das mit dem Traktor, das kriegen wir hin, hau nicht ab, ja?«

Er drehte sich um und stürmte zum Haus hinüber, aber so lange wartete Jola gar nicht. Sie hatte genug bei Niko gelernt, um zu wissen, wie man ein Pferd in Bewegung setzte. Billy wollte nicht weg vom Hof, er schlug wild mit dem Kopf und drängte zum Stall. Aber diesmal hatte sie keine Angst. Eine andere Angst war stärker.

»Komm schon«, murmelte sie und presste die Fersen hart gegen seinen Bauch. »Zeig mir, wo Katie ist. Na los!«

Jola hatte das Gefühl zu fliegen. Ein bisschen wie vor den Weihnachtsferien, als Katie sie zum ersten Mal auf Billy gesetzt hatte, damit sie erlebte, wie sich ein richtiger Galopp anfühlte. Ganz ähnlich ging es ihr jetzt, nur dass sie den Ritt nicht genießen konnte und den Boden nicht sah und der Regen ihr kalt in den Kragen tropfte.

Billy preschte zum Wald hoch, als wäre der Teufel hinter ihm her. Auf einmal musste sie ihn überhaupt nicht mehr antreiben, er rannte von ganz allein. Ob er begriffen hatte, worum es ging?

Aber dann sah sie das Flackern wieder, das seltsame Aufleuchten, das sie eben schon auf dem Hof beobachtet hatte. Es folgte genau an ihrer Seite, an Billys Seite, wie ein Wettlauf … ein Wettlauf mit einem Geist.

Der Wald umschloss sie. Auf einmal prasselte der Regen nicht mehr auf sie ein und sie hörte Billys Hufschlag dumpf und schnell auf dem Waldboden wie einen Herzschlag. Badabumm, badabumm. Es ging nur in eine Richtung, nicht weil es nur einen Weg gab, sondern weil nur eine Richtung die richtige war. Sie schloss die Augen und versuchte, etwas zu fühlen.

Katie, wo bist du?

Über sich hörte sie erneut Donnerschläge. Der Wind wurde noch eine Spur eisiger, und unter den Hufen klirrte es, so als würde sie nicht mehr über schwammigen Waldboden galoppieren, sondern über eine glatte Fläche, die jederzeit hinter ihr wegbrechen konnte.

Plötzlich machte Billy eine Vollbremsung und sie rutschte seitwärts von seinem nassen Rücken. Für einen Schrei blieb ihr gar keine Zeit, denn Billy nutzte den Moment der Verwirrung und nahm Reißaus, bevor sie die Seile zu fassen bekam.

»Regel Nummer eins im Wald«, krächzte es aus dem Dunkel. »Nie … die Zügel … loslassen!«

»Katie!« Jola rappelte sich hoch. Ihre Hose war inzwischen so durchgeweicht, dass sie auch gleich darauf hätte verzichten können. Irgendwo vor ihr im Regennebel des Waldes musste Katie sein und sie hatte sich gar nicht gut angehört. Jola blinzelte, um wieder klarer sehen zu können. »Bist du verletzt?«

»Nicht schlimm.« Katie lehnte an einem Baum, ein Bein von sich gestreckt. »Bin nur doof gefallen.«

»Du? Vom Pferd gefallen?« Jola sank neben ihr in die Hocke und streckte die Hand nach dem Bein aus. Sofort zuckte Katie zusammen.

»Ich hab Keira gesehen, konnte Billy aber nicht schnell genug anhalten. Also waren wir plötzlich in verschiedene Richtungen unterwegs.«

»Und wo ist sie jetzt?«

Katie deutete ins Gestrüpp hinter sich. »Da lang abgehauen.«

»Ich bring dich jetzt erst mal nach Hause.« Sie fasste Katie um die Taille und stützte sie, bis sie aufrecht stehen konnte.

»Aber Keira …«

»Keira ist nicht so wichtig wie du. Na los, hilf mit!«

Gemeinsam humpelten sie auf den Weg zurück. Jola hatte überhaupt kein Gefühl dafür, wie weit sie mit Billy in den Wald hineingaloppiert war. Die Bäume kamen ihr nicht bekannt vor, aber in der Düsternis sahen sie ohnehin alle gleich aus.

»Ich glaube, Ghost war bei uns«, fing Jola an, doch genau in dem Moment leuchtete der Himmel orange und gelb auf. Katie klammerte sich an ihren Arm, als der Donner krachte. Die Bäume, blass vom Regen, schluckten den Hall, aber Jola spürte ihn in den Füßen. Als würde die Erde erbeben.

Katie blieb stehen und klammerte sich an ihren Arm. »Das Gewitter«, wisperte sie. »Es zieht genau über den Wald. Wir müssen hier raus, Jola, schnell!«

Wieder zuckte ein Blitz. Wieder knallte der Donner fast im selben Augenblick. Jola riss instinktiv die Hände hoch und zog den Kopf ein und genau in dem Moment erhellte ein Flackern den Weg. Der Blitz, dachte sie. Hat der Blitz in einen Baum eingeschlagen? Aber von dem Licht ging keine Gefahr aus, dazu war es zu unaufdringlich, zu sanft. Es wollte ihnen etwas sagen, etwas Wichtiges …

»Katie«, rief sie. »Was weißt du über Gewitter?«

»Dass sie höllisch gefährlich sind!«

»Aber heißt es nicht immer, auf freiem Feld ist es am gefährlichsten? Wir dürfen jetzt nicht da raus, wir müssen im Wald bleiben, unter den niedrigen Bäumen!«

Schon leuchtete der Himmel wieder. Die Bäume glommen auf, als habe man sie mit Leuchtfarbe bemalt und in Schwarzlicht getaucht. Katie schrie auf, als der Donner auf sie niederkrachte.

Das Flackern erlosch, aber gleich darauf sah sie es erneut. Genau unter den jungen Tannen.

»Los, komm mit!« Jola zog an Katies Arm und gemeinsam humpelten sie zu der Schonung. Sie ließen sich auf die Fersen nieder und zwängten sich zwischen die Bäume, so tief, dass Äste und Nadeln in ihre Gesichter stachen.

Es blitzte und donnerte fast gleichzeitig. Jola hatte das Gefühl, der Blitz zeigte genau auf sie, als würden sie ihn anlocken. Die Erde wackelte und alles in ihr krampfte sich zusammen. Bitte, dachte sie nur, immer wieder. Bitte, bitte.

»Ich hab Schiss«, flüsterte Katie und drängte sich enger an sie. »Du auch?«

»Ja.«

»Als ich klein war, haben wir immer gebetet, wenn wir Angst hatten. Aber jetzt fällt mir nichts ein, ich kenn nur noch Tischgebete.«

Jola hielt wieder nach dem Flackern Ausschau, aber alles, was sie erkennen konnte, waren Regenschleier und Bäume. Sie kannte ein Gebet … ob sie sich noch an die richtigen Worte erinnerte?

»Lieber Gott, ich bin so klein, lass mich nie alleine sein«, fing sie an und merkte, wie Katie sich neben ihr versteifte.

»Woher kennst du das?«

»Habe ich gefunden. Zufällig.«

»Das ist ewig alt. Hab ich zuletzt gehört, als ich ein Kind war.« Katie verstummte einen Moment, dann betete sie mit geschlossenen Augen: »Lieber Gott, ich bin noch klein, lass mich nicht alleine sein. Schick mir in den stillen Raum meinen silberschwarzen Traum, ein Wolkenkind, das mich bewacht, und das Mondlicht in der Nacht. Lieber Gott, nun schlaf ich ein, mein Geheimnis sei nun Dein.«

»Es ist total schön. Und … geheimnisvoll.«

Ein greller Leuchtstreifen zuckte über den Himmel. Nur Sekundenbruchteile später krachte der Donner.

Katie griff nach Jolas Hand. »Ich dachte immer, er hat sich das ausgedacht. Wo hast du es gefunden?«

Jola blinzelte. Hier, in der Dunkelheit, war kein Platz mehr für Geheimnisse.

»In deinem weißen Pferd.«

Katie musste husten. Sie wippte leicht vor und zurück und die Tanne schüttelte ihre Regentropfen über ihnen aus. »Meinem was?«

»Deinem weißen Pferd. Das auf deinem Bett sitzt. Es ist kaputt, vorn an der Brust. Und es steckt ein Zettel drin. Ein Zettel mit diesem Gebet drauf.« Sie ließ aus, dass sie den Zettel herausgefischt und gelesen hatte. Das konnte Katie sich auch so zusammenreimen.

»Warum …« Katie warf ihr unter der Kapuze einen irritierten Blick zu. »Kapier ich nicht. Warum sollte jemand einen Zettel mit diesem Gebet in meinem Kuschelpferd verstecken? Ich war das jedenfalls nicht.«

»Woher hast du es denn?«

»Meine Oma hat es für mich gemacht, als ich noch ganz klein war.«

Jola spürte, wie etwas in ihr verkrampfte. Ein geheimnisvolles weißes Pferd. Und eine Oma, die nicht mehr lebte und ebenfalls voller Geheimnisse gewesen war.

»Warum ausgerechnet ein weißes Pferd?«, fragte sie flüsternd.

»Ganz einfach: weil ich es mir gewünscht habe.« Katie legte den Kopf schräg. »Du weißt doch, ich hab als Kind immer von einem weißen Pferd geträumt.«

»Von ihm«, murmelte Jola. »Von Ghost.«

»Aber was hat das Gebet mit ihm zu tun? ›Mein Geheimnis sei nun Dein‹ … welches Geheimnis?«

»Das müssten wir deine Großmutter fragen.«

»Das Gebet war aber gar nicht von ihr, wir haben es immer mit …«

Wieder krachte der Donner über ihren Köpfen und sie fuhren zusammen. Zeitgleich blitzte es, einmal, zweimal, ein drittes Mal. Das Gewitter tobte jetzt genau über ihnen, näher konnte es kaum kommen.

»Verdammt«, wimmerte Katie. »Jetzt reicht es wirklich. Ich will endlich nach Hause!«

»Es muss was mit ihm zu tun haben«, flüsterte sie zurück, leise, als könnte der Blitz sie hören. Dann sah sie ihn endlich, einen hellen Umriss zwischen den Bäumen, aber ehe sie ihn mit den Augen festhalten konnte, war er schon wieder verschwunden.

Im nächsten Moment schlug der Blitz zu.

… im Herzen das Licht

Katie schrie auf, nein, sie kreischte, klammerte sich an Jola fest und robbte rückwärts, bis sie mit dem Rücken gegen einen dürren Ast stieß. Jola blinzelte und versuchte verzweifelt, in all dem Licht etwas zu erkennen. Da rannte jemand, direkt vor ihnen – ein Mensch? Nein, ein Pferd. Zwei Pferde. Eine Baumgruppe brannte, oder nein, das stimmte auch nicht, sie leuchtete nur. Alles leuchtete, der halbe Wald. Weil eines der Pferde leuchtete.

»Was …« Katie verstummte und rieb sich die Augen. »Das glaub ich jetzt nicht!«

Die beiden Pferde jagten über verwurzelte Wege, wichen einem Baumstumpf aus und erreichten gleichzeitig die Schonung. Das dunkle Pferd wieherte laut und durchdringend und Jola vergaß zu atmen. In dem gleißenden Licht sah sie ihre Mutter, hoch oben auf dem dunklen Pferd. Sie lehnte sich halb herab, und der lange Zopf fiel dabei über ihre Schulter, genau wie auf dem Foto, und das Pferd schnaubte und streckte sich Katie entgegen …

Katie machte sich mit einem Satz von ihr los und flog dem Pferd um den Hals.

»Keira«, rief sie und vergrub ihren Kopf am Hals der Stute. »Oh, Mädchen, was machst du nur für Sachen! Sie zittert voll, bestimmt hat sie genauso viel Angst wie wir.«

Jola stand wie erstarrt. Sie musste blinzeln und wieder blinzeln, aber nur langsam löste sich das Bild auf, das ihren Kopf vernebelte. Das dunkle Pferd wurde heller, schmaler, zierlicher. Und der Reiter war kein Reiter, sondern nur eine Kiefer, die genau hinter ihm stand, der Zopf ein Ast, der sich am Stamm hinabschlängelte. Die Enttäuschung klappte über ihr zusammen wie ein Kartenhaus, als sie die rote Stute erkannte.

»Du hast sie gefunden«, sagte Katie nun, und endlich bemerkte Jola das zweite Pferd, das in einigem Abstand hinter Keira stehen geblieben war. Mit seinem wolkenweißen Fell war es selbst in der Düsternis nicht zu übersehen. »Danke, Ghost!«

Jola trat auf Ghost zu. Von einem Flackern war nichts mehr zu sehen. Er schien auch nicht mehr so überstrahlt wie eben noch, eher blass wie der Regen um ihn herum. Sie streckte die Hand aus und berührte sein Fell mit den Fingerspitzen. Es fühlte sich kalt an, noch kälter als sonst, aber eindeutig wie Fell und Haut und Knochen.

»Hey«, sagte sie zu ihm und lehnte ihre Stirn an seine. »Wo hast du denn gesteckt?«

Der Hengst prustete leise. Es klang wie ein Flüstern. Wieder ein Geheimnis mehr, das sie nicht lösen würden. Wieder nur Trugbilder, Gestalten aus der Erinnerung. Trotzdem war sie froh, dass er hier war. Einfach hier, bei ihr.

Ein neuer Blitz schleuderte über den Himmel, aber diesmal folgte der Donner nicht gleich nach. Als sein Grollen erklang, hörte es sich eher an wie Magenknurren.

»Wir beeilen uns besser«, sagte Katie und griff nach Keiras Halfter. »Falls der Wind dreht und das Gewitter zu uns zurückbläst.«

Sie versuchten, auf den breiten Weg zurückzugelangen, aber Katie knickte mit ihrem verletzten Fuß immer wieder seitlich weg. Es war unsagbar mühselig, über den zugewucherten, durchgematschten Waldboden zu klettern.

»So kommen wir nie heim.« Jola blieb stehen. »Du musst reiten, Katie.«

»So?« Katie schaute zweifelnd auf ihre Stute. »Nie und nimmer.«

»Dann eben auf Ghost. Der wirft dich nicht ab, ganz sicher nicht.«

Katie zögerte, und Jola fragte sich erstaunt, ob sie Angst hatte. Aber warum sollte sie? Weil Ghost schon einmal mit ihr durchgegangen war? Oder weil sie nun keine Stricke in der Hand hielt, mit denen sie ihn lenken konnte? Aber sie schien wirklich Schmerzen zu haben, also nickte sie. Jola machte eine Räuberleiter und Katie zog sich auf seinen Rücken hinauf.

Keira wieherte und warf den Kopf hoch, sodass Jola Mühe hatte, ihr Halfter festzuhalten. Sie riss die Augen weit auf. Auch sie hatte Angst. Angst – um Katie etwa? Und dann passierte etwas Seltsames. Ghost beugte seinen Hals und trat ganz langsam an die Stute heran. Keira wich zurück, Schritt um Schritt. Unter dem Regenschleier standen sich die beiden Pferde gegenüber wie Spiegelbilder, eines hell, eines dunkel, die Nasen einander zugestreckt. Keira riss die Nüstern weit auf, und zum ersten Mal ließ sie es zu, dass sich ihre Nasen berührten, sacht und flüsternd wie zu einem Kuss. Jola hielt ganz still, bloß keine falsche Bewegung jetzt … und ließ langsam das Halfter aus ihren Fingern gleiten. Keira stand frei, sie hätte wieder davonlaufen können. Aber sie blieb, wo sie war.

»Woah«, machte Katie, und dieses eine Wort löste den seltsamen Bann.

Ghost schüttelte den Kopf und trat ein paar Schritte rückwärts, dann wandte er sich um und lief einfach los, in den Wald hinein. In der Ferne rollte der Donner wie eine leise Warnung. Keira wieherte Ghost hinterher – oder Katie? –, fiel in einen schnellen Trab und flog nur so über die Wurzeln am Boden. Jola musste rennen, um mit ihnen Schritt zu halten. Aber das machte nichts. Keira hatte ihre Angst verloren und Ghost war wieder da – nichts anderes zählte im Augenblick!

Anna kam ihnen entgegengelaufen, als sie den Ginsterhof erreichten.

»Mensch, ihr blöden Gänse, ich hab mir solche Sorgen gemacht!«

»Kann ich ja nichts dafür, wenn ich vom Pferd falle.« Katie sprang zu Boden und verzog das Gesicht. »Au, verdammt, tut das weh!«

Erst jetzt merkte Jola, dass Anna weinte. Sie schniefte und schlang ihre Arme um Katies Hals.

»He, ist ja gut«, keuchte Katie. »Wir sind noch am Leben.«

»Aber ihr hättet tot sein können, verdammt! Bei dem Gewitter da draußen im Wald. Als Billy zurückkam, da dachte ich … ach Mensch!«

»Wo ist Billy?«

Jonas schob das Stalltor auf und zeigte stolz hinein. »Ich hab ihn eingefangen und reingebracht. Ich hab sogar sein Halfter abgemacht. Es war keine Box mehr frei, also hab ich ihn dahinten eingesperrt.«

Mit »dahinten« meinte Jonas das Heulager, in dem Billy sich pudelwohl fühlte. Katie lachte, als sie das Pony mitten in dem riesigen Heuhaufen entdeckte, genüsslich malmend wie im Schlaraffenland.

»Gut gemacht, Jonas. Du bist ab jetzt Billys bester Freund.«

Sie stellten Bonnie zu Clyde in die Box und Stups zu Colorado, damit Keira und Ghost je eine Box für sich allein bekamen. Katie, die selber tropfnass war und kaum noch gerade stehen konnte, klaubte ein Strohbüschel vom Boden auf und rieb damit über Keiras Fell, in langen Zügen, bis die Stute ihre Augen zumachte und wohlig seufzte. Anna schleppte frisches Heu an und einen ganzen Eimer voll mit duftendem Kräuterfutter.

Als endlich beide Pferde abgerubbelt und gut versorgt waren, liefen sie durch den Regen zum Haus. Der wütende Gewittersturm hatte sich gelegt, nur feiner, wispernder Regen tröpfelte noch auf ihre Köpfe. Im Haus schälten sie sich aus ihren nassen Sachen und stellten alles zum Trocknen in den Flur. Anna kochte Tee und ließ das Feuer im Ofen auflodern.

»Die Straße ist überschwemmt«, erzählte Jonas. »Mein Vater kommt nicht durch.«

»Dein Vater auch nicht, Jola«, berichtete Anna. »Und der Strom ist auch weg. Wie es aussieht, müssen wir ein Matratzenlager neben dem Ofen aufschlagen, wenn wir nicht erfrieren wollen.«

»Hast du mit Mama gesprochen?«, wollte Katie wissen. »Was ist mit Opa?«

»Keine Ahnung.« Anna sah besorgt aus. »Die Leitung war gestört und das Handynetz ist zusammengebrochen. Ich versuche es gleich noch mal.«

Sie machten sich Brote mit Käse, Wurst und Honig und schleppten die Matratzen aus ihren Betten ins Wohnzimmer. Jonas durfte auf der Couch schlafen und bekam den Schlafsack von

Jolas Vater ausgeliehen. Katie humpelte noch mal nach oben und kehrte mit zwei Paar warmen Socken und ihrem Kuschelpferd zurück. Mit spitzen Fingern bohrte sie in seine Brust und zog den zusammengefalteten Zettel mit dem Gebet heraus.

»Und?« Jola rutschte näher an sie heran. »Hast du ihn wirklich noch nie gesehen?«

Katie starrte auf den Zettel und Tränen sammelten sich in ihren Augen. »Nein. Wer macht so was?«

»Bestimmt unser Geist.« Anna streckte die Hand nach dem Zettel aus und bekam große Augen. »Nee, das war kein Geist. Das ist die Schrift von Oma.«

»Ehrlich?«

»Na klar! Sie hat mir Lesen und Schreiben beigebracht, ich kenne ihre Schrift unter Tausenden.«

»Seltsam«, murmelte Katie. »Ich hätte schwören können, dass Opa das immer mit uns gebetet hat.«

»Es erinnert mich an was«, warf Jonas ein, der sich ebenfalls über den winzigen Zettel gebeugt hatte. »Euren neuen Song, ›Schatten im Wind‹.«

»Was?« Anna wirbelte herum. »Wie kommst du darauf?«

»Es sind dieselben Worte. Silberschwarz … Wolkenkind … Mondlicht in der Nacht. Ist das nicht ein komischer Zufall?«

Anna runzelte die Stirn, sagte aber nichts mehr dazu.

»Anna hat das Gebet als Kind tausendmal gehört«, warf Katie ein und kuschelte sich fest in ihre Decke. »Die Worte sind ihr eben im Gedächtnis hängen geblieben, was ist daran komisch?«

»Nichts«, gab Jonas zurück. »Ich wollte es ja nur sagen. Und außerdem ist der Song zu langsam. Richtig cool klingt er erst, wenn man ihn schneller spielt.«

»Was verstehst du schon davon?«, brauste Anna auf.

»Eine Menge. Ich wollte bei eurem blöden Online-Casting mitmachen, aber ihr habt mich ja nicht gelassen, weil ich zu jung bin. Also dachte ich, wenn ich herkomme und … also …«

»Du?« Anna lachte laut auf. »Du willst in unsere Band?«

»Ich bin echt gut«, behauptete Jonas. »Ich spiele Gitarre, seit ich fünf war!«

Anna zuckte mit den Schultern. »Tja, sorry. Du bist trotzdem zu jung. Und überhaupt. Es ist eben ein trauriger Song und traurige Songs müssen langsam gespielt werden.«

Jonas wollte noch etwas sagen, aber Jola schüttelte nur den Kopf. Kein Streit jetzt, dafür war sie viel zu fertig. Eine Weile aßen sie schweigend ihre Brote. Anna schenkte jedem Tee nach und Jola lief los und holte die Keksdose mit dem letzten Rest der Weihnachtsbäckereien.

»Eigentlich wäre das jetzt schön«, murmelte Katie schläfrig. »Deine Musik, Anna.«

»Au ja, bitte!« Jonas wurde ganz zappelig. »Ich halte auch meine Klappe, versprochen.«

Anna zierte sich noch ein bisschen, aber dann holte sie doch die Gitarre aus ihrem Zimmer und begann zu spielen. Jola lehnte sich gegen den warmen Ofen und schloss die Augen.

»Singt ihr mit?« Anna stimmte die ersten Töne von »Schatten im Wind« an, den Text kannte Jola inzwischen auswendig. Der warme Tee wirkte wie ein Schlafpulver und sie gähnte herzhaft. Heute würde sie nicht mehr nachdenken. Morgen wieder. Über all das, was heute passiert war, und über alles andere auch.

Mit dir kann ich bis morgen sehn
Und in der Zeit nach Norden gehn
Mit dir lass ich die Leinen los
Wir treiben fort, die Welt ist groß
Und kann ich nicht mehr bei dir sein
Vergiss nicht, du bist nie allein –

Du bist das Flüstern im Nebel,
das Mondlicht in der Nacht
Ein Umriss im Regen,
das Gefühl um Mitternacht
Du bist mein liebstes Geheimnis,
wildes Wolkenkind
Silberschwarzes Fernweh –
ein Schatten nur im Wind.

Sie sangen so versunken, dass sie das Handy erst nach einer Weile klingeln hörten. Anna warf die Gitarre auf ihre Matratze und Katie und sie stürzten sich gleichzeitig auf das blinkende Gerät.

»Hallo, Mama, was? Ja, ich höre dich, wie geht es euch, was ist mit Opa?« Anna schaltete auf Lautsprecher und hielt das Handy ein Stück von sich weg, damit Katie mithören konnte. Helens Stimme klang verzerrt und abgehackt, aber was sie sagte, klang dafür umso schöner.

»Er ist aufgewacht … sogar mit mir geredet! … Ärzte sagen, so was … noch nie gesehen. Für sie … so gut wie tot. Aber … schlimme Gewitter … genau da … Herz wieder angefangen zu schlagen … ein Wunder. Jetzt … seinem Bett … will nach Hause.« Helen gähnte. »Und bei euch? … allen gut? Was … mit den Pferden? … Vorkommnisse?«

Katie sah Jola an und grinste, aber Anna schüttelte wild den Kopf. »Nö, Mama. Mach dir keine Sorgen. Hier ist alles total ruhig.«

Lotte
1945

Der Mann sah an ihr herunter und musterte sie abschätzig. »Du willst hier arbeiten?«

»Ja.« Sie streckte den Arm aus und deutete auf den mächtigen Vierkanthof. »Ich kann Ihren Stall sauber machen. Die Tiere füttern. Ich will nur einen Platz zum Schlafen. Und was zu essen für uns. Bitte!«

Wieder sah er sie zweifelnd an. »Hast du überhaupt eine Ahnung, wie schwer die Arbeit auf einem Hof ist, Mädchen?«

Sie nickte. Egal, was er von ihr verlangte, sie würde es tun. Tun müssen, wenn sie beide nicht verhungern wollten.

Wolkenherz drückte den Kopf gegen ihre Schulter, kraftlos, ohne jedes Leben. Sie wusste genau, wie er sich fühlte. In seiner Verzweiflung hatte er das Stroh von den Dächern gefressen, und sie hatte weggeworfene Habseligkeiten nach etwas Essbarem durchwühlt, meist ohne Erfolg. Dazu kam die Kälte. Eine innere Kälte, die sie seit der Fahrrinne nicht mehr loslassen wollte.

Sie musste husten. Die Anfälle wurden immer schlimmer, und sie beugte sich nach vorn und umklammerte ihre Knie, bis es vorüber war.

Der Mann wandte den Blick von ihr ab und sah nun Wolkenherz an. »Ein schönes Pferd hast du da.«

Es gehört mir nicht, wollte sie rufen, es gehört Max, Max von Weyke! Aber Namen waren sinnlos geworden. Ebenso wie Besitz. Nur das Leben zählte.

»Das Pferd kann bleiben«, sagte der Mann schroff. »Dafür kannst du dich satt essen.«

»Und … was haben Sie mit ihm vor?«

Fast lachte der Mann. Lachte er wirklich? Nein, es sah nur so aus. Er belächelte sie. Weil sie so dumm war. Weil sie nicht wusste, was mit Pferden geschah, die sinnlos geworden waren.

»Soll ich dir erzählen, was ich mit den meisten meiner Pferde gemacht habe, Mädchen? Das waren nicht so edle Zossen wie der da, das waren gute Arbeitstiere. Aber bevor die Menschen krepieren, krepieren lieber die Pferde.«

»Auf gar keinen Fall«, sagte sie mit überraschend fester Stimme. »Das lasse ich nicht zu, niemals!« Damit drehte sie sich um und ging, den Hügel hinunter, den sie eben noch so mühsam erklommen hatten. Wolkenherz folgte ihr, ohne zu zögern.

»Jetzt warte doch!«, rief der Mann ihr nach. »Wir werden uns schon einig!«

Aber sie lief weiter, ohne zurückzuschauen. Als sie wieder an der Straße angekommen waren, schwang sie sich auf Wolkenherz' Rücken. In der Ferne konnte sie wieder einen Hof entdecken. Dort würde sie als Nächstes ihr Glück versuchen. Es musste einfach einen Platz für sie geben, für sie beide.

Erschöpft legte sie den Kopf in den Nacken und sah zum Himmel hoch. Es war so still hier. Wenn sie doch nur ein Ziel hätten, einen Ort, an den sie gehen konnten! Vor ihnen lag die Ungewissheit wie ein großes schwarzes Meer.

Wolkenherz schnaubte leise. Er lief weiter, obwohl ihn bestimmt die Beine schmerzten, obwohl er durstig und hungrig und schrecklich müde sein musste. Er hatte sie über das Eis getragen und heil auf die andere Seite gebracht.

Sie hatten schon einmal ein Meer überquert, sie würden doch jetzt nicht aufgeben!

Sie waren dort, sie alle. Irgendwo in dieser neuen Welt. Es war nur eine Frage der Zeit. Dann würde sie die von Weykes finden und Wolkenherz an Max zurückgeben.

»Wir werden es schaffen«, sagte sie leise und schob ihre Hand unter seine Mähne. »Ganz egal, was kommt. Solange wir beide zusammenbleiben, wird alles gut!«

Des Rätsels Lösung

Die Wolken tanzten wie junge Schafe am Himmel, als Stefan am übernächsten Tag nach Hause zurückkehrte. Pfützenwasser spritzte hoch, als das Zebraauto hindurchfuhr, aber Katie schien das egal zu sein.

Sie flog ihrem Vater in die Arme und ließ sich von ihm wie wild im Kreis herumwirbeln.

»Mensch, Mädchen. Kann man euch denn keine Minute aus den Augen lassen? Was macht ihr nur für Sachen!«

»Wir haben Keira gerettet. Stell dir vor, sie und Ghost sind jetzt dicke Freunde!«

»Eigentlich wollte ich mit dir schimpfen, so richtig, weil du so unvernünftig bist und einem Pferd in den Wald nachläufst, wenn es gewittert.« Stefan trat an den Kofferraum seines Wagens. »Aber dann habe ich das hier gesehen und dachte – ach, ich weiß auch nicht, was ich dachte, ich war einfach nur froh, dass euch nichts passiert ist.«

Jola sah, wie Stefan etwas aus dem Auto zog. Zuerst sah es aus wie ein totes Schaf, nein, wie Schaffell – aber es war wohl eine Art Kissen.

Katie streckte die Hände danach aus und betrachtete das seltsame Fellteil und plötzlich leuchteten ihre Augen auf. »Ein Fellsattel?«

»Genau. Damit reitest du sicherer und bequemer als ohne Sattel. Und du kannst ihn auf jedes Pferd drauflegen, na, zumindest auf jedes größere Pferd.«

»Boah, danke, Papa!« Katie fiel ihrem Vater um den Hals und drückte ihn fest. »Genial. Das brauchen wir auch, jetzt wo Ghost bald ein halbes Jahr bei uns ist und ich ihn endlich …«

»Mal langsam!« Helen trat hinter Jola aus dem Haus und begrüßte ihren Mann mit einer festen Umarmung. »Das mit der Reiterei auf dem Hengst ist noch nicht entschieden!«

»Aber du hast doch gesagt …«

»Wir werden sehen.« Helens Mundwinkel zuckten und ihre Augen blitzten dabei. Bestimmt war sie selbst die Erste, die auf seinem Rücken saß! »Jetzt fahren wir erst einmal ins Krankenhaus und holen Opa heim. Die Ärzte sagen, er langweilt sich dort zu Tode und scheucht die ganze Zeit die Schwestern herum, wir sollen ihm bitte schnell wieder eine Aufgabe geben.«

»Der Arme. Dann lass uns doch gleich fahren.« Stefan klappte den Kofferraum zu und stellte sich so, dass Helen ihn nicht sehen konnte. Dann machte er ein paar skurrile Handbewegungen vor seiner Brust in Richtung des Fellsattels. Helen gab ihm einen sanften Schubs, und Minnie sprang ins Auto, ehe jemand protestieren konnte.

»Was hat er von dir gewollt?«, fragte Jola, als das Zebraauto vom Hof rollte.

Katie grinste. »Wir sollen den Fellsattel ausprobieren.«

Jola riss die Augen auf. »Was – auf Ghost?«

»Das hat er so nicht gesagt. Aber er hat diese Möglichkeit auch nicht ausgeschlossen.«

»Katie, echt. Du kriegst Reitverbot, wenn deine Mama das mitbekommt!«

»Nee«, meinte Katie gut gelaunt und hüpfte auf ihrem gesunden Bein voran zum Stall. »Du!«

»Was?«

»Na, du wirst reiten. Ich hab ein lahmes Bein, schon vergessen?«

»Aber …«

»Keine Chance, Jola. Du erzählst mir, dass du ihn reiten kannst. Das will ich sehen! Und zwar jetzt gleich. Ich bin sogar nett und leihe dir meinen neuen Fellsattel. Sieht der nicht superbequem aus?«

»Ja, ganz toll.«

Katie grinste. Dann humpelte sie zum Stall und führte Ghost am Halfter heraus. Seit der Nacht im Gewitterwald konnte er problemlos im Stall bleiben, denn seit Keira sich nicht mehr wie verrückt aufführte, waren auch all die anderen Pferde ruhiger geworden.

»Du brauchst vielleicht keine Zügel, aber das hier schon.« Katie reichte ihr einen Reithelm. Es war ihr eigener, dieses Heiligtum, das aussah wie eine halbierte Melone – und Jola wusste, dass Katie den nicht jedem leihen würde. Zusammen schnallten sie den weichen Fellsattel auf den weißen Pferderücken und führten Ghost durch die Pfützen hoch zum oberen Reitplatz, weil der nicht ganz so schlimm unter Wasser stand.

»Wir müssen uns ja nicht erwischen lassen«, sagte Katie leise und stellte sich in die Mitte, genau wie Niko es immer machte. »Also dann, aufsitzen und anreiten, bitte!«

Jola atmete tief durch. Es war seltsam, diesmal ganz offiziell auf Ghosts Rücken zu steigen. Ob das mit den Erinnerungsfetzen überhaupt funktionierte, wenn jemand dabei war? Oder kamen die bloß, wenn sie mit ihm allein war? Vielleicht brauchte sie ja den blanken Pferderücken unter sich, um etwas zu spüren, oder die Zügel störten, die letzten beiden Male hatte sie keine Zügel gehabt …

»Jetzt mach schon, Jola, oder hast du Schiss?«

Jola musste lächeln. Egal, was passierte – ein Ritt auf diesem Wahnsinnspferd? Das würde sie sich nicht entgehen lassen! Sie führte Ghost nah zum Zaun, kletterte auf die oberste Latte und plumpste mehr oder weniger sanft auf seinen Rücken hinüber.

»Sieht schon mal superprofessionell aus!« Katie lachte laut. »Jetzt mal los, zeigt, was ihr könnt!«

Ghost setzte sich in Bewegung, federnd, mit raschen, langen Schritten. Sie versuchte, die Strickzügel zu sortieren, wie war das noch gleich – doch die Bilder kamen so plötzlich, dass sie die Augen schließen musste, um nicht rücklings hinunterzurutschen.

Eine einsame Straße, mitten im Winter. Ein verschneiter Hof in der Ferne, unerreichbar weit, aber sonst gab es nichts, nur diesen Hof und das Mädchen, und sie mussten dorthin, unbedingt. Das Pferd unter ihr war schwarz, dafür war der Boden weiß wie der Himmel. Auf einmal wechselte das Bild, und sie galoppierte über eine Wiese, Blumen blühten, die Hufe wirbelten in schnellem Takt unter ihr. Jemand hielt sie um die Taille, aber sie verspürte keine Angst, sie glaubte, sie würde fliegen, wie ein Schmetterling, und sie jauchzte vor Freude …

»Jola, Jola!«

Verwirrt schlug sie die Augen wieder auf. Sie saß auf einem Pferd, aber es galoppierte nicht. Es ging nur schnell, und das Schwebegefühl kam bestimmt von dem Fellsattel, der sich wolkenweich unter ihr anfühlte.

»Was ist passiert? Du bist auf einmal kreidebleich geworden, ich dachte, du kippst gleich runter!«

»Bilder«, krächzte Jola.

Sie musste sich räuspern, ihre Stimme wollte ihr kaum gehorchen. In ihrem Kopf drehte sich noch immer alles. Dabei war es so schön, auf Ghost zu sitzen, so leicht, ihn zu lenken. Gerade so, als könnte er ihre Gedanken hören.

»Du meinst, du erinnerst dich beim Reiten an … deine Mutter?«

»Ja«, sagte sie leise. »Ich glaube schon. Da oben, im Wald, als Keira zurückkam – da dachte ich sogar, ich hätte sie gesehen. Ich dachte erst, sie wäre es, die angeritten kommt, um uns zu retten. Dumm von mir, was?«

»Nein, wieso denn? Ghost ist doch auch hier. Warum sollte also nicht – ähm – deine Mutter auch irgendwie als Geist wiederkommen?«

»Weil …«, begann Jola.

Ghost unter ihr machte einen Satz und blieb ganz plötzlich stehen. Sein Hals schnellte in die Höhe und seine Ohren wurden starr und aufmerksam.

»Was?«, flüsterte Katie und sah sich um. »Was, was ist? Was habt ihr?«

»Katie, ich weiß es! Das ist der Fehler, deshalb finden wir ihn nicht!«

»Hä?«, machte Katie nur, aber ihre Augen blieben auf Ghost geheftet. Sein ganzer Körper war gespannt wie ein durchgezogener Bogen.

Jola sprang vor lauter Aufregung vom Pferd und kam zu Katie in die Mitte gelaufen. »Weil meine Mutter nie auf dem Ginsterhof gewesen ist! Trotzdem hab ich ständig Bilder von ihr im Kopf, so als wäre sie hier, um mich herum. Sie war aber nie hier, verstehst du?«

»Nein«, sagte Katie, ohne Ghost aus den Augen zu lassen.

»Es geht nicht um den Ort! Es geht um die Menschen. Die Menschen sind es, die einen Geist anlocken. Mein Vater hat gesagt, Zuhause ist kein Ort, sondern dort, wo die Menschen sind, die du liebst. Das ist der Grund, Katie. Deshalb ist er hier! Er hat hier nie gelebt, aber er kennt jemanden, und dieser Jemand, der ist der Grund für sein Erscheinen.«

Katie nahm den Blick von Ghost und starrte sie an. »Dann waren wir die ganze Zeit komplett falsch gewickelt!«

»Ja. Jetzt müssen wir nur noch rauskriegen, wer dieser Jemand ist.«

Katie sah wieder Ghost an und Jola folgte ihrem Blick. Auf einmal hielt sie ein Dynamitbündel am Strick – so fühlte es sich an. Als ob er jede Sekunde in die Luft springen und explodieren würde.

Katie griff rasch nach dem zweiten Strick. »Das heißt, wieder alles auf Anfang? Nur dass wir jetzt kein Pferd mehr suchen, sondern einen Menschen?«

»So schwierig kann das nicht sein. Immerhin wissen wir, dass er erst in den Siebzigern als Geist hier aufgetaucht ist. Also muss es jemand sein, der jetzt tot ist oder schon sehr alt …«

Sie sahen sich an.

»Meine Oma,« rief Katie und riss die Augen auf.

Jola dachte angestrengt nach. Katie war vier Jahre alt gewesen, als ihre Oma starb. Damals war Ghost, also der Geist, schon lange hier. Was wussten sie noch? Ihre Oma hatte das weiße Kuschelpferd gemacht, das in Katies Bett schlief. Ein Pferd mit einem Geheimnis. Ob doch sie es gewesen war, die über das Geisterbrett mit ihnen Kontakt aufgenommen hatte? Das Geisterbrett … Auf einmal war es Jola, als säßen sie wieder im Schuppen, in der Weihnachtsnacht. TOD, hatte die Plakette auf dem Ouija buchstabiert. Es war ein Scherz von Anna gewesen. Aber bevor Anna aufgetaucht war, hatte sie wirklich etwas gespürt, eine Präsenz, und dann war da …

»Ein Buchstabe«, flüsterte sie.

»Wovon redest du?« Katie legte Ghost die Hand auf den Hals und fasste den Strick fester.

»Das Ouija«, murmelte Jola. »Katie, wie hieß deine Großmutter?«

»Henni. Also, eigentlich Henriette. Henriette Vogt.«

Langsam schüttelte Jola den Kopf. »Nein, das passt nicht. Es müsste was mit M sein …«

»Wieso M?«

»Weil das Ouija uns diesen Buchstaben verraten hat. Jedes Mal, immer dieser Buchstabe! Kennst du jemanden, der was mit dem Ginsterhof zu tun hat und was mit M heißt?«

Katie brauchte nicht lang zu überlegen. »Na klar. Max!«

»Max«, flüsterte Jola und vergaß fast zu atmen.

Katie nickte heftig. »Ja, Opa heißt Max. Aber Opa hat doch gesagt, er hat nie ein weißes Pferd …«

In dem Moment stieg Ghost steil in die Luft und riss ihnen die Stricke aus den Händen. Katie schrie noch etwas hinter ihm her, doch er flog schon mit einem mächtigen Satz über die Umzäunung und preschte den Weg zum Hof hinunter.

»Ghost, bleib hier!« Katie sprintete los, aber mit ihrem verletzten Bein war sie nicht schnell genug. Jola lief zu ihr und stützte sie, und gemeinsam rannten sie ihm halb humpelnd, halb stolpernd durch die Pfützen hinterher.

Ihre wilde Jagd stoppte jäh, als der Hengst vor dem Zebraauto zum Stehen kam. Helen sprang aus dem Auto und stemmte die Hände in die Hüften, aber bevor sie noch etwas sagen konnte, hatte Ghost ihr schon die Nase auf die Schulter gelegt und prustete ihr sanft ins Ohr.

Keuchend blieben sie stehen und lehnten sich aneinander. »Mist«, murmelte Katie und tauschte einen schnellen Blick mit ihrem Vater, der ihr nur amüsiert zuzwinkerte.

»Ist ja schon gut, du alter Charmeur. Ich reiß ihnen nicht den Kopf ab.« Helen schob den Hengst vom Auto weg und trat ihnen in den Weg. »Könnt ihr mir vielleicht mal erklären, was ihr hier treibt?«

Katie druckste herum, aber Jola hörte gar nicht hin. Sie hatte nur Augen für Ghost, der immer noch wie hypnotisiert dastand und das gestreifte Auto anstarrte, als hätte er es noch nie zuvor gesehen.

Stefan trat auf die andere Seite und öffnete die hintere Tür. Minnie sprang heraus und lief laut bellend um sie alle herum, und Stefan streckte die Hand aus und half Katies Großvater, ebenfalls nach draußen zu klettern. Der alte Mann sah blass aus und dünner als zuvor. Aber als Stefan seine Hand losließ, stand er fest und sicher auf seinen Beinen.

Etwas passierte mit der Luft um sie herum. Obwohl kein Wind blies, kein einziger Hauch, wurde die Luft plötzlich so kalt, als würden sie in einem Eissturm stehen.

Ghost senkte den Kopf. Seine Augen glitzerten, als würden sich

Tränen darin spiegeln. Er trat auf Katies Großvater zu, und da sah Jola die Tränen auf seinem Gesicht.

Der alte Mann weinte!

Er hob die Hand, berührte Ghost an der Nase, und dabei zitterte er so stark, als würde er gleich den Halt verlieren.

»Wolkenherz«, flüsterte er.

Mehr über Jola und das geheimnisvolle weiße Pferd erfährst du hier:

ISBN 978-3-7348-4715-8

ISBN 978-3-7348-4716-5

Auf dem Ginsterhof taucht wie aus dem Nichts ein fremdes Pferd auf, das niemandem zu gehören scheint. Obwohl Jola bisher mit Pferden nichts am Hut hatte, zieht der weiße Hengst sie sofort in seinen Bann. Warum spürt sie eine so tiefe Verbindung zu ihm? Und wieso scheint es, als wäre er schon immer auf dem Ginsterhof zu Hause? Zusammen mit der pferdevernarrten Katie versucht Jola, das Rätsel um seine Herkunft zu lösen.

DIE NEUE PFERDEREIHE VON SABINE GIEBKEN:

Mitten im Wald, zwischen tiefgrünen Blättern und knorrigen Bäumen, liegt Windheim, das neue Zuhause von Nia. Gleich am ersten Tag verläuft sie sich auf den verschlungenen Pfaden, als plötzlich ein wunderschönes, schimmerndes schwarzes Pferd vor ihr steht. Nia fühlt sofort eine starke Verbindung zu ihm und steigt auf seinen Rücken. Doch wie aus dem Nichts taucht ein junger Reiter auf, der Nia zwingt abzusteigen und das schwarze Pferd mit sich davontreibt. Die geisterhafte Begegnung lässt ihr keine Ruhe. Woher kam das einsame Pferd? Und was hat das alles mit der Legende der Windpferde zu tun, von der man sich in Windheim erzählt?

Natürlich magellan©

FSC
www.fsc.org
MIX
Papier aus verantwortungsvollen Quellen
FSC® C083411

Wir pflanzen Bäume
Für unsere Umwelt
www.magellanverlag.de

FAIR PRODUZIERT
www.magellanverlag.de

Hergestellt in Deutschland
Gedruckt auf FSC®-Papier
Lösungsmittelfreier Klebstoff
Drucklack auf Wasserbasis

1. Auflage 2020

Dieses Werk wurde vermittelt durch die Literatur Agentur Hanauer
Umschlaggestaltung: Christian Keller unter Verwendung von Motiven von shutterstock / Vera Zinkova und iStock /Ekaterina Romanova
Lektorat: Marion Perko
Druck: CPI, Leck
ISBN 978-3-7348-5411-8

www.magellanverlag.de